# A era da ansiedade

PETE TOWNSHEND

# A era da ansiedade

Tradução de Maira Parula

Rocco

Título original
THE AGE OF ANXIETY

Primeira edição na Grã-Bretanha em 2019 por Coronet, um selo da Hodder & Stoughton, uma empresa Hachette UK

*Copyright* do texto © Pete Townshend, 2019
O direito de Pete Townshend de ser identificado como autor desta obra foi assegurado por ele em conformidade com o Copyright, Designs and Patents Act 1988

Todos os direitos reservados.
Nenhuma parte desta obra pode ser reproduzida ou transmitida por meio eletrônico, mecânico, fotocópia ou sob qualquer outra forma sem a autorização prévia do editor.

Todos os personagens desta obra são fictícios e quaisquer semelhanças com pessoas reais, vivas ou mortas, é mera coincidência.

"St James Infirmary" letra e música *by* Irving Mills © 1929.
Reproduzido com a autorização de
EMI Music Inc/EMI Music Publishing Ltd, London W1F 9LD

Direitos para a língua portuguesa reservados
com exclusividade para o Brasil à
EDITORA ROCCO LTDA.
Rua Evaristo da Veiga, 65 – 11º andar
Passeio Corporate – Torre 1
20031-040 – Rio de Janeiro, RJ
Tel.: (21) 3525-2000 – Fax: (21) 3525-2001
rocco@rocco.com.br
www.rocco.com.br

*Printed in Brazil*/Impresso no Brasil

Preparação de originais
SOFIA SOTER

---

CIP-Brasil. Catalogação na publicação.
Sindicato Nacional dos Editores de Livros, RJ.

T675e

Townshend, Pete
   A era da ansiedade / Pete Townshend; tradução Maira Parula. – 1ª ed. – Rio de Janeiro: Rocco, 2021.

   Tradução de: The age of anxiety
   ISBN 978-65-5532-096-1
   ISBN 978-65-5595-062-5 (e-book)

   1. Ficção inglesa. I. Parula, Maira. II. Título.

21-69886
CDD: 823
CDU: 82-3(410.1)

---

Leandra Felix da Cruz Candido – Bibliotecária – CRB-7/6135

O texto deste livro obedece às normas do
Acordo Ortográfico da Língua Portuguesa.

Para Rachel

# Livro Um

# Capítulo 1

Luz. Luz branca ofuscante. *O homem, nu da cintura para cima, está de pé, de costas para nós, braços abertos. Seu cabelo dourado e encaracolado bate na altura dos ombros. Não podemos ver o seu rosto. À medida que nos aproximamos lentamente por trás, seu corpo começa a bloquear a luz. O sol está se pondo. Seu cabelo forma um halo. De repente, o homem salta para a frente e nós voamos com ele, navegando pelo céu sobre uma paisagem azul-esverdeada em direção ao pôr do sol.*

É com certa apreensão que me sento aqui no meu refúgio na montanha nesta noite de junho de 2012, alguns dias antes do meu sexagésimo sétimo aniversário. Meu nome é Louis Doxtader, e esta é a minha história. Estou no quarto mais alto de uma casa no cume de uma montanha ao lado de uma estrada movimentada perto da rústica cidadezinha de Magagnosc, no sul da França. Esta propriedade é alugada e administrada por uma mulher parapsíquica bastante simpática, mas excêntrica, que me convidou para passar o verão aqui com ela. Eu pago todas as contas, e ela cuida de mim para que eu possa escrever.

Só ela sabe por que sou levado a contar esta história. Ela conhece o meu segredo pois foi testemunha dele, e entende como é importante para mim demonstrar como acontecimentos maravilhosos puderam ocorrer em consequência de algo que fiz uma vez e de que muito me arrependo. Eu não quero ser perdoado. Eu quero sentir equilíbrio. Não posso mudar o passado, mas também não posso permitir que um mal-entendido do passado mude o futuro. Depois de ouvir a minha história, você poderá decidir.

Deste ponto elevado, onde estou sentado à minha escrivaninha, posso vislumbrar o mar Mediterrâneo, a baía distante de Cannes e o porto de La Napoule. Lá embaixo, no vale, fica a cidade vizinha de Grasse, famosa por suas fábricas de perfume. São muito poucas as fragrâncias que elas produzem que chegam até mim, mas o ar com cheiro de pinho das montanhas que separam o vale das pistas às vezes desce e me alcança aqui.

Doxtader, meu sobrenome, provavelmente é de origem holandesa, mas meu bisavô era original da Noruega e eu sempre vivi na Grã-Bretanha. Meu pai Edvard — conhecido como Ted — recebeu esse nome em homenagem a Edvard Munch, o pintor de *O grito*. Uma ideia sombria como um presságio que possivelmente contribuiu para a minha formação desde a infância, como espero que fique claro.

Munch ainda estava vivo quando meu pai nasceu; meus avós conheceram o grande artista e ficaram impressionados. Meu pai Edvard mudou-se para a Grã-Bretanha no período entreguerras, lá permanecendo após o início da Segunda Guerra Mundial. Minha mãe sempre me dizia que ele havia trabalhado como espião no Ministério da Guerra durante o conflito, tendo a Noruega capitulado para a Alemanha. Sua base ficava perto do aeroporto RAF Northolt, a oeste de Londres, de onde saía em inúmeras missões de voo para a Noruega. Ele conheceu e se casou com a minha mãe, uma inglesa judia chamada Claire, durante os últimos anos das hostilidades e eu nasci enquanto a Alemanha era forçada a desistir do *Lebensraum*.

Eu comecei a conviver por longos períodos com meu afilhado Walter quando ele ficou amigo de minha filha Rain. Nascidos respectivamente em dezembro e agosto de 1966, eles frequentaram as mesmas escolas desde a infância.

Walter é músico. Já aos oito anos, ele estava sempre tocando uma gaita, em geral com a cabeça dentro de um balde de plástico para amplificar o som e deixar o mundo lá fora. Eu era amigo íntimo dos pais de Walter e admirava muito a orquestra em que seu pai tocava.

Talvez seja interessante saber de onde saiu o segundo nome de Walter Karel Watts. O pai de Walter, Harry, era um músico supertalentoso com formação clássica, mas também um entusiasta de ficção científica. Karel Tchápek foi um dramaturgo tcheco que escreveu a peça *A fábrica de robôs*. Foi o irmão de Tchápek que aconselhou a ele o uso da palavra "robô", de origem eslava, que significa "trabalho escravo". Harry tinha grandes planos para Walter, e foi por isso que deu ao filho um segundo nome inspirado na percipiente peça de Karel Tchápek estreada em 1921 sobre máquinas inteligentes dominando o mundo. Aos olhos do pai, Walter estava destinado à grandeza científica. Em vez disso, ele escolheu tocar gaita.

No final da adolescência, Rain preparava-se para ser jornalista e Walter estudava horticultura na universidade. Entretanto, Walter acabou se concentrando nos instrumentos musicais de sopro. Tocando em bares e casas noturnas, começou a ganhar a vida mesmo quando ele e Rain ainda eram estudantes. Walter tornou-se parte do que se convencionou chamar a Quarta Onda do Rock, que aconteceu nos anos 1990 com bandas como Nirvana, Pearl Jam e Smashing Pumpkins, mas a música que Walter compunha era um retorno aos tempos do pós-punk do final dos anos 1970: o pub rock do Dr. Feelgood, dos Stray Cats, dos Fabulous Thunderbirds e da Dave Edmunds Band. Era um tipo de música simples e honesta que Walter desejava reviver e homenagear. Seja qual for a onda em que ele surfou, aos meus olhos, Walter K. Watts era e sempre seria um pub rocker dos anos 1950 no século XXI. É uma afirmação confusa; sou propenso a elas.

É com tristeza que digo que no início dos anos 1980, como pai de meia-idade, eu sucumbi às drogas. Com isso, desestabilizei meu cérebro e, não fosse por um milagre, talvez tivesse morrido sem um tostão. Minha mulher Pamela me abandonou, dizendo que iria para um convento, e por muitos anos eu não soube onde ela estava. Por incrível que pareça, Pamela deixou Rain comigo para que eu cuidasse dela, o que acabou sendo uma atitude inteligente, pelo menos para mim. A responsabilidade de cuidar de Rain, que ainda frequentava a escola com Walter, foi provavelmente o que salvou a minha vida. Eu passei a me dar tão bem em minha área quanto Walter na dele. Hoje Walter é um famoso astro do rock, enquanto eu sou um conhecido e respeitado marchand do que se conhece como Arte Outsider, também chamada de Art Brüt pelos proprietários meio esnobes de galerias de Nova York — e, é claro, pelos franceses que a conceberam. São desenhos, pinturas, esculturas, gravuras e literatura criados por artistas que pensam de forma diferente e que, na verdade, vivem de forma diferente. Às vezes suas obras são simples e ingênuas, às vezes, obsessivas, e por outras, extraordinariamente refinadas ou detalhadas. Por trás de tais obras, geralmente há uma única ideia, um único sistema. Eventualmente, há uma revelação, uma visão ou uma explosão mental subjacente à obra, e os artistas se sentem atormentados ou mesmo possuídos. Eles podem ouvir vozes, como um esquizofrênico, e acreditar que estão sendo orientados. Alguns acreditam que Deus é quem os guia.

O milagre de que falei, aquele que realmente salvou a minha vida, foi que — talvez pela confusão que provoquei no meu cérebro — pude enxergar o valor no trabalho de artistas tão mentalmente complicados. Tornei-me um dos primeiros negociantes de obras de arte da Europa especializados em Arte Outsider. Certamente fui o primeiro fora da França e de Nova York. Colecionadores ricos e até algumas das melhores galerias internacionais adquirem esse material agora. Foi através do meu trabalho como marchand que vim a conhecer Nikolai Andreievitch.

Um dia, na primavera de 1996, dezesseis anos atrás, uma mulher telefonou para a minha casa em Londres. Como não tenho galeria, trabalho em casa.

— Espero não estar incomodando, sr. Doxtader, mas fui informada de que o senhor é o principal negociante de Arte Outsider neste país.

A voz da mulher era rouca e tinha o que eu chamaria de um sotaque muito classudo, modulado por uma suave cadência do norte.

— Isso mesmo — respondi.

— Meu nome é Maud Jackson. Sou a esposa de Paul Jackson, da banda de rock Hero Ground Zero. Você por acaso se lembra deles?

— Lembro, sim — respondi, mas na verdade eu estava quebrando a cabeça, tentando me lembrar de uma música da banda. — Em que posso ajudá-la?

Ela explicou que tinha algo para me mostrar que poderia ser do meu interesse. Paul Jackson, lembrei então, tinha sido um astro do rock dos anos 1960, ator de cinema em meados dos anos 1970, e fundara a Hero Ground Zero. O nome da banda pretendia ecoar o tipo de raiva e frustração de seu jovem público na linguagem que J. D. Salinger usou em *O apanhador no campo de centeio*. Um crítico descreveu Holden Caulfield como sendo um "hero ground zero", um ponto de referência.

— O que exatamente você queria me mostrar? Você é artista?

Na época, meu plantel de artistas estava lotado e cada um dos meus clientes era uma criatura difícil de uma maneira ou de outra. Eu não queria sobrecarregar-me e isso me deixava ansioso.

— Ah, não — respondeu de imediato. — Eu não sou artista nesta área. Posso ir até aí conversar com você?

Alguns dias depois, Maud Jackson veio até o meu apartamento-galeria em Richmond, no oeste de Londres. Quando abri a porta para ela, sorri involuntariamente.

— Sra. Jackson — hesitei. — Entre, por favor. Eu estava esperando alguém...

— Mais jovem? Mais velho? — interrompeu.

— Não, absolutamente!

Na verdade, a idade dela era irrelevante naquele exato momento. Avaliando-a rapidamente, como se faz quando uma pessoa desconhecida chega à nossa porta e devemos convidá-la a entrar e fazer com que se sinta à vontade, senti uma pequena, mas perceptível palpitação em meu coração. O rosto dela me parecia conhecido.

Maud Jackson entrou no meu apartamento passando por mim com uma elegância e uma dignidade que — como eu a observava por trás — fizeram com que eu me sentisse lascivo. Na mesma hora controlei os meus instintos. No entanto, havia algo de intrigante no seu modo de andar, nos seus gestos. A inclinação da cabeça quando ela se virou e estendeu a mão para mim me fez sentir que eu já a conhecia. O tom de seus cabelos grisalhos sugeria que ela fora naturalmente loura. Sua pele estava com um início de flacidez, um pouco descolorida e de tonalidade irregular, mas as maçãs proeminentes do rosto apontavam para uma beleza estonteante, ou pelo menos uma beleza chamativa, da qual deveria ter desfrutado muito quando mais jovem. Não era alta, mas tinha uma postura decidida e ereta que impunha sua presença. Seus ombros eram quadrados; talvez tivesse sido uma profissional da natação. Olhos azul-claros, de um olhar perturbador, sugerindo um passado mais vibrante; sua forma de olhar era franca e direta. Calculei sua idade entre uns 45 e 50 anos. Difícil dizer.

Conduzi Maud à sala de estar, decorada com as obras dos muitos artistas que represento. Eu mantinha para mim as melhores peças deles, e este era o tipo de investimento que me iguala a Walter, financeiramente falando. Maud de repente cruzou a sala para ver uma obra intrigante que me foi presenteada por seu criador: a pintura de um calendário coberto de datas e números.

— Adorei! — exclamou. — De quem é?

— Simeon Blake. Ele tem uma memória extraordinária para datas e acontecimentos históricos, e a progressão nesta pintura gira em torno da minha data de nascimento, recuando ou avançando milhares de anos.

— Ele usa um computador ou algo assim para estabelecer que o dia do seu nascimento caiu numa quarta-feira de 1945?

— Ele faz esse cálculo mentalmente, e todas as progressões envolvidas, em microssegundos. Nesta pintura ele selecionou apenas os dias 20 de junho — meu aniversário — que caíram numa quarta-feira. Não apenas isso, mas ele pode anexar eventos significativos, acontecimentos e fatos de qualquer dia que ele quiser selecionar.

— Fantástico! — Maud inclinou-se para aproximar-se mais da pintura, como se, ao fazê-lo, pudesse desvendar o mistério do presente de Simeon. — Vejo que ele não anexou nenhum evento mundial significativo aqui no dia do seu nascimento.

— Meu nascimento foi perto do fim da Segunda Guerra Mundial...

— O meu também — interveio, me dando a chance de dizer que ela parecia mais jovem do que era na realidade.

Felizmente me contive a tempo, teria sido um chavão estúpido. Ela era da mesma idade que eu, então, cinquenta anos?

— Ah! Então... — tropecei nas palavras, cada vez mais atraído por aquela fascinante mulher de meia-idade.

— Alguns meses antes de as notícias das câmaras de gás serem reveladas.

— Ah, sim, entendo — respondi. — Minha mãe Claire era judia.

— E então... você? — perguntou.

— Meu pai não era judeu e a família de minha mãe foi toda morta na guerra. Enfim, eu vivo uma vida secular. Não tenho certeza da existência de Deus. Você tem?

— Algum tempo atrás, eu teria concordado com você, mas acontecimentos recentes me fizeram reavaliar as coisas em que cresci acreditando, ou melhor, não acreditando.

Ofereci chá, ela aceitou, e fui para a cozinha. Despejei água fervente sobre as folhas no lindo bule de porcelana azul que eu só usava para as visitas. Sua voz atravessou a sala de estar e, novamente, meu coração bateu forte. Será que ela soava como a minha esposa perdida há muito tempo? Eu não conseguia situar o que estava me dando aquela dor no coração.

Levei o chá e o servi à mesa.

— Então — insisti. — Por favor, me diga o que você tem para me mostrar.

Quando ela enfim se pôs à vontade, senti que tinha uma história para contar.

— Meu marido envelheceu tocando na banda dele. Seus parceiros eram mais jovens do que ele e sempre queriam fazer mais turnês do que ele seria capaz de suportar sem se sentir desconfortável. No início dos anos 1970, não havia nem sinal de desacelerar.

— Meu afilhado, Walter, é músico — eu disse, interrompendo-a. — Quando criança, era um grande fã da banda do seu marido.

Eu senti na mesma hora que tinha dito a coisa errada, lançando o marido de Maud Jackson na obsolescência musical. Tentei consertar a gafe:

— Mas é claro que a Hero Ground Zero continuou a emplacar muitos sucessos, não foi?

Ela balançou a cabeça, sinalizando que não.

— O último grande sucesso foi no início dos anos 1970. Mas, por volta de 1975, apesar da falta de hits que eles tiveram no começo da carreira, a demanda do público por shows ao vivo da banda ainda era alta em todo o mundo. Eu via cada vez menos o meu marido à medida que os anos se passavam. Nesse momento, Maud tornou-se concreta para mim. Ela era uma bela mulher, casada com um astro do rock de enorme sucesso, que provavelmente passara grande parte da vida ofuscada por ele, talvez sozinha e solitária.

Eu sabia que Jackson havia atuado em um filme. Walter fora muito fã da Hero Ground Zero antes de se tornar um purista do R&B. Mais tarde, fiz uma pesquisa e fiquei sabendo da história toda. Aos 43 anos, cansado de fazer sucesso comercial sem a menor criatividade, Jackson pôs um fim à banda em 1979, no auge do sucesso, para virar ator. O filme — *A curiosa vida de Nikolai Andreievitch* — tinha roteiro e direção de John Boyd, um eminente cineasta britânico, trazendo Jackson no papel de Andreievitch, um músico carismático que funda um culto religioso.

— Paul achou o trabalho de ator extremamente difícil — prosseguiu Maud. — Acordar antes do amanhecer e trabalhar até depois da meia-noite todos os dias durante meses e meses era muito diferente do tipo de trabalho intenso, mas esporádico, que ele costumava fazer na banda. Além disso, na banda, ele é que mandava. Tinha o controle do cronograma e do volume de trabalho. Paul também bebia demais, mas teve de parar de beber para lidar com o que ele sabia que seria um cronograma de filmagem severo. Em defesa de John Boyd, posso dizer que ele nunca afirmou que trabalhar num filme seria fácil para o meu marido. Mas Boyd era famoso por ser um diretor exigente e meticuloso. A ansiedade de Paul ia aumentando à medida que se aproximava o dia em que rodariam a última cena. Ele sabia que logo estaria entregue à própria sorte quando ficasse livre da disciplina rígida de filmagem que o ajudava a manter-se sóbrio.

Maud pareceu estar se perguntando se eu já tinha visto o filme.

— Vi, sim — eu disse.

— Você se lembra da cena final?

Tentei trazer à memória a imagem icônica. Lembrei-me de que, de certa forma, parecia absurda e exagerada. Maud me poupou do trabalho. Ela vasculhou o conteúdo de sua bolsa e tirou uma folha arrancada do roteiro do filme. Entregou-a para mim.

*Luz. Luz branca ofuscante. O homem, nu da cintura para cima, está de pé, de costas para nós, braços abertos. Seu cabelo dourado e encaracolado bate na altura dos ombros. Não podemos ver o seu rosto. À medida que nos aproximamos lentamente por trás, seu corpo começa a bloquear a luz. O sol está se pondo. Seu cabelo forma um halo. De repente, o homem salta para a frente e nós voamos com ele, navegando pelo céu sobre uma paisagem azul-esverdeada em direção ao pôr do sol.*

— Então esta é a última cena do filme? — Fiquei confuso.

— Parece mais um grande começo, uma cena de abertura para uma aventura.

Maud riu.

— Deveria ter sido. Foi o começo de uma nova fase para o meu marido e para mim também. Mas foi o fim do filme. Paul estava no cume da Skiddaw, no Lake District Park. — Ela parecia estar à beira das lágrimas. — Ele olhava para o glorioso lago Derwentwater lá embaixo e o azul-esverdeado das montanhas em volta. É um lugar dos mais extraordinários. As câmeras estavam rodando e um enorme refletor Klieg posicionado atrás dele parecia incendiar o seu cabelo. Ele estava exausto após dois meses de trabalho ininterrupto. Todas essas imagens e acontecimentos excepcionais viraram folclore entre a população local.

Ela descreveu a cena de forma muito bonita. Percebi, na época, com o marido ainda perdido para ela, que Maud talvez estivesse tentando fazer de sua perda algo poético e, ao mesmo tempo, revelar o que sentia.

— E o que aconteceu depois? — perguntei.

— Meu marido perdeu o juízo.

Maud prosseguiu explicando que a cena em questão era para passar durante os créditos do filme. Isso era incomum, porque as cenas raramente são filmadas em ordem cronológica. Era, como o pessoal de cinema costuma dizer, o *wrap*, o encerramento das filmagens. Após o encerramento, toda a equipe se parabenizou.

— Um dos membros da equipe disse que, depois de Paul descer da montanha na asa-delta e planar logo acima da segunda unidade que esperava perto do lago para filmá-lo voando baixo, ele deveria pousar e retornar à unidade no jipe da segunda unidade. O helicóptero que o seguia não pôde continuar porque a luz estava ficando fraca. Paul desapareceu na escuridão.

— Onde ele pousou? — perguntei. Minha curiosidade para saber mais da história só aumentava. — O que os caras da equipe disseram?

— Nenhum deles parecia saber — disse Maud. — Eles disseram que Paul devia ter encontrado uma corrente de ar ascendente quando estava voando baixo, embora naquela hora já estivesse ficando bem escuro. Disseram que Paul já era um craque na asa-delta. Ele andou praticando, é claro, mas... Naturalmente, houve uma comemoração regada a álcool naquela noite com a equipe de filmagem, no White Horse Inn, que ficava ali perto, no sopé das montanhas.

Maud rapidamente desviou o olhar.

— Eu tinha marcado de encontrar-me com ele lá, mas não apareceu. Na hora eu percebi que algo estava errado e parti sozinha para tentar encontrá-lo.

De repente ela ficou em silêncio, olhando para o céu lá fora por alguns instantes.

— Acredita em coincidências, sr. Doxtader? — perguntou Maud ao virar-se para olhar para mim, procurando no meu rosto por algum sinal de que eu pudesse ser um incrédulo.

— Eu não acho que elas tenham tanto significado assim como algumas pessoas atribuem.

— Nem eu — concordou, e baixou os olhos para o colo.

— Na verdade, o que me pareceu foi que o desaparecimento de Paul deve ter sido planejado com antecedência. Desconfio que os produtores do filme reconheceram que isso renderia uma história que ajudaria muito na divulgação dele. Eu percebi que ninguém estava levando o desaparecimento de Paul muito a sério e pensei que eles deviam estar sabendo muito bem onde ele estava.

— Mas ele podia estar morto!

Fiquei chocado com a ideia de Jackson deixar-se submeter a algum tipo de golpe publicitário.

— Eles certamente te contariam se fosse o caso? — perguntei.

— Exatamente — concordou Maud. — E um dos membros da equipe chegou a mencionar que o seguro do filme ainda estava na validade. Eles pareciam bastante insensíveis.

— Paul era a estrela principal do filme. Eles não iriam precisar dele para toda a publicidade em torno do lançamento?

— Eu pensava o pior de todos eles, mas também tive um mau pressentimento em relação a Paul.

— Que ele caiu?

— Não de asa-delta. Eu temia que ele tivesse sofrido um colapso emocional em algum momento durante as filmagens. Ele podia ser um homem muito difícil. Como eu disse, Paul estava acostumado a ser o líder, a tomar todas as decisões de sua vida e de sua carreira. E também costumava beber muito quando se sentia pressionado. O álcool sempre foi um remédio eficaz para ele.

— O que você está querendo dizer? Que ele de algum modo estragou o filme?

— Não exatamente. Meu medo era que ele houvesse perdido a simpatia da equipe que o cercava. Talvez tivesse voltado a beber demais e eles estivessem cansados dele, e provavelmente todos estariam felizes por se livrar dele.

— Mas será que, quando o contrataram, já não sabiam que teriam de lidar com um astro do rock veterano e complicado?
— O que você sabe do comportamento do artista que bebe demais? Tem algum alcoólatra entre os seus artistas?
— Pouquíssimos clientes meus bebem. Eles já são intoxicados o suficiente.

Maud sorriu quando eu disse isso. Eu queria falar sobre mim, envolvê-la na minha história, atraí-la para a minha vida e meus sentimentos.

— Bebi muito e fui usuário de drogas — confessei. — Eu sei o que acontece.

Maud não pareceu surpresa. Ela sorriu mais uma vez.

— Eu mesma subi a Skiddaw para procurar o meu marido. Como ela amava o seu homem, por mais tolo que ele fosse. Eu tive inveja dele.

— Não querendo que você dê outra entrevista... — sorri, esperando tranquilizá-la. — Mas o que aconteceu depois?

— Bom, eu me hospedei num quarto no White Horse Inn, mas mal conseguia dormir. Então, nas primeiras horas do dia seguinte, assim que teve claridade suficiente, eu me levantei, me vesti e fui visitar um policial local que morava em uma casa próxima. Para meu grande alívio, ele organizou uma equipe de resgate. Ao contrário da indiferença daquela gente da equipe de filmagem, os moradores locais tratavam tudo com muita seriedade. Pelo visto qualquer alma perdida naquelas montanhas recebe a mesma atenção. Depois de dois dias de busca, a equipe ficando cada vez mais preocupada, Paul foi encontrado.

— Onde? Como ele estava?

Que história extraordinária ela estava contando.

Ela ergueu as mãos e pareceu estar acenando, como se estivesse impaciente comigo.

— Desculpe, isso é sempre difícil de contar.

Ela continuou:

— Ele conseguiu voar por quase 25 quilômetros, porque o vento estava forte e as montanhas criaram muitas correntes ascendentes que o mantiveram subindo. Quando finalmente pousou, estava sozinho no escuro. O grupo de busca que finalmente o achou ficou chocado com o estado em que ele se encontrava.

— Você estava lá? — interrompi. — Junto com a equipe que o encontrou?

— Eu estava perto — explicou. — Cheguei lá logo depois que o localizaram. Ele ainda estava nu da cintura para cima, como no filme. Tremia muito e, a princípio, parecia estar delirando. Havia se abrigado em uma caverna não muito funda no meio de uma das montanhas. Era uma visão patética — disse Maud com tristeza.

Seus olhos agora estavam úmidos, mas então ela se recompôs e começou sorrir.

— E também uma visão bastante impressionante! — continuou, sem perder o sorriso. — Ele parecia um náufrago de uma ilha que é resgatado depois de passar anos e anos se alimentando de coco.

Ela fez uma pausa por um tempo que me pareceu constrangedoramente longo. Eu fiquei quieto, esperando, mas aquela nossa conversa já estava ocupando demais o meu dia.

— Quer mais um pouco de chá? — perguntei.

Maud fez que não. Com a mão direita, ela desenhou círculos no ar, como alguém que estivesse fazendo a mímica de "qual é o filme".

— Essa é a parte incrível — disse. — Paul me contou que havia tido uma revelação divina. Desencadeada pelo calor, pelos refletores fortes do filme e pela vista magnífica do Derwentwater, ele vislumbrou o que descreveu como a "Colheita".

Minha atenção foi despertada novamente.

Maud prosseguiu na sua história:

— Ele foi extremamente específico na sua descrição do que tinha visto, tudo era muito coerente, mas ele não seria convencido com palavras a sair daquela montanha.

— O que ele quis dizer com a "Colheita"?

— Era tudo muito estranho, mas eu conhecia o meu marido. Ele tinha realmente visto o que descreveu. Viu cem anjos, todos na sombra de um anjo enorme com asas abertas que iam de um lado do vale para o outro, todos voando baixo sobre uma massa em ebulição de milhares de almas humanas à espera de orientação e transporte para onde estavam destinadas.

— Destinadas? — interrompi. — Para onde?

— Supus que ele se referia a algum outro lugar: céu, inferno, o Plano Astral. Eu realmente não sei. .

Eu já tive minhas próprias visões terríveis como resultado da abstinência de drogas, mas nunca experimentei algo parecido com o que Paul Jackson viu e sentiu.

Maud pegou um lencinho e enxugou os olhos.

— Perguntei a ele para onde esse enxame de almas humanas deveria ir, mas ele disse que não sabia. Quando me permiti demonstrar algum ceticismo, ele reagiu com raiva, afirmando que o que tinha visto era verdade, e que nunca mais poderia ser o mesmo. Mas eu acreditei nele.

Ela virou-se para mim, quase em súplica.

Maud ficara hospedada em seu quartinho acima do ruidoso bar do White Horse Inn por vários meses, às vezes levando uma manhã inteira para subir até a caverna do marido. Na verdade, a caverna era mais um buraco numa encosta protegido por uma árvore. Nessas ocasiões, ela levava vários itens que ele dissera que precisava: mapas, uma barraca, uma pá pequena, bússola, faca, lápis e papel, um casaco impermeável, uma garrafa de água potável, um enorme suprimento de isqueiros plásticos a gás do tipo usado por fumantes, cobertores e mochila. Ele planejava caçar pequenos animais para comer, mas ela também levava comida para ele.

— Às vezes, eu tentava dar um dinheiro a ele — explicou ela. — Mas ele nunca aceitava.

Talvez lembrando a dor que sentira naquela época, sua impotência e frustração, o rosto dela endureceu e de repente ela pareceu mais velha, seus lábios apertados e rachados como os de uma fumante.

— Eu achava que, em suas andanças, ele devia estar pedindo dinheiro às pessoas que faziam caminhadas por ali.

Ao se lembrar disso, ela sorriu novamente.

— Por que você achava isso? — perguntei.

— Paul às vezes tinha objetos em sua caverna que eu sabia que não tinham vindo por meu intermédio — explicou ela. — E na segunda semana do segundo mês, dei a ele uma coleção completa de *A Pictorial Guide to the Lakeland Fells*, do Wainwright, e ele aceitou. Você conhece o Wainwright?

Eu balancei a cabeça afirmativamente. Costumava-se dizer que levaríamos uma vida inteira para cobrir todo o terreno que o próprio Wainwright tinha explorado para fazer os seus famosos guias de toda a região de Lake District; parece que o marido de Maud havia dedicado o que restava da vida a essa tarefa.

— Quando dei os guias a ele, ficou muito mais difícil rastreá-lo.

Maud explicou que seu marido excêntrico conseguiu viver como um eremita errante por vários anos naquela encosta perto de Keswick.

— Eu quase perdi as esperanças de poder ter uma vida normal com ele novamente.

Enquanto Maud falava de tudo isso, seus olhos se encheram de lágrimas, lágrimas de verdade, e aproveitei a oportunidade para consolá-la, levando minha mão ao seu braço. Ela rejeitou meu gesto, sem muita gentileza, com uma série de acenos impacientes, depois secou os olhos e continuou sua história.

— Claro que continuei o chamando de Paul, seu nome próprio, o nome do homem com quem me casei, mas ele me disse categoricamente que agora era Nikolai Andreievitch. Estava vivendo o personagem que trouxe à vida no filme e eu deveria, segundo suas próprias palavras, chamá-lo de Nik. Ele insistiu que um dia o mundo entenderia que a revelação que ele experimentara surgira como resultado direto de seu trabalho no filme. Disse que havia se transformado em um novo homem naqueles últimos momentos da filmagem.

— Ele ainda chama a si mesmo de Nik?

Ela assentiu.

— E eu aceitei, eu também o chamo assim.

— Como você conseguiu? Tinha alguém para te ajudar?

Procurei imaginar como ela deveria ter se sentido sozinha na Cúmbria, tentando manter a comunicação com o marido e desesperadamente preocupada com ele.

— Três meses após a última cena ser rodada — disse ela —, o filme foi lançado com a publicidade costumeira. Foi então que percebi que, mesmo que não tivesse sido planejada pelos produtores, a aventura do meu marido nas montanhas, seu desaparecimento e a história do seu estado mental iriam gerar um material publicitário útil e controverso.

O filme de Boyd acabou sendo um grande sucesso. O enigma em torno do desaparecimento do ator principal nas montanhas de Lake District, suas visões e, por fim, a adoção do nome elaborado do personagem que interpretou no filme acrescentaram mística ao projeto. A empresa de relações públicas explorou a história com grande efeito, mas, depois de um lançamento bem-sucedido, a roda foi diminuindo de velocidade até parar, e Paul Jackson foi esquecido.

Maud então voltou para Londres e passou a visitar o marido com menor frequência. Às vezes, ela ia dirigindo por todo o trajeto até a Cúmbria só para passar vários dias vagando sozinha pelas montanhas, sem nunca se deparar com ele. Por fim, ela simplesmente enviava pacotes para ele por intermédio de um policial em quem confiava, e o homem ia até a caverna de Nik em seu dia de folga para deixá-los sob uma pilha de pedras.

— Velho Nik — disse Maud. — Como o apelido do diabo!

Ela estava rindo de novo. Paul, seu marido, havia se rebatizado como Nikolai, e os moradores da região e os turistas que faziam trilhas naquelas montanhas reduziram o nome para Nik. Ele raramente era visto na área, mas o suficiente para Maud saber que ainda estava vivo, ainda abrindo os braços para o sol nascente ao amanhecer e novamente durante o pôr do sol.

— Eu me perguntava se ele ainda estaria vendo as hostes de anjos sobre as quais havia falado — disse Maud. — Os anjos ainda estariam conduzindo legiões de almas perdidas? Paul estaria vendo essas almas passando para outra vida?

— Outra vida?

Não consegui esconder a incredulidade na minha voz. Seja o que for em que acreditemos, quando falamos dessas coisas no mundo moderno, é pouco sensato deixar transparecer muita fé metafísica.

Achei Maud atraente e desconcertante, mas ela parecia alheia ao meu interesse por ela, e eu tive medo de que minha paciência estivesse de fato começando a se esgotar. Nossa reunião estava ultrapassando o tempo que eu me permitira para aquela conversa.

— Interessante. Mas o que isso tudo tem a ver comigo? — perguntei.

Tempos depois eu acharia que fui um tanto rude com ela.

Maud explicou que, depois de quinze anos de uma vida penosa, umas poucas semanas antes de telefonar para mim, seu marido entrou no bar público do White Horse Inn no vale de Derwentwater.

— Ele anunciou lá que tinha deixado a montanha para sempre.

A primeira coisa que Maud soube sobre o retorno do marido ao mundo normal tinha sido uma mensagem de que ele estava em uma cela na central de polícia de Keswick. A população local gostava de Maud, e também da notoriedade e das fofocas sobre o Velho Nik.

— A história foi que, certa tarde, Nik apareceu na porta do White Horse Inn. Com aquele cabelo comprido e encaracolado, a luz atrás dele dava a impressão de que ele estivesse saindo das chamas.

O Lake District, em Keswick, desfrutava a tranquilidade de sua estação. A primavera demorou a se estabelecer e o tempo deveria estar frio e chuvoso. Aquela tarde foi uma exceção. O bar estava lotado de moradores locais, trekkers profissionais de meias grossas enfiadas nas botas e um grupo de adolescentes com roupas da moda em torno de uma máquina caça-níqueis brilhante e barulhenta.

— Meu marido teve sorte.

Maud olhou em volta da minha sala de estar, seu olhar flutuando pelos quadros cuidadosamente pendurados. Ela balançou a cabeça com ar de tristeza e voltou-se para mim, olhando-me nos olhos de novo.

— Para as pessoas no bar, ele deve ter parecido um velho esquisitão. Mas um dos jovens agricultores reunidos perto de um caça-níqueis o reconheceu dos tempos dele de astro do rock e, como Nik gritou que estava com sede, eles pagaram uma caneca de cerveja para ele, uma cerveja local muito forte que Nik bebeu de um gole só. Quando o policial local chegou para acalmá-lo, ele estava pregando o inferno e o castigo eterno.

Maud deu uma gargalhada.

— Ele não bebia havia muitos anos e acusou os jovens agricultores de tentarem envenená-lo — continuou. — Ele estava gritando que voaria para longe, de volta ao lugar de onde veio.

Concentrei-me para lembrar minhas próprias insanidades por um momento. Sem dúvida, nos delírios de um alcoólatra recém-recuperado, o Velho Nik deve ter visto estrelas, sapos, duendes e provavelmente demônios com forcados cuspindo fogo.

Maud viajou para o norte para resgatar o seu velho marido na mesma noite e, depois de um breve comparecimento no tribunal por perturbação da paz pública, ele foi liberado. Então, após pegar os pertences dele, espalhados por mais de uma dúzia de esconderijos no Lake District, ela o levou embora para a casa deles em Chiswick. O único item que ela deixou para trás foi a asa-delta de Paul.

Apesar de sua visão mais recente, parecia que — finalmente — ele havia se lembrado de quem realmente era e sempre fora.

— Eu ainda queria chamá-lo de Paul, é claro — lembrou Maud. — Mas até nossos amigos mais próximos começaram a chamá-lo de Velho Nik, apesar de o seu corpo bronzeado ter uma aparência jovem e o seu lindo cabelo encaracolado ainda exibir resquícios de dourado.

Maud olhou para mim quando disse isso. Eu devo ter parecido cético novamente, pois ela virou os olhos timidamente para o chão e pareceu um pouco envergonhada.

— Eu já tive visões também — falei de repente, querendo trazê-la de volta ao presente. — Acho que posso entender o que Nik viu ou pensou que viu. Minhas visões foram induzidas por drogas, mas vi coisas extraordinárias.

Eu queria contar a ela sobre os rostos que eu tinha visto gritarem na cabeceira da minha cama, quando ainda era casado com Pamela. Era uma longa história. Respirei fundo para começar, mas, como se por essa confissão de solidariedade eu tivesse me qualificado para ser digno do momento, Maud desenrolou uma lona impermeável que havia trazido com ela e olhei para o primeiro dos magníficos desenhos de seu marido. Fiquei boquiaberto.

Avidamente folheei os desenhos: havia pelo menos vinte deles, e Maud disse que havia mais umas dezenas em casa.

Cada desenho retratava, com uma precisão de tirar o fôlego, uma imagem congelada da visão da angelical Colheita Final do Velho Nik.

— É um trabalho extraordinário — murmurei. — Impressionante mesmo. Imagine se ele realmente viu o que está retratado aqui, o significado disso!

Ela me disse que o Velho Nik havia passado vários anos de sua vida errante fazendo aqueles desenhos; que eles estavam enrolados e guardados na caverna onde ele costumava se abrigar.

— Eles foram uma completa surpresa para mim — continuou. — Paul sempre foi um artista competente. Estudou arte como muitos de seus colegas famosos na cena do rock, mas no passado ele nunca desenhara mais do que alguns retratos simples para cartões de aniversário da família.

Fiquei satisfeito por nenhum deles estar assinado, porque eu soube imediata e instintivamente que Nikolai Andreievitch era um nome mais indicado para um artista outsider do que Paul Jackson. *Nikolai Andreievitch*, pensei em silêncio. Nascido durante a filmagem histórica de sua própria ascensão e queda. Todos no mundo da Arte Outsider deveriam ficar agradecidos por ele ter enlouquecido em decorrência disso.

É um clichê dizer isso — e tenho vergonha por uma ideia tão prosaica ter passado pela minha mente enquanto eu examinava os requintados desenhos a lápis e carvão diante de mim —, mas me ouvi sussurrando:

— Maud — eu disse, minha voz quase inaudível e meio trêmula de emoção. — Você e eu provavelmente vamos ganhar um dinheirão com isso!

Pela primeira vez desde que ela chegara ao meu apartamento, Maud parecia feliz, com uma felicidade que eu senti que já conhecia. Mais uma vez, meu coração palpitou.

# Capítulo 2

Quando Maud veio me visitar em 1996, Walter já se estabelecera em uma carreira de sucesso. Sua banda epônima de pub rock chamava-se Big Walter and His Stand, que mais tarde ficaria conhecida simplesmente como Stand. Ele se chamava Big Walter em homenagem a seu herói Little Walter, o mestre da gaita do R&B, que começou a carreira em Memphis, no Tennessee. O nome da banda de Walter, *Stand*, era, na verdade, uma referência a uma posição do corpo no palco. Em determinados momentos de sua apresentação, ele se posicionava como uma estátua, gaita na mão direita, pronto para tocar, segurando-a no que parecia ser uma tentativa de proteger os olhos das luzes. O braço esquerdo ficava estendido, como se ele estivesse se equilibrando numa prancha de surfe imaginária, os joelhos meio dobrados e virados um pouco para a direita, a cintura ligeiramente curvada. Quando assumia esta postura, o público sabia que logo poderia esperar um solo poderosamente explosivo da gaita, e as garotas começavam a gritar e os rapazes, a berrar.

Depois de uma dessas noites vibrantes em 1995, Walter apareceu no meu apartamento. Quando abri a porta para ele, constatei novamente como ele era bonito, as maçãs do rosto pronunciadas, mas também que, segundo alguns padrões de beleza, tinha defeitos. Os olhos eram muito pequenos, de uma cor um tanto vaga, e, para um homem de apenas 28 anos, ele parecia meio acabado, como quem havia trabalhado anos em barcos de pesca, ou laçando bois em cima de um cavalo. O cabelo comprido era preto e grosso.

Ali na minha frente, ele parecia ansioso, mas não falou de imediato. Era tarde e eu me preparava para ir dormir, mas ele sabia que eu levava a sério meu papel de padrinho e a porta de minha casa estava sempre aberta para ele. Eu sempre fui o seu mentor. Há muito tempo que eu me perguntava se Walter achava que eu o compreendia de um jeito que seus pais não conseguiam. Harry e Sally ficaram confusos quando ele concluiu o curso de horticultura e decidiu voltar-se para a gaita. Será que esperavam que ele viesse a ser uma espécie de profissional do jardim paisagístico?

— Tio Louis — disse ele (que sempre me chamava de tio Louis). — Preciso de uma ajuda.

— Tudo bem — respondi, preocupado que ele tivesse se voltado para as drogas ou se metido em problemas com uma fã. — O que foi?

— É complicado falar disso. Não estou ficando maluco, mas sei que quando começar a falar o que está acontecendo comigo, você pode pensar...

Walter hesitou e perdeu o ímpeto.

— Walter — falei com delicadeza —, é claro que você não está ficando maluco. O que está havendo com você?

— Ando ouvindo umas merdas aí — disse ele. — Em geral, depois dos shows, não consigo dormir.

— Ouvindo umas merdas — o provoquei. — Hmm. Que interessante.

— Tio Louis — insistiu ele, abalado. — Estou com medo.

— Me conte o que aconteceu — falei, sério.

— Nossos shows têm sido ótimos ultimamente. Intensos. Ando cantando bem e meus solos são cada vez melhores.

— Mas que beleza.

— É, é legal, e o público pira totalmente no nosso som.

— Isso *é mesmo* legal — concordei. — Então, qual é o problema?

— Não consigo entender o que está havendo, ou por que acontece, mas acho que estou fazendo algum tipo de conexão profunda com a plateia, com as pessoas que ficam ali na frente do palco.

Francamente, eu não fazia ideia do que Walter estava falando e tentei não ficar inexpressivo. Ele continuou com seriedade.

— Sei que você lida com artistas que têm perturbações mentais, e que eles transformam isso em trabalho criativo.

— Walter, só me conte o que está acontecendo.

— Já falei com você sobre isso antes, sabe. Alguns de nossos fãs aparecem toda noite e costumam ficar exatamente no mesmo lugar.

— E isso te irrita? Acho que me lembro de você ter comentado isso.

— Eu odeio essa merda, mas odeio mais o fato de eu odiar: eles são fãs. Eles pagam o aluguel, afinal de contas. Mas o que sinto é que não preciso conquistá-los, já estão no bolso. Não oferecem nenhum desafio. Eles sabem o que vou fazer, o que vou falar entre uma música e outra. Em certas noites me vejo sendo levado pelas emoções deles em vez de conduzindo o meu próprio caminho.

— Sei, mas você disse que ouvia coisas. O que está ouvindo? Isso tem alguma coisa a ver com esses fãs fiéis?

— Quando a música termina, quando os aplausos cessam, tem uma música na minha cabeça que continua... e às vezes parece muito sombria.

— Seus ouvidos ficam zumbindo?

Walter deu uma gargalhada. Ele tinha uma gargalhada ritmada que lembrava o matraquear de uma metralhadora. Por um momento, a preocupação deixou seu semblante, e ele parecia jovem de novo.

— É óbvio que ficam! Mas o que ouço é diferente. É música, som, é mais do que alguma coisa no meu ouvido. Está dentro da minha cabeça e posso sentir também, parece que tenho um ataque: ataques sonoros. Parece loucura. Eu sabia que ia parecer loucura.

— Não — tentei tranquilizá-lo; ele estava ficando terrivelmente perturbado. — Não parece loucura e é evidente que é muito sério, pelo menos para você.

Ele não respondeu.

— Walter?

Estendi a mão delicadamente para ele; não via o meu afilhado com um ar tão vulnerável desde que era um garotinho. Ele estava sentado com as mãos no colo, como um menino na frente da sala do diretor do colégio esperando por algum castigo. Olhava para cima, para o teto, depois para a esquerda e a direita.

— Estou ouvindo *agora*, tio Louis — disse ele, sua voz quase rompendo no choro. — Parece uma espécie de ataque mental. Gosto de chamar isso de *ataque sonoro*. Quando falo no assunto, ou penso nisso, ele volta, ouço de novo e fico achando que vem daqueles fãs ali na frente do palco.

— Com quem mais você falou a respeito disso? E Siobhan?

Walter era casado com uma linda irlandesa um ou dois anos mais velha do que ele, chamada Siobhan Collins.

— Já conversei com ela sobre isso.

— O que ela disse?

— Para falar a verdade, ela não gosta de nada que tenha a ver com a banda. Todas aquelas garotas bonitas na fila da frente. Qualquer coisa relacionada com a minha banda é difícil para ela. Siobhan acha que preciso fazer um trabalho mais sério, que preciso me levar mais a sério.

— Quer dizer que ela quer que você saia da banda?

Apesar de parecer surpreso nessa hora, também me perguntei quais seriam os motivos de Siobhan, embora eu achasse que talvez tivesse as mesmas preocupações dela em relação a Walter. O empresário dele, Frank Lovelace, era particularmente ambicioso e agenciava um grande número de artistas. Sempre de olho em grandes contratos, vivia ávido para ganhar sua comissão. Walter era essencial para o sucesso da banda, e Frank Lovelace tinha uma personalidade supercontroladora em tudo que dissesse respeito a Walter.

— Não sei. Ela nunca falou muita coisa. Mas ela é irlandesa! — Ele riu alto de novo, aquele riso musical que o trazia de volta à vida por um momento. — Quer que eu seja o novo Seamus Heaney, sei lá.

Ele meneou a cabeça.

Siobhan trabalhava para a central de notícias da BBC, em Londres. Era encarregada de um grupo de correspondentes estrangeiros; minha filha Rain fazia parte de sua equipe.

— Já conversou com Rain?

Era uma pergunta boba. Rain estava no Afeganistão havia alguns meses.

— Não sobre isso. Escute, tio Louis, isso nunca me aconteceu antes. Eu me sinto como se estivesse sintonizado com os pensamentos que vêm da plateia.

— Mas é justamente nisso que você é bom, Walter.

Eu tinha razão. Ele quase sempre parecia ter o público na palma da mão.

— Não, isso é muito negativo. É como se eu ouvisse os temores deles, como se os amplificasse.

— Sintonizar-se com o seu público, prever a vontade deles, é isso o que você faz. E especialmente bem. É o que fazem todos os bons artistas. Certamente Siobhan tem orgulho de você, não?

— Ela tem, mas não é só a banda que ela acha inferior a mim. Ela acha que casas como o Dingwalls fingem ser melhores do que são.

— Fingem ser um pub irlandês com violinos, flautas e cerveja Murphy's direto da fábrica?

Walter deu uma gargalhada.

— Estive com ela em alguns desses em Waterford. São muito loucos.

— Não tenho dúvida de que são cheios de mulheres bonitas também — acrescento.

Só por um momento, Walter pareceu voltar a ser o que era. Ele sempre foi seguro de si e decidido, mas eu podia ver que algo mudara nele. Ele falou por mais meia hora. Pensei que escutá-lo, só escutá-lo, devia ser melhor do que sair-me com ideias ou debater-me para encontrar uma solução.

Ele sempre me dizia que, toda vez que tocava música, precisava ouvir. Na verdade, afirmava que os bons músicos eram divididos entre aqueles que ouviam e aqueles que simplesmente tocavam. Os grandes músicos faziam as duas coisas: tocavam e ouviam. Walter aspirava a esta grandeza, e ultimamente — quando ele tentava escutar — começava a ouvir esses sons estranhos que eram ao mesmo tempo inesperados e indesejados. Assim, ele ficava com medo de ouvir; estava apavorado com a possibilidade de ser incapaz de continuar como um músico que trabalha com outras pessoas.

A sirene de uma viatura policial arrancou-me sobressaltado de meus pensamentos. Percebi que não tinha feito uma pergunta muito óbvia a Walter.

— Então você não falou com Harry?

O pai de Walter, meu velho amigo. Harry era um bom pai, embora distante. Como disse, ele era um músico de sucesso, fazia muitas turnês e parecia viver em um mundo sublime. Órgão clássico, Messian e Bach. Sally, esposa de Harry e mãe de Walter, também se confidenciava comigo e contava algumas das dificuldades do casal.

— Não quero preocupar o meu pai — disse Walter em voz baixa. — Por enquanto não, pelo menos.

— E pretende falar com ele?

Quando havia algo que não queria explicar nem revelar, Walter simplesmente não dizia nada. De vez em quando ele fazia um sinal de que estava considerando se falaria ou não: coçava a lateral do nariz com uma expressão um tanto travessa. Às vezes isso o levava a dizer alguma coisa. Às vezes era só preâmbulo de mais silêncio.

Nesta ocasião, ele por fim falou, mas tive a sensação de que não estava dizendo o que pretendia expressar.

— Acho que eu devia ver um médico primeiro.

Walter explicou que sabia que se falasse com o pai, a primeira reação dele seria perguntar se ele havia procurado um médico.

— Coloque suas experiências por escrito — sugeri. — Vai ajudar, se você decidir consultar um médico.

— Descrevê-las? Ou colocar numa pauta?

A capacidade técnica de Walter como músico não era equiparável à do pai. Ele não sabia ler nem escrever música.

— Você sabe que eu trabalho com Arte Outsider, Walter — ri. — Se você escrever, se puder permitir que outras pessoas tenham uma noção do que está ouvindo, você poderia fazer parte do meu fabuloso plantel de artistas. Como um poeta!

Eu ri de novo, forçado, tentando trazer Walter de volta ao presente, aliviar o que ele sentia.

Ele recostou-se e virou a cara.

— Posso descrever o que ouço — disse ele, olhando para mim com uma expressão triste. — Mas eu acharia muito complicado transformar isso em música que as pessoas possam ouvir.

Eu conhecia Walter desde que ele era criança. Mas sabia como os outros o percebiam, seus companheiros de banda, os fãs, seu empresário. Eles o viam como um cara "meramente" bonito, obstinado e descolado. Ele parecia um homem que podia se dar muito bem numa briga, mas não creio que muitas pessoas tivessem alguma ideia da profundidade de seu íntimo.

Vi sinais disso quando ele era criança ainda. Walter havia estudado jardinagem e costumava dizer que seu sonho era um dia criar um labirinto verde. Dissera a Rain que podia levar vinte e cinco anos para um labirinto crescer o bastante para alguém se perder nele — ainda mais tempo, em alguns casos. Todo labirinto verde podia tornar-se um labirinto de verdade, desde que dedicássemos tempo e cuidados.

Ele me pareceu um jovem que — ao contrário da maioria de seus amigos, que queriam seus desejos satisfeitos o mais rápido possível — entendia a alegria de esperar que a natureza seguisse o seu curso.

— Há mais alguma coisa? — perguntei.

Walter escondia algo de mim.

Ou eu disse o que não devia, ou toquei em algum nervo sensível. Walter meneou a cabeça e pegou o casaco e a bolsa. Uma nesga de luz capturou seu rosto e me vi refletindo que esta nova vulnerabilidade o deixaria ainda mais irresistível às mulheres cuja aproximação ele permitia. Minha filha Rain sempre o amou. A paixão de infância havia se transformado em uma paixão silenciosa. Siobhan pressentira que ela poderia ser uma rival e, como sua chefe na BBC, vivia enviando Rain para trabalhar em lugares distantes e perigosos.

Walter me deu um abraço e sorriu ao se despedir.

No inverno do ano de 1995, minha filha Rain veio me visitar em meu apartamento — pensei que para o chá da tarde — e, usando a chave da porta que eu havia lhe dado, entrou por conta própria, jogou sua pasta de jornalista no chão, bateu a porta e atirou o casaco no piso do saguão. Entrou em minha sala de estar, arriou no sofá e, com um olhar chateado e sem qualquer preâmbulo, anunciou que Walter tinha se casado.

— Voltei a Londres, fui ao escritório, vi a aliança no dedo de Siobhan e perguntei a uma amiga quem era o azarado. Ela me disse: "Siobhan se casou com o namorado dela. O seu amigo Walter."

Rain estivera no Afeganistão com uma unidade da BBC, viajando com uma patrulha de mujahedins financiada pelos EUA, indo e voltando por dois anos, documentando o fim previsto das hostilidades na região.

É claro que eu, por outro lado, sabia que Walter se casara, e estivera no casamento em 25 de junho de 1994.

— Por que não me contou, pai? — perguntou Rain, com lágrimas nos olhos. — Eu deveria ter ido ao casamento de Walter. Ele é como um irmão para mim.

Eu sabia que o que ela realmente queria dizer era que Walter era sua paixão; ela é que deveria ser esposa dele. Ela devia saber que não teria sido viável para mim entrar em contato com ela enquanto estivesse circulando com os mujahedins a trabalho. Além disso, fiquei completamente chapado no casamento. Não me lembro de quase nada. No dia seguinte, acordei me sentindo um morto e rapidamente tentei esquecer tudo sobre aquele evento.

Eu estava mexendo na contabilidade do trabalho, mas parei enquanto Rain estava ali sentada, infeliz — tinha bons motivos para ficar aborrecida. Olhei atentamente para minha filha, como pela primeira vez. Ela estava muito bonita naquele momento de transtorno. O cabelo curto era de um ruivo-claro dourado. Sua pele, ligeiramente sardenta, era clara e sempre sensível ao sol. Tinha muito pouco do belo colorido judeu de minha mãe, Claire, mas herdara a estrutura óssea forte da avó materna. Rain não era a imagem da mãe, nem era a minha imagem — sorte dela, pois não sou nenhuma pintura a óleo. A mãe de Rain, Pamela, minha esposa há muito tempo perdida, sempre foi muito bonita e era totalmente ruiva. Não uso o termo no sentido pejorativo e discriminatório, como é comum no Reino Unido, posso garantir. Eu era louco por esse visual. Seria absurdo dizer simplesmente que tinha cabelos vermelhos. Pamela era ruiva mesmo, tinha um delicioso tom característico de cabelo quando jovem. Sua aparência combinava com sua personalidade. Ela era agitada, imprevisível e inconstante. Fogosa.

    Assim, foi um choque para mim que, quando Rain nasceu, Pamela de repente tenha decidido tornar-se celibatária. Ah, e também católica. Até essa época, ela foi, para colocar a questão com a maior educação que me é possível, quase ninfomaníaca. Ela era como as ruivas lendárias: gostosa. Como jovem marido antes do nascimento de Rain, às vezes eu sentia que tinha caído no paraíso. Nenhum homem poderia querer mais de uma esposa, no plano sexual.

    Preciso observar que as mulheres me achavam atraente. Algumas ainda acham. Sou um homem de aparência estranha em muitos aspectos, uma mistura de estereótipos raciais, ariano com judeu. Mas deu certo para mim. Sou de altura mediana, tenho olhos castanhos, cabelo preto que costumo usar comprido, e, embora esteja ficando ralo no alto, tenho o bastante ali em cima para passar por um homem um pouco mais jovem do que minha idade verdadeira. Nada mal, porque eu nunca cuidei do meu corpo, ou do meu rosto. A única coisa que acho que de vez em quando leva algumas mulheres a se retraírem de mim é minha barba. Não é longa, e nem sempre eu a exibo, mas prefiro ter barba — acho meu queixo meio fraco. Quando me olho no espelho, não costumo gritar "Seu bonitão gostoso" enquanto passo colônia, mas aconteceu algumas vezes. Meu rosto tem a aparência de ser mais largo na testa do que deveria, mas isso se deve ao fato de o queixo ser pequeno. Pintei um estranho retrato de mim mesmo, mas Pamela em geral me chamava de gracinha ou lindo. Quando fazíamos amor, e nossos rostos estavam próximos na meia-luz, eu a chamava de linda — porque era como Pamela ficava nessa hora. Ela me chamava de lindo. Eu supunha que ela dizia a verdade. Mas nunca fomos uma família que exaltasse a noção de autoestima elevada, e Rain não se considerava a mulher bonita que se tornou. Os homens ficavam caídos por ela — mas Walter sempre a tratou como uma irmã.

De repente, enquanto Rain estava sentada — visivelmente fervilhando, o ar zumbindo com sua beleza, a sala reverberando sua energia sexual evidente, mas frustrada —, vi sua mãe nela.

— Deixe disso, Rain — falei. — Meu afilhado casou-se com uma fã, é isso que ela é.

Tentei improvisar uma gargalhada, mas não deu certo. Rain demonstrou uma irritação ainda mais desenfreada.

— Siobhan é superinteligente, pai. Se ela era fã, fez segredo comigo. Eles devem ter decidido se casar por capricho. Como você pôde ir ao casamento e não me contar? — explodiu e colocou-se de pé num salto, batendo as palmas nas coxas com tanta força que deve ter provocado um hematoma.

Eu não queria enfrentar o fato de que realmente não me lembrava de muita coisa do casamento. Tinha uma vaga lembrança de dar algumas drogas à irmã mais nova de Siobhan, Selena, que estava lá com uma amiga muito bonita, Floss.

— Na verdade, Siobhan é mais velha do que eu, pai! Walter se casou com a porra da minha chefe!

Ela começara a andar de um lado para o outro, depois parou e, virando-se, deu um tapa na testa.

— Meu Deus! — exclamou. — Siobhan me designou para o Afeganistão por dois anos enquanto ela ficava aqui fazendo o trabalho sujo.

Depois Rain arriou de novo, chorando lágrimas de verdade.

É claro que eu tinha influência na vida e na carreira de Walter. Rain sabia muito bem disso. Eu era o principal mentor de Walter, o seu farol. Talvez em parte por ele ter me visto em meus piores momentos e depois testemunhado minha recuperação, ele me dava ouvidos. Eu podia tê-lo ajudado a ver que minha filha era apaixonada por ele — se eu mesmo tivesse notado.

Entretanto, eu não via Walter e Rain como possíveis amantes. Deixei essa escapar. Para mim, eles sempre seriam duas crianças que brincavam na piscina infantil do jardim, ou cavavam a areia na praia em Clacton. Ser um pai solteiro é difícil por muitos motivos óbvios, mas eu dificultei ainda mais por ser dependente químico. As drogas não me impediam de ser funcional. Elas entorpeciam parte da dor, mas também os meus sentidos. Eu não ficava inteiramente alerta ao que acontecia entre aquelas duas crianças adoráveis bem diante do meu nariz. Eles se amavam, mas Rain tinha ido além e o amava romanticamente.

    Rain devia ter uns dez ou onze anos quando Pamela e eu tentamos fazer com que nosso casamento não naufragasse. Eu usava heroína como uma forma de sobreviver ao impulso sexual não correspondido por minha esposa ardorosa e à ausência do prazer de que desfrutávamos no início do casamento. Um dia, em uma fase muito estranha em que eu tentava largar as drogas, decidimos — minha esposa ardorosa e eu — que precisávamos de uma cama mais larga e maior.

    — Você quer dormir ainda mais longe de mim — murmurei pateticamente, acrescentando algo que eu não pretendia. — Mas quero dormir ainda mais longe de você também.

    — Ha! — exclamou Pamela. — Você acha que isso é um joguinho.

    — Não — corrigi. — Acho que uma cama maior seria uma boa ideia para nós. Agora já estamos casados há bastante tempo. Sei que as mulheres se entediam com os maridos. Talvez até os achem irritantes. Eu não deixo você dormir?

    — Você não ronca, se é o que quer dizer — riu Pamela.

    — Você não peida, não pronuncia o nome de outras mulheres enquanto sonha. Sério, Louis, por que você acha que eu quero uma cama maior? Para não ter de fazer sexo com você? Não acha que eu posso afastá-lo, se você chegar muito perto de mim? Você é tão palerma. Sempre vou te amar, Louis. Quero lhe dar o que você precisa, mas algo mudou em mim. É imenso, Louis. Queria que não tivesse acontecido, mas aconteceu.

Não me ocorreu tentar processar o que Pam quis sinalizar com o uso do adjetivo "imenso", mas a heroína tende a entorpecer a ansiedade. Eu simplesmente ficava pairando entre o torpor indiferente da droga e a abstinência autocentrada. Para Pam, deve ter sido como viver com um cachorro pastor fofinho que de vez em quando acorda para caçar um mosquito.

Encontramos uma espécie de armazém em Hampshire que vendia camas francesas antigas, e fomos de carro até lá para escolher uma que fosse adequada para nós.

Concordamos na compra de uma cama de casal imensa que tinha cabeceira e pés altos de nogueira. A cabeceira da cama era ricamente granulada e, na luz fraca do canto do armazém onde estava posicionada, parecia bem atraente. Foi quando o entregador montou a cama em nosso quarto ensolarado que notei algo bem estranho. A madeira granulada de um lado da cabeceira parecia ser mais ricamente gravada do que a do outro. Era como se um lado tivesse sido insistentemente polido por alguma alma obsessiva pelos 150 anos de sua vida em uma grande casa de fazenda em algum lugar na França.

— Sabe o que são estas marcas, Pam? — observei. — O granulado mais escuro é porque a cabeça de alguém ficou encostada ali, noite após noite, o cabelo oleoso, como cera, realçando as imagens sugeridas pelos veios naturais da madeira.

— É, e essas manchas são da cabeça de um homem — disse Pamela, fazendo uma careta de reprovação. — Este é o lado do homem na cama.

— Meu lado!

Consegui rir, mas me senti aviltado pelo comentário, e não me parecia justo. Não fui eu que manchara a porcaria da cama. Eu não usava gel nenhum no cabelo.

Meu lado. Manchas. Cabelo oleoso. Do meu lado.

Eu era dependente químico antes de conhecer Pam. Quando ela por fim percebeu que eu usava drogas regularmente, acho que pensou que poderia me transformar. Em parte, seu fracasso em me afastar das drogas agravou o meu vício. A vergonha aliava-se ao desconforto quando eu tentava parar, e Pam era impaciente. Ela era uma mulher forte, muito poderosa e dominadora. Seria uma figura materna para mim? Não, eu a venerava como a uma deusa e acho que a enfurecia. Ela queria sexo apaixonado e vigoroso, companheirismo e emoções. No início, acho que eu a intrigava e, como ficava chapado com frequência, nossas sessões langorosas e longas de sexo convinham a ela. Então, de repente, tudo que era bom em nosso casamento nos escapuliu. Eu havia me transformado numa pessoa tediosamente autocentrada. Talvez eu esteja sendo severo comigo mesmo ao dizer isso. Ela teve sua parte na história, mas me ouvir enquanto eu me deleitava com alucinações induzidas por drogas deve ter sido de enfurecer.

Naquele momento, os delírios íntimos da abstinência aliados ao sentimento de absoluto desdém de Pamela por mim, e possivelmente — naquele momento — por todos os homens de cabelo oleoso, fizeram os veios e formas gravados na madeira assumirem uma natureza psicodélica, e uma dúzia de caras fantasmagóricas apareceram aos gritos, como aquelas criadas pelo homônimo de meu pai, Edvard Munch. De algum modo esta imagem penetrou tão fundo em minha psique vulnerável que por vários meses eu fiquei completamente obcecado por descobrir quem tinha apoiado a cabeça naquele local da cama noite após noite, e o que ele tinha em mente — que pesadelos, que visões, que horrores? Lembro-me de Rain, pobre criança, tentando me consolar sem parar, prometendo que me ajudaria de algum jeito.

Quando me recuperei, uma semana depois, Pamela tinha ido embora para nunca mais voltar, nunca fazer nenhuma reivindicação, nunca pedir a guarda de Rain. Pamela simplesmente desapareceu. Não tive como localizá-la. É claro que meu uso de drogas piorou por algum tempo. As alucinações evoluíram para conversas alarmantes com anjos eróticos feito ninfas e gárgulas diabólicas que eu podia tocar e até sentir o cheiro, se quisesse. Eu estava sem medo e, portanto, muito perigoso para mim mesmo e minha filha. Pamela não sabia, tenho certeza disso. Os pais de Walter, Harry e Sally, ajudaram-me imensamente nessa época difícil. Eles cuidaram de Rain por meses a fio, e me instalaram no quarto de hóspedes, para ficar perto dela.

Ambos eram habilidosos na montaria e, como Walter tinha criado birra com cavalos por algum motivo quando criança, aproveitaram a chance de ensinar Rain a cavalgar. Isso tirava sua mente de meus problemas particulares que, é claro, não eram piores do que os dela, e ela adorava os dois cavalos do casal. Na época, eu costumava me perguntar como Rain estaria se saindo sem a presença da mãe. Lembro-me de Walter e Rain, quando mal tinham doze anos, sentados tensos e atentos enquanto eu descrevia algumas das coisas peculiares que via em minha cabeça. Ela parou de tentar me convencer de que me ajudaria a voltar à sanidade quando viu que Walter — a quem ela venerava — achava o que eu dizia muito legal mesmo.

— Os artistas talvez vejam as coisas de um jeito diferente de você e eu. — Eu estava sentado com os dois diante de uma lareira acesa, chocolate quente para eles, conhaque para mim, além de um speedball de heroína com cocaína. — Ou talvez a diferença seja que eles tentam partilhar conosco o que veem, transformando tudo em desenhos, música ou histórias. Eu queria ser artista. O que costumo ver e ouvir quando não estou me sentindo bem é tão interessante e arrebatador quanto o que sinto quando estou alegre e feliz.

Eu queria poder contar a eles sobre as ninfas e gárgulas.

— Quando sentimos dor, sabemos que somos humanos, que estamos vivos. Para mim, a dor física nem sempre é algo a ser entorpecido, mas o que eu preciso atenuar é o que acontece na minha cabeça. Preciso ser capaz de ver e ouvi-la com clareza, ter uma certa distância, poder expressá-la.

As crianças queriam saber exatamente o que eu ouvia e via. Eu não queria assustá-las, mas queria explicar a mim mesmo por que eu era daquele jeito.

— Vocês têm idade suficiente para saber sobre drogas. Aposto que as crianças maiores da escola já estão experimentando. Mas as substâncias em nossos corpos e no cérebro são muito mais poderosas. Se eu parar por um momento e olhar atentamente para alguma coisa, como as chamas e a fumaça desta lareira aqui, minha mente pode ir para qualquer lado. Agora, por exemplo, eu vejo mulheres nuas, dançando. Nada obsceno, parece um balé. Mas elas se transformaram em serpentes douradas que se contorcem. Agora a fumaça parece um tecido pesado, e as brasas escondem um animal cintilante. Algo parecido com uma baleia, pegando fogo.

"O que um artista pode fazer é pegar essas imagens e transformá-las em algo tangível. Quando meus clientes, os pintores ou escultores que represento, mostram-me seus trabalhos, eles sabem que o que eu valorizo nem sempre tem a ver com uma lógica clara por trás do que eles fazem. Eles podem simplesmente estar tentando explorar o que as pessoas normais talvez chamem de loucura."

Harry e Sally Watts faziam parte do mesmo grupo de Pam e eu. Éramos interessados em arte e tolerávamos as excentricidades e fraquezas uns dos outros, e podíamos ser entreouvidos dizendo coisas como: *Sua ética profissional é o que faz de você o que você é,* ou *Se você não fosse junkie, não seria capaz de apreciar os artistas com quem trabalha.* Éramos todos extremamente liberais e acho que Harry e Sally pensavam que meu vício era uma espécie de distintivo de honra. Mas todos nós ganhávamos dinheiro, o bastante para ter uma vida decente e confortável. Harry e Sally moravam com Walter em uma rua agradável do lado tranquilo de Ealing Common. Inusitadamente, a grande casa eduardiana deles nunca fora dividida em apartamentos, e eles desfrutavam de um imenso jardim esparramado, assim como três quartos de hóspedes no segundo andar que raras vezes foram usados, até minha chegada com Rain. Nunca sentimos que estávamos atrapalhando. Eu não era um mau cozinheiro, assim podia contribuir com a rotina da casa, fazer compras e preparar muitos jantares. Harry, em geral, trabalhava à noite, apresentando-se em concertos, e às vezes passava dias viajando. Sally parecia genuinamente desfrutar de minha companhia, em vez de meramente suportá-la. Ela era uma pintora muito bem-sucedida de cenas equestres modernas, de eventos de corrida de cavalos e de famosas disputas como o tradicional Grand National. O fato de eu lidar com arte nos proporcionava um terreno em comum.

    Harry e Sally mantinham os cavalos em um grande estabelecimento em Harefield, um vilarejo no cinturão verde de Middlesex, a cerca de trinta e cinco minutos de carro de Ealing. A compacta rua principal de Harefield dispunha de alguns antiquários e um correio, e o vilarejo era cercado por bosques planos e campos perfeitos para andar a cavalo e saltar obstáculos. Rain rapidamente tornou-se uma amazona ávida, apesar da relutância de Walter em se envolver. Harry e Sally eram considerados especialistas e, embora não participassem de competições, gostavam de comparecer a todas as gincanas e eventos de hipismo na região. Sem a paixão pelos cavalos e a montaria, aquele fogo, aquela exaustão explosiva que a mãe dele em particular sentia depois de um galope, Walter nunca teria nascido. Ela me contou que só depois de um galope ela e Harry conseguiam fazer amor.

    Em seu mundo de classe média alta, vivendo entre a cidade e o campo, a arte, a música e os prados, Harry e Sally conseguiram tornar aquela época relativamente feliz para Rain e para mim. Uma distinção no protocolo da criação dos filhos que surgiu canhestramente em nossa época na casa dos Watts foi que Walter e eu parecíamos seguir nossos instintos nas coisas que procurávamos, enquanto Harry, Sally e Rain acreditavam que só a prática intensa levava ao sucesso.

Eu entendia perfeitamente que, sem o aprendizado tradicional que teve em belas-artes, Sally jamais teria se tornado a excelente desenhista que era. Ela produzira quase quinhentas pinturas e desenhos antes de fazer sua primeira venda lucrativa aos 31 anos. Seu estilo era refinado e foi aperfeiçoado pelo tempo, e ainda assim evoluía. Ela nunca parava de estudar: desenhava constantemente, aconselhava-se e tinha aulas com outros pintores, e analisava o trabalho de grandes pintores equestres do passado ou que eram seus concorrentes contemporâneos.

Harry, por sua vez, praticava incessantemente em seu grande órgão em casa. Era um console antiquado com três teclados manuais, duas fileiras de registros e uma pedaleira completa, mas era inteiramente eletrônico, e ele costumava praticar tarde da noite, usando fones de ouvido. Era como se passasse a ser parte da máquina; ele podia tocar praticamente qualquer música para órgão colocada diante dele. Sua leitura musical era inconsciente e perfeita. Ainda assim, suas apresentações eram muito respeitadas por sua capacidade de conferir emoção e uma nova vida aos conhecidos clássicos para órgão.

Rain, cavalgando com a frequência que podia, saltando como uma campeã, queria ser escritora. Lia constantemente, mas também escrevia contos e poemas e logo estava contribuindo com quase metade do conteúdo da revista publicada mensalmente pelo Harefield Equestrian Centre que eles frequentavam.

Já eu nadava contra a corrente. As pinturas que eu preferia eram principalmente de artistas sem educação formal. A música que mais me agradava tendia a ser a dos renegados da música séria. Assim, apresentei a Walter muito wild jazz e música folk primitiva, bem como alguns dos compositores orquestrais menos comuns do período. Walter parecia se inclinar também para esse lado: aprendeu gaita, piano e violão sem ter aula nenhuma. Sua prática era autoindulgente; ele tocava o que queria ouvir, ou tentava tocar o que mais lhe dava prazer. Assim, estava constantemente aspirando a melhorar, mas nunca pensou em ter aulas. Harry não podia ajudar Walter musicalmente; seu mundo era tradicional e conservador demais. Sally costumava elogiar Walter se o ouvisse tocar algo que lhe agradava, mas ela também tinha tomado a estrada acadêmica e queria que Walter trabalhasse com um professor de música de verdade em vez de ficar comigo, ouvindo meus velhos discos de vinil de Fats Waller, Louis Armstrong, Sun Ra, John Fahey, Bert Jansch, Davey Graham, Archie Shepp e Stockhausen.

Todos ficamos agradavelmente surpresos quando Walter de repente passou a se interessar pelo jardim negligenciado da casa em Ealing, e começou a trabalhar nele, quase intuitivamente, mas com habilidade, para que tivesse uma aparência digna e bem cuidada. Parecia natural então que ele se sentisse atraído aos Kew Gardens próximos, e às palestras e excursões por lá, e, depois de se formar na escola, ele se matriculou como aluno na Royal Agricultural University, em Cirencester. A irmã de Harry e tia preferida de Walter, Harriet, morava na cidadezinha de Tetbury, que ficava bem próxima, assim a localização era perfeita. Walter estudou por dois anos na universidade de agricultura e passou nos exames finais com mérito.

Então, para consternação de Harry e Sally, ele se juntou à banda de Crow Williams. Crow já se dava muito bem no Dingwalls na época, mas admitiu que o carisma e o talento de Walter seriam um reforço. Crow também não queria ser vocalista e foi ele que batizou a banda reorientada de "Walter and His Famous Stand".

Por algum tempo, enquanto morava na casa dos Watts, fui ficando cada vez mais psicologicamente instável. Parar de usar heroína não é o mais difícil, pelo menos não para mim. Complicado é lidar com a insatisfação criativa.

Como eu disse, eu tinha explicado às crianças as coisas extraordinárias que podia ver, mas aquilo se tornara uma parte indesejada de minha vida cotidiana. Eu queria ficar limpo, viver como Deus me fez, tal como antes. Assim, um dia, não consigo me lembrar exatamente quando, me comprometi a em ficar careta e foi então que percebi por que tantos viciados não conseguiam permanecer sóbrios. Não era a infelicidade da abstinência que os impelia a se aplicar de novo, mas a enorme magnitude de voltar a ser uma pessoa normal, passando por um dia comum. As visões de gritos na cabeceira da cama que tanto irritavam Pamela começaram a inundar tudo que eu olhava com atenção. Comecei a ver, em cada peça de madeira granulada, o que eu interpretava como rostos de várias encarnações de deuses, messias e outros mensageiros divinos.

Não me parecia loucura, mas uma revelação. Parecia que eu recebia sugestões, sinais e diretrizes de que estava no caminho certo, que eu estava em contato com um mecanismo espiritual que libertaria minha alma. Estas imagens "encontradas" foram a base de um novo código para mim. Eu ficava cada vez mais obsessivo com o passar dos meses. Então diversifiquei, vendo o mesmo tipo de rostos, beatíficos ou aos gritos, no desenho do linóleo do chão da sala de espera no médico, nas nuvens no céu, na fumaça subindo de uma lareira ou nas ondulações da água corrente.

Gostaria de tentar explicar o que aconteceu, como encontrei o caminho de volta à sanidade, mas isso é, na realidade, outra história. De certo modo, Walter e Rain, mesmo sendo crianças, me ajudaram de fato. Como eu disse, eles me ouviam. Eu tinha medo de assustá-los, de plantar sementes terríveis de medo sobre o que podia acontecer à mente humana submetida a suficiente estresse, trauma e deslealdade ruivo-ninfomaníaca. No meu caso, depois de vários anos, tive uma "recaída", como os dependentes chamam seu retorno às drogas.

Mesmo agora, enquanto escrevo sobre essa época, minha raiva volta. As crianças me ajudaram. Minha própria história é estreitamente entrelaçada com a de Walter.

Digamos que, depois de algum tempo, eu fiquei bem. No verão de 1995, estava sóbrio. Como resultado do que eu tinha visto e sofrido, comecei a procurar aberrações na arte, distorções e pesadelos. O que eu tinha vivido e as visões que tivera enriqueceriam minha vida se eu fosse um pintor como Munch, Van Gogh, ou Dalí. Mas não sou artista, e ainda assim vira fantasmas, e depois encontrei uma nova linguagem em cada aspecto da natureza, que falava comigo do bem e do mal e de todos os tons entre os dois. O melhor de tudo: logo descobri a Arte Outsider, seus *Artistes Brüts*, e, no fim, senti que tudo provavelmente estava predestinado.

# Capítulo 3

No verão de 1996, chegou a hora em que eu tinha de falar formalmente com Andreievitch sobre nossos negócios. Ele, o artista. Eu, seu marchand. Maud o levou a meu apartamento, e na mesma hora ficou claro que, apesar do grande amor que sentia por Nik, ele começava a irritá-la e a aborrecer terrivelmente. Ele estava agitado e inquieto, mas sorria o tempo todo, de um jeito sonhador e distraído. Começara a aparentar ser muito mais velho do que Maud. Seu cabelo comprido e encaracolado, que certa vez ela descreveu como "dourado", agora parecia sujo. A pele estava enrugada do sol; ainda era bonito, mas parecia mais baixo do que eu imaginava que seria, porém em geral é assim que os astros pop da juventude parecem quando os confrontamos cara a cara pela primeira vez. Eles costumam ser mais baixos, ou mais altos, mais feios ou de melhor aparência. Fotografias, filmes e televisão enganam de diferentes formas. Nunca o vi se apresentar, mas conhecia suas gravações. Ele envelhecia, encolhia dentro de si mesmo. Parecia estar no centro absoluto do seu próprio mundo.

— Gosta de minhas pinturas?

Ele pegou um de seus desenhos a carvão que agora estava belamente emoldurado, já vendido a um colecionador que por acaso também era um astro aposentado do rock (na verdade, um dos parceiros de Nik).

— Muito, Nikolai — respondi. — O que você viu lá no Lake District Park foi extraordinário, mas mesmo que tivesse simplesmente desenhado coisas que imaginou, seu trabalho seria deslumbrante.

— Eu vi mesmo — gritou, mas sem agressividade. Na realidade, foi um berro de júbilo. — Um anjo imenso que encheu o céu.

— Sim, querido — Maud o tranquilizou. — Não há dúvida de que você viu.

— Meu afilhado Walter pediu que eu o cumprimentasse por ele. — Eu quis distrair os dois. — Ele tem todos os seus discos.

— Nosso primeiro álbum vendeu quarenta e cinco mil cópias nos seis primeiros meses, mas em dez anos vendeu perto de um milhão: novecentos e setenta e sete mil, seiscentos e quarenta e nove cópias.

— Incrível que você consiga se lembrar!

— O segundo teve muito mais sucesso. Vendemos dois milhões, setecentos mil...

Maud o interrompeu.

— Por favor, Nikolai...

— Agora você não pode me parar — gritou ele.

Sua cabeça estava empertigada, balançava-se de um lado para o outro. De fato, ela não poderia pará-lo, e ele relacionou as vendas exatas de cada um dos doze álbuns que a banda lançou antes de ele fazer uma participação no filme de John Boyd. Levou quase dez minutos nisso.

— O último — disse ele, chegando ao fim — foi o álbum que chamamos de *Hero Ground Zero*, que contém a música "Hero Ground Zero". Ela foi composta para o filme de John Boyd, em que apareço como Nikolai Andreievitch. Esse disco vendeu mal porque eu tinha saído da banda antes das filmagens e não fizemos uma turnê. Só oitocentos e cinquenta e duas mil cópias... é o único de que não tenho números exatos.

— É bem exato! — ri.

— Não! — Ele virou-se para mim, muito sério. — Não é bem exato coisa nenhuma, eu queria ter o número exato.

— O filme mudou as coisas para você — disse eu, fazendo uma simples constatação que pareceu distraí-lo e trazê-lo de volta ao presente.

— Eu vi aquelas coisas maravilhosas — disse ele, sorrindo, feliz. — E consegui desenhá-las. Agora eu as pinto. Você as vende. Maud ganha dinheiro. Está tudo muito bem. Estou muito feliz com isso.

— Que bom! — concordei, olhando para Maud, que parecia estar terrivelmente incomodada, talvez constrangida com o quão simplório o marido parecia ser.

Nik notou a ansiedade de Maud e assustou a nós dois quando voltou a falar.

— Louis gosta de você, Maud — disse ele. — Estou vendo isso. Não tenho ciúme.

Aquilo me perturbou. Como ele sabia que eu me sentia tão atraído por Maud? Supus que ele tivesse olho para isso, ou um sexto sentido.

Ele virou-se para a esposa.

— Eu me descuidei de você, Maud, quando a banda ficava o tempo todo na estrada. Mas, querida, eu nunca te traí. Todos os outros caras do rock traíam, mas eu te amava demais. Devíamos ter tido filhos, Maud. Mas como poderíamos ter uma família quando eu ficava fora o tempo todo? A vida está melhor agora. Não acha, Maud? Não concorda que agora a vida está melhor para nós?

Maud assentiu, olhando-me timidamente. Estava claro que Nik era um homem de bom coração, um homem gentil e meigo. O que ele vira, e suas representações em carvão e tinta, evidentemente o entusiasmavam. Ele se sentia especial. Sentia-se um eleito. Tinha orgulho de si.

— A vida é boa, Nik — concordou. — Sim, melhor agora.

Às vezes eu me perguntava se Maud tinha dificuldade de aceitar a dependência que Nik tinha dela. Ela me olhou sem jeito, como quem diz: "Agora eu nunca mais terei paz."

Enquanto conversávamos, ocorreu-me que Nik talvez pudesse dar uns conselhos a Walter. Apesar do desconforto de Maud, decidi me arriscar. Walter estava assustado, perturbado e à beira da depressão. Nik, ao contrário, estava feliz.

— Maud, Nik, posso pedir um conselho a vocês?

Os dois fizeram que sim.

— Eu cheguei a comentar sobre o meu afilhado, Walter — continuei. — Ele vem sentindo algumas coisas estranhas. Não são visões, mas sons, como música, e raras vezes são agradáveis.

— Você acha que Nik pode ajudar? — Maud me olhou meio perplexa.

— É, na verdade, acho que talvez ele possa — confessei. — Nik parece suportar o que aconteceu com ele, o colapso enorme que sofreu, com tanta serenidade de espírito, e ele conduziu isso a um resultado maravilhoso com sua arte.

— Nik antigamente era músico, como o seu afilhado — disse ela, pronta para concordar. — Não vejo mal algum em tentar.

Descrevi o que Walter estivera vivendo, sem enfeitar; meu afilhado ouvia sons assustadores que ele acreditava estarem emanando de parte de seu próprio público nos shows. Nik e Maud ouviram atentamente. Depois Nik parece ter tomado uma decisão.

— Não há dúvida — disse ele, com determinação. — Eu posso ajudar o seu afilhado. Sei exatamente como ajudar.

Depois que eles foram embora, pensei se deveria ligar para Walter, e quando.

Eu não falava com ele fazia algum tempo. Seu empresário, Frank Lovelace, era, como eu já mencionei, um homem superambicioso que corria atrás de seus objetivos, e eu fiquei sabendo que Walter estava inquieto com o rumo que sua banda tomava sob a orientação de Lovelace.

Lovelace era bonito, naquele estilo meio batido do leste de Londres, com uma bela cabeleira escura. Tinha altura mediana, cerca de um e setenta e cinco, e se portava com leveza, de uma forma que sugeria que ele teria movimentos rápidos em uma briga. Sempre bem-vestido, usava roupas feitas de uma espécie de angorá brilhante que parecia barato, mas na verdade era muito caro. Nem sempre estava sem gravata, mas preferia camisas caras e escuras de tecidos de aparência igualmente cara, em geral com fios de ouro ou prata nas costuras, os dois primeiros botões abertos. As mãos eram calejadas porque ele dedicava bastante tempo ao hobby do pugilismo, como revelava seu nariz meio amassado. Os olhos eram de um azul nítido, tinha uns dentes assustadores de lobo, mas brancos e brilhantes. Mesmo assim, seu hálito nem sempre era bom. Era um desafio não fazer uma careta e virar a cara quando ele chegava perto para dizer algo íntimo ou sigiloso.

Para fechar contratos no mundo da música, não era incomum que os empresários fossem caras durões, não só para intimidar o pessoal da gravadora a favorecer os artistas que eles representavam, mas também para atormentar os artistas a fim de obrigá-los a cumprir promessas irresponsáveis que eles faziam a gravadoras ou promoters de shows.

— Ele vai fazer o que eu mandar, porra — diria Lovelace aos executivos com quem lidava, aos promoters e chefes de gravadoras. — Basta nos dar o adiantamento de que precisamos e deixe ele por minha conta.

Se houvesse alguma contrariedade ou reserva, ele podia partir para ataques pessoais.

— Escute aqui — sibilaria, o rosto a centímetros do adversário. — Seu pirralho de merda. Eu já estava nesse negócio quando você estava na escola babando pela Debbie Harry.

Apesar de minha convicção de que ele era potencialmente um artista destinado a mais do que o Dingwalls, e que os esforços de Lovelace quase certamente poderiam torná-lo mais rico, Walter parecia ficar inteiramente à vontade nessa casa de show histórica e informal, e em outros lugares modestos como este. Ele parecia adorar os pubs e as boates enfumaçadas apinhadas até o teto de fãs que, se quisessem, podiam estender a mão e tocá-lo, socá-lo ou até cuspir nele bem no estilo Quarta Onda do Rock. A banda vendia muitos álbuns e CDs, e ele e Siobhan tinham um bom apartamentinho em South Ealing. Ela também herdara o chalé do pai em Duncannon, perto do mar e de Waterford, na Irlanda. Eles às vezes se isolavam lá quando Walter queria compor novas canções. A formação da banda era simples: guitarra, baixo, bateria e vocalista com gaita.

Eu costumava vê-los no Dingwalls, em ensaios e apresentações ao vivo. Eu ficava sentado no balcão do bar, no fundo. Na guitarra, lá estava Crow Williams. Crow era um purista. Tocava uma Fender Telecaster com cordas pesadas usando um amplificador Fender Deluxe vintage, pequeno, mas barulhento.

— Puta que pariu — gritava ele no ensaio. — Não consigo nem me ouvir nessa merda. E quando consigo, parece que somos uma imitação ruim da porra do Shadows.

Sua Telecaster quicava no chão de madeira, deixando outra marca na guitarra de cor creme. Os integrantes da banda só olhavam, impassíveis. Crow nunca bateu em ninguém, mas era assustador.

Ele não usava efeitos. Sem pedal, sem eco, sem compressão. O nome Crow, significando corvo, ele pegou por conta do cabelo preto que usava comprido, como o de Ronnie Wood, dos Stones; ou pode ter sido por sua expressão sinistra e pelo nariz ligeiramente aquilino. Sua aparência impressionava e atraía as mulheres — sua esposa, uma loura chamada Agneta, era uma executiva sueca voluptuosa e deslumbrante que parecia uma modelo de ensaio sensual. Crow conhecera Walter nos tempos de universidade. Frequentava uma universidade próxima, cursando artes, enquanto Rain estava no mesmo lugar estudando jornalismo, assim ele a conhecia muito bem. Rain me contou que Crow era de fato o líder da banda, embora nunca tenha composto nada e nunca falasse sobre ela em público.

Em entrevistas da banda à imprensa, ele nunca pronunciava uma palavra, e raras vezes balançava a cabeça para sinalizar concordância com o que diziam os outros integrantes. Mas era ele quem decidia o que eles iam tocar, como iam tocar e até quanto tempo duraria a apresentação. Ele era contra qualquer tipo de exibicionismo no palco, a não ser por Walter, a quem eram permitidos alguns momentos de ostentação agressiva simplesmente porque ele era o vocalista. Crow nunca pareceu ter inveja do status ou da reputação de Walter. Sempre que questões relacionadas à criação apareciam numa discussão, por exemplo, antes das sessões de gravação, ele simplesmente sacava da bolsa os mesmos seis discos de vinil.

— Deixa eu lembrar qual é o nosso mantra aqui... o que nós fazemos — dizia, e abria sua bolsa surrada de modelo militar, de onde tirava vários discos antigos de vinil. — Este é o ápice. Estes são os penhascos brancos de Dover de onde saltamos. É aqui que começamos. Somos uma banda de pub rock, não tocamos essa merda de jazz.

Os álbuns eram *Booker T and the MG's Greatest Hits*, *Jimmy Reed at Carnegie Hall*, *The Everly Brothers Greatest Hits* (duplo), uma coleção de rótulo branco de compactos de Johnny Kidd and the Pirates, *The Best of Little Walter*, pela Chess Records, e *Nashville Skyline*, de Bob Dylan. Crow queria controlar aonde eles deveriam ir com a música, não apenas exercer influência. De algum modo, depois de várias horas em um silêncio rabugento enquanto Crow fazia os integrantes da banda, e qualquer outra pessoa que estivesse envolvida na criação, ouvir cada álbum ou set, um de cada vez, a banda se concentrava. Assim que eles começavam a tocar, tinha-se a impressão de um carro americano grande e antigão com um motor V8 cuspindo e desperdiçando litros de gasolina do escapamento no asfalto antes de enfim rodar impiedosamente na sua direção, soltando fumaça azul.

No baixo, estava Steve Hanson. Hanson, como ele gostava de ser chamado, era a exceção à regra do pub rock da Walter and His Stand.

— A gente entendeu, Crow — dizia. — Nada de jazz.

Ele passava o dedo lenta e propositalmente na lateral do nariz, imitando a mania de Walter, fazendo uma provocação e obtendo um sorriso de conspiração dele: Crow era sério demais, era a mensagem que trocavam.

Hanson era alto e de constituição forte, talvez até meio gordo, mas era considerado por todos um gigante gentil. A verdade é que ele podia ter sido lutador, se quisesse, mas era tranquilo demais para se dar ao trabalho. Seu cabelo louro--acinzentado era comprido e ligeiramente ralo no alto, em geral preso em um rabo de cavalo. Ele costumava usar roupas de cores leves, jaquetas de safári e às vezes até aqueles chapéus australianos que pareciam grandes demais, e deviam vir com rolhas de cortiça penduradas, como o Crocodilo Dundee. No inverno, ele sempre usava uma capa de chuva que quase tocava o chão. Não ligava se parecia fora de moda.

Se ele não estivesse no baixo, sua musicalidade extraordinária se manifestaria mais. Na verdade, era uma medida de seu talento que ele fosse ao mesmo tempo capaz e ficasse satisfeito em servir de baixista, sem a menor ostentação. Nunca tocava uma nota desnecessária ou supérflua. Ainda assim, era um pianista talentoso e um organista clássico, e, quando Crow deixava, Hanson passava ao órgão Hammond (sempre tocado sem firulas, sem o "som de sirene" da caixa Leslie tão venerado pela maioria dos tecladistas de rock) e cobria o baixo simples exigido pela música de Walter com seus pés e os pedais do órgão.

— Quando você fizer um solo no Hammond, pode só tocar a merda das notas direito, sem enrolar com aqueles efeitos de onda — mandava Crow, com um sorriso ameaçador, mas Hanson entendia o recado. Nada de firulas com a caixa Leslie.

— Não precisa se descabelar. — Hanson tinha jeito com Crow, nunca elevava a voz. — Já saquei. Precisamos ser mais *Green Onions*, mais o Booker T do início do que Billy Preston. Mas que merda, Crow, esses dois são gênios.

— Mas você não é — retorquia Crow. — Deixe suas merdas da sétima série de fora da banda.

Em geral, Hanson puxava Walter de lado silenciosamente e o fazia se sentar e ouvir as gravações orquestrais experimentais de György Ligeti e o jazz do piano anárquico e avançado de Bud Powell. A intenção nunca era tentar ampliar o que eles faziam na banda, nem desafiá-lo, apenas reconhecer que a música radical estava lá fora, e que o que eles faziam ali era simplesmente reproduzir uma espécie de estrutura profundamente arraigada, uma ligação com as entranhas da música popular de rádio mais própria para ser ouvida enquanto se dirigia por uma longa estrada reta.

Na bateria, estava a esposa de Hanson, Patty. Ela era — como o marido — um azarão musical. Também tinha estudado na Royal Academy of Arts e sabia tocar viola, a maioria dos instrumentos da família viola barroca, e se entendia bem com o cello. Sabia tocar contrabaixo também, se a banda quisesse diminuir sua música em um tom, e evocar os primórdios do som do Nashville Hank Williams Trio que Crow de vez em quando permitia. Patty também tinha uma voz versátil e extraordinária que era desperdiçada na banda. Sabia ler música, é claro, e cantar ópera, se quisesse. Também sabia imitar quase qualquer cantora sob o sol. Ela fazia imitações maravilhosas e divertidas de Dolly Parton, Tammy Wynette, Nina Simone e até de cantoras com vozes singulares, como Ella Fitzgerald. O que a tornava fantástica como baterista de uma banda de pub rock era que às vezes parecia que ela nem sabia tocar. Apesar de seu corpo extraordinário, escultural e curvilíneo, mas também gracioso e forte — um corpo que já havia virado lenda entre seus fãs —, ela não parecia ter a força e a coordenação para ser uma baterista poderosa de rock, e assim tocava muito pouco, mas superbem, com muita firmeza. Era precisamente isto que tornava tão peculiar o som da banda. Eles tinham uma pegada tão forte que pareciam mais barulhentos do que de fato eram. Pode ser útil aqui falar de Walter estritamente com relação a seu trabalho e seu papel na banda. Como músico, ele era disciplinado e dedicado. Sentia-se sumamente sortudo por fazer o que fazia, e não ter de seguir a carreira traçada para ele depois da universidade, escravizando-se em algum centro de jardinagem comercial cheio de velhinhas de cabelo azul como nos Jardins de Wisley, podando rosas o dia todo. Suas composições sempre eram impulsivas, ele raras vezes pensava profundamente no que colocava no papel, e em geral deixava a música ser polida e finalizada por Crow. Walter sabia tocar muito bem guitarra e piano, e o fazia nas gravações das demos que preparava em seu pequeno estúdio em casa, mas, ao contrário de Crow, ele não era avesso a experimentações com efeitos de áudio em suas gaitas para criar novos ritmos e sons interessantes e complexos.

A esposa de Walter, Siobhan, tinha, como eu, grandes ambições para ele, mas de outro tipo. Como Walter havia me contado, naquela noite em que aparecera de repente em meu apartamento, ela achava que ele podia ser poeta. Na minha opinião, se ele não tivesse escolhido o Dingwalls como seu principal local de apresentação, Walter poderia dar um poeta satisfatório. A verdade é que pouca gente sabe o que realmente é um poeta, ou como deve ser um bom poema, se deve ser falado ou cantado, ou articulado com a contundência do rap. Walter levava jeito com as palavras. Era uma sorte imensa que Crow não tivesse interesse nenhum por levar crédito por ajudá-lo a completar suas gravações caseiras muito básicas. O fato de Crow ajudar Walter a robustecer suas músicas, mas não querer sua parte nos royalties da composição, significava que nenhum dos outros dois integrantes sentia que podia exigir uma parte.

Walter não pensava muito nisso; faturava três vezes mais do que o resto da banda, mas eles vendiam muitos CDs, cujo lucro era dividido por todos, e viviam muito bem.

É preciso dizer que, embora Crow não soubesse se ele ou Walter poderiam um dia deixar o pub rock para trás, Steve e Patty Hanson queriam ser famosos e ricos. Não se tratava de acumular dinheiro. Era porque eles sabiam que, cedo ou tarde, começariam a se sentir presos pela mera simplicidade do que tocavam na banda. A riqueza lhes permitiria diversificar, e talvez fazer isso em um meio comercialmente menos seguro do que o pub rock. Eles viam a Big Walter and His Stand e sua residência no Dingwalls como um trampolim. Walter e Crow sabiam das ambições dos Hanson, mas também estava muito claro que Crow, pelo menos, não tinha ideia do que eles podiam ter em mente. Crow confinava e limitava sua linguagem musical intencionalmente para calibrá-la. Ele podia ter percebido que os Hanson talvez quisessem compor sinfonias, mas Crow teria muita dificuldade para permitir que a ideia ficasse em sua mente por tempo suficiente para começar a se preocupar com ela como realidade. Seria como alguém se sentar para desfrutar de uma refeição consistindo em um perfeito filé com salada e fritas, desejando, em vez disso, *foie gras* e um misto de azeitonas. Simplesmente não era concebível, não fazia parte do vocabulário dele.

A Stand não era exatamente uma camisa de força para Walter. Havia diferenças sutis na banda e nas influências musicais para além do pub rock básico, mas eu sabia que nenhuma delas poderia ajudá-lo com os sons estranhos que ouvia. Ele também parecia sentir isso. A política da banda era gravada em pedra. Para quem quer que ele se voltasse, irritaria ou distrairia os outros. Crow podia entender, talvez até se solidarizar com o dilema de Walter, mas exigiria que ele "engolisse o choro". Os Hanson começariam a pontificar sobre Stockhausen e o misticismo do som, e Crow perderia a cabeça. Crow era o chefe. Ele representava o ponto final de todo e qualquer desvio musical.

Muitos meses depois, após algum tempo me preocupando e atormentado sobre como eu poderia ajudar meu afilhado, uma nova possibilidade se apresentou.

Telefonei para Walter em uma manhã quente e ensolarada de agosto.

— Walter! Conheci Paul Jackson, agora Nikolai Andreievitch, é claro. Estou vendendo as pinturas dele.

— Ah, que incrível — suspirou Walter. — E como isso aconteceu?

Expliquei sobre a visita de Maud, a esposa de Andreievitch.

Walter tinha adorado *A curiosa vida de Nikolai Andreievitch*, voltando ao cinema para assisti-lo mais de dez vezes quando estava entre os oito e os treze anos. O filme virou uma espécie de clássico cult, exibido regularmente no Electric Cinema, na Portobello Road.

— Ele agora é pintor?

— Desenhos e pinturas extraordinários que fez enquanto estava isolado lá naquelas montanhas.

— E ele ainda faz música?

— Acho que ele passou por algum enorme trauma enquanto trabalhava no filme. Só produz obras de arte visual agora. Eu digo isso, embora ele não tenha feito nada de novo desde que voltou para a esposa, mas tenho esperanças. Só estou organizando sua primeira exposição das obras que ele fez enquanto estava nas montanhas. São muitas, e todas são boas.

— E como ele está? Bem? — perguntou Walter.

— Ele é muito transparente sobre o que aconteceu. Fala de uma revelação.

— Então não é louco?

— Ele não é louco — confirmei. — Nem você, Walter.

— Estou ouvindo coisas muito estranhas, você sabe disso. Um psiquiatra pode me considerar louco. Um pouquinho.

— Você me contou sobre os "ataques sonoros". Não é assim que você chama?

— É — respondeu num tom arrastado. — E andei tendo mais ataques desses. E com uma novidade: começo a ver luzes agora também, e em geral elas se combinam e formam uma só luz muito forte. Você sabe que eu não uso drogas.

— Isso parece os momentos finais de Nik no filme. A revelação dele começou assim, com a luz intensa que vinha dos refletores usados para iluminá-lo por trás. É assim?

— Não exatamente — disse Walter. — Eu vejo uma luz, quase como uma estrela no céu, mas é explosiva. Dentro dessa explosão estelar tem uma criança.

— Como no filme *2001*?

— Um clássico! — Walter riu. — De certo modo, é parecido. O que posso ver é uma menininha, eu acho. Parece o reverso de um buraco negro. Uma espécie de nascimento no cosmos.

Walter precisava mesmo conversar com alguém. Decidi pressionar.

— Escute, Walter, Nik ficaria feliz em conversar com você. Acho que pode te ajudar. O que ele viveu não é precisamente o mesmo que você, mas ele encontrou um jeito de... de sobreviver.

— Sobreviver — repetiu Walter.

A mera sobrevivência não parecia uma proposta animadora, percebi.

— Ele também está feliz. Muito.

Eu não acrescentei que Nik parecia ter adquirido um comportamento quase autista. Walter descobriria isto por si mesmo, caso se encontrasse com ele.

Continuei:

— Ele ganhará muito dinheiro vendendo suas obras, mais do que ganhou com os discos. — Até aquele momento, eu tinha vendido pelo menos dez telas do Velho Nik por uma faixa entre vinte e duzentas mil libras. Eu sabia que Walter não se importava tanto com grana, mas estava ressaltando um aspecto prático.

Nik teria uma boa vida como artista, apesar de suas tribulações.
— Você devia conhecê-lo. Ele vai te ajudar, tenho certeza disso.
— Posso ir até sua casa para ver o trabalho dele?
— Claro que pode — respondi. Senti que era um começo.

Walter apareceu no meu apartamento duas semanas depois; o verão de 1996 estava chegando ao fim. Quando eu o vi cara a cara, achei que ele estava diferente. Em geral tranquilão e consciente de si mesmo — como um daqueles jovens despreocupadamente bonitos, modelos em comerciais de perfume —, agora estava ansioso, o que não era característico dele, e parecia mais novo. Lembrei-me de como ele era quando criança quando descrevi minhas aventuras alucinógenas. O que quer que estivesse acontecendo, o havia abalado.

Walter olhou algumas das pinturas e desenhos do Velho Nik em meu apartamento. Havia uma em particular que chamou sua atenção. Um anjo imenso cobria quase toda a tela e esta pintura específica era diferente, quase monótona; não havia cor, nem alívio da visão apocalíptica. O que chamou a atenção de Walter foi o rosto de uma criança, nem menino nem menina — uma espécie de querubim-serafim — que parecia viver dentro das vestes esvoaçantes do gigantesco anjo. Ele chamou minha atenção para o detalhe.

— Este rosto — disse ele com uma emoção contida. — É muito parecido com o rosto que vejo na explosão estelar quando tenho meus ataques sonoros. É um rosto conhecido. Meio criança, meio anjo.

— Tem certeza de que não está vendo sua própria criança estelar de 2001, ainda por nascer? — ri. — Você e Siobhan andaram discutindo algum plano para ter uma família?

Walter sorriu e me olhou. Baixou os olhos e meneou a cabeça quase timidamente.

* * *

Pobre de mim. Pobre Louis Doxtader. Enquanto se aproxima o momento em que Walter Karel Watts vai conhecer o seu herói Nikolai Andreievitch, posso sentir que eu e o meu grande segredo vão desaparecendo inevitavelmente no fundo desta história. Estou sentado no meu refúgio na montanha para escrever. Nos últimos dias em que ando escrevendo aqui, no sul da França, o tempo tem estado ensolarado e a vista, até o mar, desimpedida. Bingo, meu cachorro da raça Collie, resgatado por Siobhan de um fazendeiro muito cruel na Irlanda, está sentado a meus pés, respirando profundamente, se refrescando em um canto sombreado, mas a janela está escancarada e sopra uma brisa. Esta manhã fomos juntos à pequena reserva botânica atrás do vilarejo montanhoso de Châteauneuf, e tentamos não esmagar as encantadoras flores silvestres roxas, amarelas e azuis que crescem lá. Já radiantes, elas resplandeciam ainda mais com o esvoaçar de borboletas azul-claras, marrom-avermelhadas e brancas de variados tamanhos. Enquanto eu jogava um graveto bem alto para Bingo pegar, localizei o que parecia ainda mais borboletas flutuando no céu ao longe, acima das montanhas atrás do Château e Mosteiro de Gourdon, a 1.300 metros acima do nível do mar e a uns quinze quilômetros de distância. Havia pelo menos uma dúzia de asas-deltas, algumas arremetendo no ar, outras imóveis como colibris, ou rodopiando pelo cume da montanha.

 Esta era uma das coisas que Walter mais adorara no filme do Velho Nik, quando era um jovem adolescente: foi a primeira vez que viu uma asa-delta. No filme, como Maud descreveu quando veio me visitar, ele salta do alto de uma montanha em uma asa-delta e voa acima de um lago imenso. A cena fora planejada para ilustrar como Nikolai Andreievitch tinha sido libertado espiritualmente das privações abusivas que suportara na história.

 Assim, marquei um encontro e, em setembro, Maud e Nik vieram ao apartamento onde Walter conheceria seu herói de infância.

— Meu marido, Nikolai.

Maud conduziu o Velho Nik para a sala de estar iluminada que servia como minha galeria. O cabelo dele, antes dourado, estava completamente grisalho, branco em alguns pontos, mas comprido, cacheado e cheio. Imaginei que Maud o convencera a começar a lavá-lo. Ele tinha a barba desalinhada. Enquanto olhava a sala e via parte de sua própria obra exibida, seus olhos se arregalaram de surpresa e ele de repente ficou muito atento. Sua expressão era cautelosa; ele estava em alerta, ao que parecia.

— É um prazer revê-lo — falei. Trocamos um aperto de mãos, e o dele foi fraco. Virei-me para Maud. — Obrigado por isso, Maud. Walter chegará daqui a pouco.

Quando Walter chegou, ele sentiu que Nik era frágil, e assumiu o comando, segurando seu braço e ficando com ele para ver as pinturas. Eles falaram em voz baixa, mas entreouvi alguns trechos da conversa. Parecia que o Velho Nik tinha se tornado um tanto pedante. Ele corrigia quase todas as reminiscências que Walter mencionava.

— Não, não, não — ouvi Nik dizer com convicção. — Isso foi em 27 de maio. Foi quando fizemos o Batley Variety Club.

— Isso foi gravado no De Lane Lea, e não no Olympic.

— Não, nunca tocamos na Hungria, nem na Tchecoslováquia.

— Éramos empresariados pela Carlton Entertainments. Nosso gerente de produção era um sujeitinho presunçoso chamado Frank.

— O trabalho de Maud? Você deve perguntar a ela.

Com isso, virei-me para Maud.

— Sim, no que você trabalha? Você ainda trabalha?

— Cuidei dos assuntos de meu marido em casa, do estúdio dele, das roupas, do seu arquivo e assim por diante. Frank Lovelace cuidava das turnês.

Walter olhou para mim e sorriu. Foi divertido imaginar um jovem Frank correndo para lá e para cá pegando xícaras de chá para o Velho Nik, e chamando táxis para ele.

— Vocês dois podem ficar aqui e conversar, se quiserem — propus. — Vou levar Maud ao Richmond Park, o dia está agradável.

— Não. — Walter virou-se para Nik, inclinando a cabeça, convidando a uma resposta. — Vamos até o parque? Será bom tomar um ar fresco.

Walter conduziu o Velho Nik ao saguão, parando perto do elevador, e Maud e eu nos entreolhamos. Lá estavam duas gerações de astros do rock, ambos considerados, por seus fãs, invioláveis, poderosos, arrogantes, bem-sucedidos e dominantes. Sabíamos que os dois partilhavam das mesmas dificuldades com a fama. Enquanto a porta do elevador se fechava para os dois músicos, Walter levantando a mão em um aceno, por um momento eles pareceram pai e filho.

Foi um momento estranho para mim. Senti um certo ciúme. Eu queria ser a pessoa que desvendava o enigma para Walter. Sabia que Andreievitch ajudaria, e apresentei os dois. Mas senti que podia estar perdendo Walter.

O que aconteceria entre eles? Maud e eu conversamos sobre todo tipo de coisas, mas nós dois sabíamos que, em nosso íntimo, fazíamos as mesmas perguntas.

O que o Velho Nik estaria dizendo a Walter?

O que Walter estaria dizendo ao seu herói, o que perguntava a ele? Como estariam se entendendo?

Que conselho útil o velho astro do rock que virou estrela de cinema podia dar ao jovem artista de pub rock, profundamente enraizado, modesto e prático que era o querido amigo dos tempos de colégio de minha filha Rain?

O que o Velho Nik aprendera com suas visões?

Será que alguma coisa passada entre eles romperia a ligação entre Walter e Siobhan, que eu rezava para que fosse frouxa o bastante para abrir um caminho para Rain dizer ao tolo que ela o amava, e sempre amara? Talvez fosse pedir demais.

Uma coisa era certa, com o benefício da perspectiva que o tempo dá: desde o dia de seu encontro com Andreievitch, Walter começou a dar as costas a sua antiga vida.

# Capítulo 4

Quando acordei esta manhã, aos 67 anos, perguntei-me o que eu mais queria de presente de aniversário. O que logo me veio à cabeça foi tão absurdo que acho difícil confessar aqui. Queria mudar uma coisa no meu passado, algo que eu havia feito e de que me envergonhava profundamente. No entanto, se esse meu desejo se cumprisse, esta história não teria fim. Na verdade, nem haveria história para contar.

Posso dar uma ilustração da situação aqui. É um casamento. Um casamento pub rock. O casamento. Uma cerimônia inteiramente paga por mim, porque Harry não era abonado. Então lá estava eu no papel de padrinho. Assim, num certo sentido, aquele era o meu casamento tanto quanto a união de Walter e Siobhan. Havia flores, boa comida, mas poucos convidados. Após o final da solenidade, estávamos em um jardim em algum lugar. Havia música, e Walter estava no palco com a Stand. Havia garotas bonitas. Duas em particular me vêm à mente. Selena e sua ex-colega de escola, Floss. Floss, aquela com um dente da frente escuro? Havia outras garotas muito bonitas. A esposa de Crow, Agneta, era uma delas que, com o seu grupo de amigas louras e belas de Gothenberg, formava uma névoa de encantamento feminino.

— Veja se aparece com uns bagulhos decentes, Lou — instruíra Crow. — Agneta gosta de uma bomba de super C.

Crow referia-se ao tranquilizante para cavalos, a cetamina. Eu fui o tranquilizador-chefe do casamento de Walter e Siobhan;

não é de surpreender que não me lembre muito do que aconteceu lá. Mas minha anfitriã aqui na França me disse que fiz algo muito, muito ruim. Algo que só ela testemunhou. Ela me encorajou a largar, a ficar limpo. Então eu concordei em escrever, tentar explicar, tentar desvendar tudo. É por isso que estou aqui. Por mim mesmo, mais do que qualquer outra coisa. Eu gostaria que minha vida fosse tão simples quanto a do meu cachorro. Eu acaricio sua cabeça. Esperando a vida inteira para correr atrás de uma bolinha de papel, Bingo é exatamente o oposto do tranquilizado: astuto, alerta, envelhecendo como o seu novo dono, mas sempre em frente, incapaz de desistir.

Quando olhei pela janela do alto do meu refúgio na montanha, era como se o mundo inteiro estivesse banhado em nuvens ou névoa. Eu mal podia ver a estrada que passa por esta casa até o vale. Com este clima soturno, não consegui escrever uma palavra. Bingo tomou seu café da manhã avidamente e tentou me animar, mas enquanto eu passeava com ele pelo jardim, comecei a me sentir úmido. Úmido e incompleto.

Felizmente, um pouco mais tarde, o sol apareceu e eu me sentei à mesa. Bingo parecia emocionado por eu estar em movimento, embora apenas com minha caneta e papel.

Faz alguma diferença que a história que eu conto agora seja sobre mim quando, na verdade, prometi que seria sobre meu jovem herói Walter e o herói dele, o Velho Nik? Hoje completei 67 anos! Ria. Chore. Um bilhão de almas já passaram por aqui antes. Talvez as hostes de anjos ceifadores do Velho Nik? Pois esta é a via de mão única de estar vivo; no final deste caminho, a morte, doce ou angustiante, bem-vinda ou temida, é inevitável.

Para entender os eventos trágicos e transcendentes que se seguiram, é preciso entender a dimensão irlandesa desta história. Então voltemos para Waterford, onde Siobhan e sua irmãzinha Selena cresceram sob os cuidados do pai, Michael.

Selena era a garota mais bonita presente naquele casamento. Compareceu à cerimônia com olhos apenas para Walter, mas agora está me esperando lá em cima.

Ela me contara tudo sobre a infância delas. A esposa de Michael, mãe das duas meninas, morreu quando Selena nasceu e Siobhan tinha apenas dez anos. Seu pai, Michael, estava cansado e esgotado demais para ser um pai solteiro. Ele bebia demais e brigava demais, mas era um homem de coração generoso. No entanto, Michael não entendia que um soco seu — um soco que poderia lançar longe um adversário de uma extremidade do bar para a outra, e de onde esse adversário poderia se levantar às gargalhadas e pronto para contra-atacar com um golpe de igual força —, um soco desse tipo, poderia matar uma criança pequena. Ele não conhecia a própria força e, quando bêbado, não tinha consciência de que sua filha mais velha não era a sua esposa.

Em uma época ainda mais infeliz, depois de os três deixarem Waterford para irem morar em West Acton, no oeste de Londres, perto de parentes bondosos, e para as meninas poderem frequentar melhores escolas públicas (livres de padres, pelo menos), aconteceu uma tragédia. Em uma noite de 1984, Siobhan, então com dezoito anos, limpou o sangue dos lábios, passou a língua num dente amolecido pelo impacto e olhou desafiadoramente para o pai. Imagino-o de pé, oscilando um pouco, com o punho direito machucado ainda cerrado, sua raiva — agora ainda maior — tremendo diante dele. E, como eu imagino, ele viu e sentiu como se fosse uma lâmina cintilante de gelo ou vidro atravessando a pequena e limpa sala de estar. Ele mal podia enxergar sua desafiadora filha mais velha de pé diante dele.

A pequena Selena esfaqueou Michael Collins pelas costas e ele morreu. Siobhan tornou-se mãe de Selena como resultado desse assassinato, e levaria muitos anos até ela ter segurança de si mesma e de sua força para sobreviver em um mundo de homens predadores com punhos destruidores para deixar Selena encontrar seu próprio caminho.

Certa noite, na primavera de 1994, Siobhan, aos vinte e tantos anos, sentiu-se enfim livre para beber e dançar, e, como convidada de Rain, se viu parada no bar do Dingwalls, levemente embriagada, vendo Walter tocar harmônica com aquela sua famosa postura no palco que deixava as garotas enlouquecidas. Percebendo que aquele jovem e belo astro do pub rock tinha um jeito cativante com as palavras, que evocavam nela reminiscências do aprazível sudoeste da Irlanda que conheceu antes de o pai perder a esposa, mãe dela, e depois a cabeça, Siobhan decidiu que ia casar-se com Walter. Ela era um ano mais velha do que sua nova paixão.

# Capítulo 5

Aqui nas montanhas de Grasse, Selena e eu geralmente nos sentamos no meio da manhã à sombra de três enormes palmeiras para tomar café, comer *pain au chocolat* e olhar o mar distante e esplendoroso. Ela pergunta como ando me saindo nos meus escritos e, onde minha memória falha, ela preenche as lacunas. Eu sabia que ela havia sido uma daquelas garotas do Dingwalls que desejavam ardentemente ser amantes de Walter ou mesmo sua esposa. De certa forma, foi melhor que sua adorada irmã mais velha tivesse se casado com ele, e não uma das espetaculares louras nórdicas de Agneta. Selena jamais nutriu qualquer ressentimento em relação a Siobhan por conta disso.

A irmã mais velha havia encontrado um homem de bom coração em Walter, alguém capaz de ter poesia na alma. Siobhan casou-se com ele e logo planejou transformá-lo numa espécie de gênio poético que ela, no fundo, tinha certeza de que ele poderia vir a ser. Suponho que Siobhan e eu estivéssemos unidos nessa crença no potencial infinito de Walter, mas nunca conversamos sobre isso. Talvez a realidade sombria e abjeta de tudo o que ela havia sofrido na infância tenha influenciado seus sonhos, fantasias e propósitos. Logo descobriremos até onde suas grandes ambições a levaram, ou, na verdade, até onde levaram o marido dela.

Assim a ópera pode começar, com vozes, cantos, recitativos, e música feita com todo tipo de ruído que o ser humano e a natureza já geraram, aqui combinados. Há de ser uma ópera.

Você vai imaginar esse som evocativo, e essa música, assim como eu a ouvi pela primeira vez. Posso até afirmar que minhas aberrações devem ter desempenhado algum papel. Como padrinho de Walter, permita-me brincar de Deus e fazer uma ponte entre você e ele, deixando que você entre na mente de Walter. Por um tempo flutuaremos acima da cronologia, do passar dos anos, dos meses e horas da história que contei até agora, e ocuparemos o espaço atemporal dentro da alma criativa de um homem. Ouviremos as vibrações profundas de sua mente ainda jovem, quando ele começa a procurar dentro do universo de ruído e caos da infância, esperando encontrar alguma ordem e algum significado para todos nós, seu público do futuro, do passado e do aqui e agora.

Um menino de três anos. Um temporal aterrorizante. Vento, ondas, tempestade de areia, árvores se curvando e estalando, pequenos estrondos ocasionais à medida que os detritos são arrastados pelo ar e caem nas proximidades. Depois de um ou dois minutos, a tempestade esmorece. Ficamos com o som do mar, ou melhor, do litoral em uma tarde tranquila. Uma praia em algum lugar. Algumas crianças brincando. Gritos distantes, pai para filho, filho para filho. Gaivotas, sim, mas também um rádio distante. O som de cascos galopando na areia macia. Batendo ritmadamente, dois cavalos, respirando com dificuldade. Saltos. O chicote. Mais rápido. Mais rápido. Em seguida, chapinham em águas rasas. Os cavalos chegam, relincham, erguem as patas dianteiras, batem de novo no solo, resfolegam, viram-se e vão embora.

Acho que durante muito tempo eu fui a única pessoa em quem Walter confiou para ver sua primeira descrição da "paisagem sonora". Ela evocava imagens pungentes, mas muito fortes, de sua infância. Revelava o medo de cavalos que ele sentira, e a tristeza também, despertada por sua noção infantil de que seus pais amavam mais os cavalos do que a ele. É possível, claro, que ele tenha conversado sobre isso com Siobhan, mas não vi indícios de que ela soubesse das aberrações mentais de Walter. Eu me perguntava se Andreievitch seria capaz de romper sua obsessão consigo mesmo por tempo suficiente para interpretá-las. Talvez não. Mas eu acreditava realmente que ele poderia ajudar Walter a carregar o fardo de uma imaginação hiperativa, ou mesmo das conexões psíquicas com as pessoas que o cercavam. Atuando como uma espécie de conselheiro, com base em sua própria experiência, ele poderia ajudar Walter a sentir menos medo.

## Capítulo 6

Alguns padrinhos dão apenas presentes modestos a seus afilhados no Natal e nos aniversários. Talvez eu tenha levado meu dever para com Walter longe demais, mas eu de fato sentia que era um imperativo espiritual. Andreievitch não era mais talhado para ser um pai substituto do que eu; no entanto, eu achava que devia agarrar aquela oportunidade de Walter e o Velho Nik se conhecerem.

Harry tentou ser um bom pai para Walter, mas os músicos parecem perdidos em várias frentes quando se trata de assumir o papel de pai. Harry tinha fãs! Ninguém era capaz de tocar o "Prelúdio em Mi Maior" do jeito que ele tocava. Muitos organistas se mexiam no banco como se tivessem uma cenoura enfiada no rabo. Mas, visto por trás, Harry era elegante. Ele parecia forte. Era um artista.

— Meu pai até que tentou — disse Walter uma vez. — Mas ele praticava por horas em seu estúdio. Ele entrava e depois saía, de terno. Sumia. Raramente estava acordado antes de eu ir para a escola.

Houve um silêncio então. Walter não parecia ressentido. Não era uma criança negligenciada. Harry havia me encarregado, não de ser um pai substituto, mas de dividir a tarefa, por assim dizer.

— Ele não era um esnobe em relação à música — continuou Walter. — Só não conseguia engolir que nós adorássemos todo aquele som originário de Memphis e Nova Orleans. Eu amo meu pai, Louis.

Walter olhou para mim e, por um momento, vi o garoto que eu havia treinado na arte dos absurdos masculinos, enquanto Harry estava longe fazendo turnê. Jogávamos um futebol horrível, um tênis desastrado, nadávamos como cachorrinhos. Depois ele saía tão quebrado quanto eu, quando eu o levava para casa.

Walter tem uma beleza por trás daquela aspereza de provocador, mas sem a arrogância. Ele normalmente não fala muito.

— Você achava que eu havia transado com a Rain? — ele disse.

— Talvez?

Ele balançou a cabeça.

— Mas você demorou — falei. — Como Rain?

— Você sabe mais da vida sexual da sua filha do que meus pais sabem da minha.

— Mas as garotas se entregam pra você.

— "Se entregam" — riu. — Que antiquado.

— Eu sou antiquado.

— O problema de trabalhar numa boate sem palco direito, apenas uma plataforma, são os namorados que eu tenho de aturar. Eles esperam até eu tomar uma bebida entre uma música e outra, chegam perto de mim e enfiam o dedo na minha cara. Hoje é o aniversário da minha garota, eles dizem. E ela quer ouvir "Satisfaction". Se eu hesito, eles falam mais baixo. Toque a porra da música, seu filho da puta. *Satisfaction, caralho.* Toque você mesmo, seu merda, eu digo. E antes que as coisas piorem, nós ensurdecemos o cara com barulho e ele se afasta.

— Eles não te pegam lá fora depois?

— Crow livra a minha cara se eles tentarem. Eles usam facas hoje em dia. Crow carrega a porra de uma Beretta.

\* \* \*

Uma estrela brilhante vibra com o som de um coro imenso, luminoso e dissonante. Um bebê recém-nascido chora. Vidros se quebram. Milhões de janelas em um prédio tão alto quanto o céu sacodem com o estrondo de um terremoto, cada vitral chumbado, cada lanterna, se soltam, caem, a princípio estalando, depois a quantidade de vidro que despenca aumenta em uma chuva quase constante, o barulho aumenta, mas também se suaviza, perdendo intensidade. Assim, um som quase como o de uma queda d'água enche o ar. O edifício é de vidro, então, quando o terremoto o atinge, ele derruba não apenas os painéis de vidro, mas o edifício inteiro, até só restar o tilintar ocasional de uma última gota de chuva de sílica. Dos últimos pequenos ecos de cacos de vidro resvalando — um se chocando com o outro, deslizando e quebrando novamente — sai um gemido longo e gutural. Talvez seja o som de algum tipo de criatura, ou o ar forçado através de algum tubo ou fenda estreita. Esse som transfigura-se na explosão do escapamento de um motor, acelerando e depois arrancando. Um possante motor de trator usado em caminhões americanos: vociferante, gutural, vigoroso, pronto para partir.

À medida que esse grande espetáculo operístico se desenrola — eu começo a falar por sete compassos iâmbicos. O nome correto (eu pesquisei) é "heptâmetro". Assim que a música acontece, eu entro no ritmo, como alguém que — aqui entram os sete compassos — *já tomou todas e aí vai suingar e sacudir*. É patético. Eu não sei dançar. Eu não sei cantar. Mas sinto-me incapaz. A essa altura, deve estar claro que nesta história algo de estranho estava acontecendo na mente do jovem Walter e estou tentado a evocar isso.

Aconteceu que eu estava presente em sua última apresentação com a banda, a convite do empresário Frank Lovelace. Estava claro para mim que Frank queria se exibir. Uma semana antes de ele ter negociado um grande acordo financeiro para a última música de Walter, "Freedom on the Road", sobre as alegrias da vida na estrada atrás do volante de um carro veloz e fumarento. Ele a vendeu para a Ford nos EUA, que lançava uma nova versão de sua gigantesca picape de tração nas quatro rodas, e a música seria apresentada em uma campanha publicitária de quinze milhões de dólares. Logo estaria em todas as telas de TV nos EUA, e Frank esperava que nos próximos anos a música se tornasse um elemento-chave de uma longa campanha. A cada nova fase da campanha, Frank negociava um novo contrato e ganhava mais dinheiro para Walter e para si mesmo.

A agência que fez o comercial de televisão adorou alguns dos versos eróticos toscos, que Walter conseguia fazer parecer genuinamente sexy quando cantava no palco.

> *Your turn to drive, you gotta shift the stick*
> *Your turn to drive, we gotta get there quick.**

Não foi o melhor trabalho de Walter, mas fez com que ele ganhasse muito dinheiro.

> *Freedom on the road, I always wanna ride,*
> *I warn you, I'll explode,*
> *If ever I'm denied.***

Politicamente incorreta e chauvinista, e aceita como ironia pela multidão de amantes do R&B presentes no Dingwalls, aquele tipo de música tinha como alvo o trabalhador americano que usava aquelas picapes enormes para trabalhar. Na Grã--Bretanha, os homens usam furgões brancos como carros de trabalho, igualmente potentes, porém mais discretos.

---

\* N. da T.: Sua vez de dirigir,/ passe a mão pra alavancar/Sua vez de dirigir,/não se pode demorar.
\*\* N. da T.: Livre na estrada,/eu sempre vou rodar,/Se liga, que eu vou estourar,/Se um dia você me deixar.

Walter fez um ótimo show. Parecia o de sempre, sem instrumentos de corda, sem vibrações estranhas na superfície que eu pudesse detectar. Apesar da breve descrição dos sons esquisitos e da música que o próprio Walter havia começado a ouvir na escuridão da madrugada, naquela última noite, em cima do palco, ele sinalizou o fim iminente da primeira parte do show com uma esplêndida pose de estátua.

As garotas enlouqueceram e ele tocou um solo matador de gaita que fez o velho Dingwalls tremer com tanta força que as garrafas atrás do bar começaram a chocalhar, vazar e cair. Meu afilhado. Eu me senti tão orgulhoso. Meu afilhado riquíssimo.

Comemorei fosse lá o que fosse que o Velho Nik tinha passado para Walter ao se conhecerem alguns dias antes.

Quando Walter saiu do palco, anunciando um pequeno intervalo, a multidão enlouqueceu. Os aplausos no Dingwalls costumavam terminar rápido, mas nessa ocasião algo muito especial parecia estar pairando naquele ar enfumaçado. Ele abriu caminho entre a multidão que o aplaudia e foi ao bar onde Frank e eu estávamos. Enquanto se aproximava lentamente, olhando em volta, ele tirou um lencinho de seda vermelho do bolso e enxugou o suor do rosto. Ele parecia se elevar acima do público, que se afastava para deixá-lo passar por um corredor estreito de gente.

Outra vez pensei em como ele era bonito. Walter poderia ter sido um jovem Johnny Cash. Ele se destacava na multidão, mas, ao mesmo tempo, parecia fantasmagórico demais. Quando chegou ao bar, cheio de pessoas que estavam ali antes dele, sua esposa o esperava com uma cerveja na mão.

— Walter — disse ela, sorrindo. — Puro talento, grande Walter: o grande homem de Siobhan.

Suas palavras não tinham um tom de celebração nem de sarcasmo. Ela o puxou para perto possessivamente. Siobhan falou alto o suficiente para que a maioria das garotas reunidas em torno ouvissem muito bem enquanto beijava seu homem nas duas faces. Devia estar meio bêbada, não sei.

Ela sorria com adoração, mas o sorriso era contido com prudência. Walter sabia exatamente qual era o papel dele no contexto daquele tipo de evento. Ele podia facilmente fazer o seu trabalho, e parte deste trabalho era reconhecer a principal moeda com que os astros do rock eram recompensados.

Siobhan estava deslumbrante. Seus cabelos ruivos e olhos azul-esverdeados geravam um sentido de presença poderoso demais para ser ignorado. Alguns homens próximos a ela no bar estavam tentando fazer exatamente isso — ignorá-la — e os olhos invejosos deles adejavam do rosto pálido dela, com aquele sorriso ligeiramente lascivo, para o rosto de Walter, enquanto ele abria caminho devagar do palco até o bar, na direção dela.

Quando os dois se encontraram e se beijaram, ficou imediatamente claro que Siobhan era mais velha que o marido. Era apenas um ano mais velha, mas parecia mais madura e aparentava ter mais de trinta anos. Apesar do visível desgaste de Walter com a rotina de turnês, ela parecia uma pessoa mais confortável na própria pele do que ele. Nela, o envelhecimento significava um declínio bem-sucedido para uma beleza ainda maior, se é que declínio seria realmente o termo. Nele, naquela noite, o início do envelhecimento parecia bastante triste, porque seu rosto cansado podia significar um espírito ainda mais cansado.

Em outra vida — mais rock'n'roll do que R&B —, sua parceira seria mais jovem, mais bonitinha, mais boba e, nesse momento, estaria se jogando em cima dele, rindo, gargalhando, beijando e seduzindo como se o estivesse vendo pela primeira vez. Siobhan nunca se comportava como uma esposa troféu. Nunca nem tentava.

Percebi que, enquanto observava o marido beber sofregamente a cerveja, ela esforçava-se para se concentrar, para ficar com ele naquele ambiente superdecadente do rock'n'roll em que se encontravam. Estaria pensando, ainda alheia ao fato de que agora estava casada com um jovem muito rico, que ele havia vendido sua maldita alma ao ridículo circo do Dingwalls? E seria o seu súbito e maior medo que ele pudesse roubar a sua alma como roubaram a dele? Talvez, depois do pai, estaria ela se perguntando como sobreviveria a outro homem obcecado consigo mesmo? Vi o momento em que Walter notou os olhos dela endurecerem e o sorriso murchar. Ele me contara que sabia que ela desaprovava o que ele adorava tanto na banda.

Ele se aproximou dela e falou alto o suficiente para eu ouvir:

— Minha querida, você não precisa ficar aqui. Dê-me mais um beijo e depois vá para casa, se quiser. Vejo você mais tarde.

Siobhan abriu um sorriso ainda maior e subitamente pareceu sincera.

— Foi o Bushmills — reclamou. — Eu pedi porque sou de Waterford. Bebi muito rápido. Não tenho estômago para esse uísque. Mas ele me faz sentir muito bem. Estou bem. Mesmo, meu amor, estou bem.

Havia algo de evasivo na expressão de Walter. Soube depois que ele ainda não havia contado a Siobhan sobre a negociação de Frank Lovelace e o que isso significaria para eles, e que estava adiando contar a ela porque temia que isso causasse sérias divergências.

Mais tarde também fiquei sabendo que Walter havia sido informado, poucos minutos antes de subir ao palco naquela noite, que, além do contrato com a Ford, Frank havia vendido todo o seu catálogo de músicas, mais tudo o que ele compusesse nos próximos cinco anos, ao preço de cinco milhões de libras. Retirados a comissão de Frank, honorários advocatícios e impostos, sobrariam dois milhões de libras para Walter.

Enquanto Siobhan e Walter conversavam aos sussurros, Frank Lovelace e eu nos afastamos em direção a Crow e os Hanson, que esperavam em outra ponta do bar. Estava na cara que eles haviam percebido que alguma coisa estava acontecendo. Frank então explicou a eles tudo sobre a sorte súbita e inesperada de Walter.

— Vocês também levarão muita grana com as gravações da banda nos comerciais de TV — gabou-se Frank. — É bom pra todo mundo, gente.

A expressão geralmente congelada de Crow derreteu e ele pareceu abalado.

— Puta que pariu! — Enquanto Crow manifestava seu choque, sua mulher Agneta parecia confusa. Ele virou-se para ela. — Isso é um disparate. E não é a porra da política da banda. Nós não somos a merda do The Who. Nós não somos campeões de vendas. Diga à Ford que eles não podem ser os donos da porra da música que gravamos!

Frank não perdeu um milímetro de calma. Crow não o assustava. Frank endireitou o corpo para ficar mais alto e ergueu o queixo para parecer que estava olhando de cima para Crow.

— Isso decidiremos por votação — salientou em voz baixa, olhando para Crow. — De qualquer forma, se você não quiser que sua versão seja usada, Walter poderá gravar uma nova. Por que não aproveitar esse golpe de sorte?

Enquanto isso, os Hanson se entreolhavam com sorrisos ambíguos. Desconfiados e curiosos, eles tinham acabado de ser informados de que iriam usufruir de um período de bonança, mas sem a menor ideia do que isso poderia acarretar. De onde eu estava, o que vi em seus rostos foi uma percepção de que poderia ser o momento que os libertaria e permitiria que eles passassem a coisas maiores.

Crow olhou para o casal e pareceu ler seus pensamentos.

— A porra dos Everly Brothers vão se revirar no túmulo.

Steve Hanson meteu-se na conversa. Ele também se aprumou, endireitando o corpo, e, com mais de um metro e oitenta de altura, de repente pareceu imponente e até um pouco perigoso:

— Eu não acho que eles estejam realmente mortos, Crow. Esse é o seu problema, achar que pode controlar os direitos autorais de todas as melhores músicas que você encontrou nos bons tempos do R&B e do pop americano.

— Ah, Hanson, seu cretino — zombou Crow, recusando-se a recuar. Agneta pegou no braço do marido para tentar acalmá-lo. — Você vai querer vir falar agora sobre os benefícios de cabos mais pesados para as nossas caixas PA, ou sugerir algum guitarrista coleguinha seu que seja genial no *shredding* ou numa outra bosta qualquer fantástica. Seu nerd de merda.

Pareceu-me que, apesar de toda essa bravata, Crow estava intimidado por Hanson e já começava a ver que ele seria anulado por Steve e sua mulher. Seria a primeira vez que isso aconteceria na banda, e para Crow seria difícil. Dizer que ele se esgueirou para outra parte do bar não seria correto. Seu andar era emproado, mas ele parecia abatido, meio digno de pena.

Naquele momento, Selena se aproximou.

A semelhança entre Selena e Siobhan era visível; também era evidente que Selena era muito mais jovem. Se Siobhan parecia ter mais de trinta anos, Selena parecia se esforçar para parecer mais jovem do que vinte. Com o cabelo castanho-avermelhado, comprido em cachos macios com duas tranças curtas de ambos os lados para emoldurar o rosto, Selena tinha o ar de uma hippie dos anos 1960; usava um colar de contas e florzinhas em volta do pescoço e, nas orelhas, grandes argolas de plástico rosa. Ela me dissera uma vez que acreditava ser um anjo, divinamente inspirado na forma humana, que trabalhava com anjos reais, guiando não apenas os espíritos das pessoas do seu entorno, mas também trabalhando em conjunto com os mestres secretos do universo. Isso não a tornava menos atraente para mim ou para qualquer um dos homens que a cercavam, e mulheres também. Ela era fascinante, com aqueles brilhantes olhos azul-esverdeados e a boca voluptuosa e grande.

Sua mãe morreu quando deu à luz Selena, ascendendo aos céus em suas asas. Por que Selena não teria um parafuso meio solto? De qualquer forma, eu sabia melhor do que ninguém que um parafuso solto aqui e outro ali podiam encobrir um matiz diferente de gênio e, se Selena era, de algum modo, um gênio, ela seria ainda mais bonita.

Selena também gostava de seduzir. Segundo ela, eu mesmo fui objeto de suas paqueras quando ela tinha dezoito anos e pulava animada de um homem para outro no dia do casamento de Siobhan e Walter. Mas Selena tinha uma presença forte, e agora eu a observava no bar do Dingwalls, rindo como uma estrela de cinema.

Na verdade, todos tínhamos um certo receio do seu lado obscuro. Quando tinha apenas oito anos, ela matara o próprio pai, Michael Collins, com uma faca de cozinha. Muitas pessoas que a conheciam sabiam dessa história. Ela havia sido perdoada pela justiça, mesmo sendo moralmente condenada pelas costas por algumas freiras de Duncannon. Siobhan tinha sido espancada, ferida e sexualmente violentada por um homem bêbado e fora de si. A polícia não apresentou acusação e os assistentes sociais logo recuaram. E assim, aos meus olhos, e para a maioria dos homens que estavam perto de nós no bar naquela noite, quando ela chegou, esquecemos de Siobhan e vimos apenas a luz brilhante, ingênua, sexual e angelical que Selena emanava, e que também possuía uma visão cintilante de uma lâmina suja de sangue. A estranha combinação de luz, bem e mal, aliada à ausência de vergonha, faziam dela uma espécie de Cleópatra aos nossos olhos estúpidos e nebulosos.

Ela começou a conversar com Frank. Ao me aproximar deles, ouvi o que ela estava dizendo.

— Frank, você é o número três. — Ela estava rindo, dançando em volta dele como se fosse uma stripper e Frank, o poste. — Eu já comecei pelo Walter. Se eu não puder tê-lo, roubarei Crow de Agneta. Se não puder ter o Crow, bem, vou ter de me contentar com você, Frank. Você vai me querer, não é?

Frank estava claramente gostando de ser cortejado por uma mulher tão jovem, mesmo que ele fosse escolhido como seu terceiro pretendente.

— E se você não me conseguir? — Frank olhou para ela, apenas brincando; ele estava começando a sentir que precisava se preparar. — Quem é o próximo da lista?

Selena estava rindo, a cabeça no ar, os brincos de argola e as tranças balançando. Eu aparecera exatamente no momento errado?

— Louis! — Selena gritou meu nome, sorriu para mim com seus dentes de Hollywood e me abraçou. — Se Frank não me quiser, Louis vai me querer, não é? Seu coelhinho velho lindo. Ela apertou minha bochecha.

— Ele não é uma gracinha, Frank? E rico também!

Fiquei vermelho, porque temi que ela estivesse tirando um sarro da minha cara.

Então Walter e Siobhan voltaram para o bar, sorridentes e descontraídos, sem saber que o próprio Walter estava no topo da lista de pretendentes de Selena. Frank e eu fomos relegados, quando ela voltou toda a sua atenção para Walter.

Tenho certeza de que Walter se sentia seguro com Selena, suficientemente seguro — casado com sua irmã mais velha — para permitir que ela flertasse com ele algumas vezes, e ele reagia natural e abertamente à sua beleza, sua luz e sua energia sexual natural. Pareceu-me que Siobhan geralmente observava com indulgência, mas sempre registrava a química evidente entre o marido e a irmã. Se a atração tivesse sido devidamente ponderada e avaliada, ficaria claro que Selena adorava o cunhado e que, embora Walter gostasse dela, a reação dele era, pelo que pude notar, muito mais fundamental e primal diante da presença dela. Ela era abertamente sensual e sedutora quando ele estava trabalhando em um show, quase inconscientemente interpretando o papel que Siobhan se recusava a desempenhar.

Walter passou os braços em volta das duas, as irmãs. Ele as apertou fraternalmente, e elas ficaram espremidas uma contra a outra por um momento.

Então, como se percebesse que tinha sido desajeitado, Walter as soltou. Siobhan desviou o olhar como se estivesse buscando uma saída dali.

Selena estava animada, fazendo o papel de uma fã com seu ídolo.

— Walt, você é demais, cara — disse ela. — Essa última música atraiu cem anjos para dentro deste lugar. Imagine cem anjos nesta espelunca!

Ela riu e seus olhos brilharam e se apertaram.

— Obrigado, irmãzinha — brincou Walter.

— Eu detesto quando você me chama de irmãzinha, Walter — reagiu Selena. — Mas você deveria estar comemorando. Frank me contou sobre o grande negócio com a Ford e tudo mais. A venda de todas as suas músicas antigas. Você vai poder até se aposentar, querido. — Ela olhou para Siobhan com um sorriso sombrio e acrescentou: — Ele vai poder se dedicar à poesia.

Siobhan parecia assustadora quando fixou no marido um olhar intenso. Todos no bar ouviram o que ela disse.

— Isso é verdade? — Ela subitamente pareceu menos embriagada. — Você realmente permitiu que Frank vendesse o seu catálogo?

Walter assentiu.

— Foi por um monte de dinheiro, Siobhan.

— Como Selena pôde saber de tudo isso antes de mim? Eu sou a sua mulher, caralho. Para ser franca, eu estou furiosa.

Walter começou a explicar aspectos do acordo que ele próprio acabara de descobrir, mas que Selena parecia saber antes dele. Siobhan estava olhando para o chão do bar. Alguns copos a mais a haviam amolecido antes, mas agora ela estava sóbria, no calor de uma raiva crescente, os genes violentos de seu pai vindo à tona.

— Então você vai deixar a banda? — Isso foi mais uma afirmação do que uma pergunta.

Walter não respondeu, mas virou-se e acenou para o barman pedindo outra dose.

Siobhan puxou-o para que ele a encarasse diretamente e exigiu uma resposta.

— Você vai sair da banda? Vai desistir de tocar neste pardieiro aqui? Podemos começar uma nova vida, trabalhar juntos em um livro de poesia ou algo assim? E a ajuda que você me prometeu de escrever um livro sobre mim e Selena sendo criadas por nosso pai? Nós achamos que poderia ser uma peça de teatro. Porra, Walter, seria ótimo sair dessa... — Ela não concluiu.

Walter na mesma hora desviou o olhar. Será que ela pôde ver no seu rosto que ele não estava pronto para dar o que ela queria, com ou sem briga? Eu seria capaz de jurar que ela estava pronta para brigar, e a expressão em seu rosto deve ter dito isso a ele também.

Eu acho que já falei o suficiente para sinalizar que, na minha opinião, Walter realmente havia decidido que poderia mudar de vida, mas não apenas como resultado de sua sorte inesperada. Meu sentimento era de que ele estava com medo de não ter outra saída a não ser mudar. Ou ele estava perdendo a cabeça ou estava sob uma forte pressão que não conseguia detectar. Duvido que seu primeiro pensamento tenha sido o mesmo de Siobhan, de que ele deixaria a banda. Como costuma acontecer quando incidentes importantes — como fios de uma delicada seda na vida de um homem — começam a entrelaçar-se para formar uma corda indestrutível, por uma aparente coincidência, quatro fatos intimamente ligados lançaram Walter de volta aos seus próprios recursos defensivos.

O primeiro foi o que o Velho Nik disse a ele quando se conheceram e caminharam juntos pelo Richmond Park. Creio que Walter contou ao velho que estava começando a ouvir coisas estranhas sempre que se sentava para compor uma música; provavelmente, até leu para ele algumas poucas primeiras descrições da paisagem sonora, palavras que prometiam música muito além da esfera de sua competência. Acho que talvez eu fosse a única pessoa com quem Walter havia falado sobre isso. Como eu disse, o que o Velho Nik aconselhou mudou Walter de uma maneira indefinível.

O segundo foi que Siobhan estava obviamente começando a assustá-lo; o desejo dela de ajudá-lo a aprimorar-se, e talvez viver a criatividade através dele, não era inoportuno nem incomum em um casamento entre duas pessoas envolvidas nos mundos do entretenimento e da mídia, mas Walter não estava pronto para isso.

O terceiro foi certamente a ideia de que, com o dinheiro que acabara de cair do céu, ele poderia fazer mais ou menos o que quisesse, pelo menos por alguns anos.

Por fim, quando Siobhan sorriu, beijou-o e se despediu, nitidamente insatisfeita por ele não ter respondido à pergunta dela, Walter e Selena sentiram que algo em seu gesto significava o fim. No entanto, acho que Siobhan acreditava sinceramente que, se ela voltasse para Waterford, ele a seguiria. Havia poucas mulheres como Siobhan, ela tinha certeza disso. Walter sempre fora inebriado por ela, sua mente, sua beleza e sua poesia. Ela não podia imaginar que o perderia. Mas também era orgulhosa. Se ele não fosse atrás dela, ela poderia não voltar nunca mais. Selena sabia disso, conhecia muito bem sua irmã mais velha.

Frank e eu também testemunhamos isso no bar naquela noite. Selena — sem um momento de hesitação, como se Walter fosse um bastão que havia caído e alguém devesse rapidamente agarrar e sair correndo para uma linha de chegada que só ela podia imaginar — tentou de fato substituir Siobhan naquele instante, sem esperar um segundo. Era como se, pela segunda vez em sua vida, ela segurasse uma lâmina assassina e dessa vez fosse Siobhan quem sucumbiria pelo simples motivo de haver se casado com o homem que Selena — como eu saberia mais tarde — amava desde que tinha dezoito anos.

Ela se aproximou dele.

Pensei na minha pobre Rain, que também amava Walter, com sua aparência mais comum do que as irmãs Collins, levando consigo mais dos meus genes inúteis quando o assunto era uma competição por um homem. Ela não era talhada para lutar contra Siobhan e muito menos contra Selena e seus anjos. Eu devo ter cuidado para não colocá-la no meio desse trio. Nos dias que se seguiram, eu me pegava algumas vezes começando a odiar Walter, não por muito tempo; não durava, e talvez eu estivesse apenas com inveja. Ele tinha apenas 29 anos e demorara a se apaixonar, se é que alguma vez se apaixonara por Siobhan; comecei a duvidar. Eu também duvidava que ela amasse Walter incondicionalmente; havia muito em jogo para ela, acho eu. Walter não era apenas um marido, era um homem, um homem ao lado e acima dos outros homens que Siobhan conhecera, especialmente o pai dela. Siobhan queria um homem gentil, um poeta, um homem inteligente, que nunca levantasse o braço ou sequer a voz.

Quando ela se foi — alguns de nós sentimos que Siobhan largara as cartas na mesa, desesperada com a mão que recebera —, sua irmã viu a oportunidade.

Selena não encarou Walter, não quis ver seu olhar perturbado, não tentou envolvê-lo. Ficou ao lado dele no bar e seu quadril roçou nele.

Ele olhou para ela e enxugou o suor dos lábios. Ela sussurrou em seu ouvido, agarrou seu braço e o puxou atrás dela em direção às portas que levavam aos banheiros.

* * *

Estamos sentados vendo o sol se pôr nas montanhas mais além de Cannes, e Bingo late para um ciclista que passa na estrada. Selena bebeu rosé demais. De repente, ela ri.

— Pobre Walter, eu realmente dei uma investida nele — continua, me contando o que havia acontecido naquela noite.

— Eu disse a ele que tinha um pó do bom.

Ele foi atrás dela.

Então, o que ela sussurrou não foi que o amava, que queria possuí-lo, dar-lhe prazer, levá-lo para um céu cheio de anjos, ou trepar com ele; ela sabia que qualquer coisa que dissesse que pudesse revelar seus sentimentos e triunfos exultantes naquele momento não o faria segui-la. Afinal, estavam no Dingwalls. Ela ofereceu cocaína.

Devo tentar retratar uma cena que não testemunhei, mas posso juntar tudo o que Selena me contou com as fofocas que mais tarde reverberaram pelo bar. Os banheiros do Dingwalls eram decrépitos, mas antigões, azulejos azuis e verdes, espelhos rachados e riscados. Walter encostou-se numa pia, pegou sua gaita e começou a tocar uma música sugestiva. Selena bateu uma carreira de cocaína, cheirou e começou a dançar sedutoramente. Outras garotas entraram no banheiro e não pareceram surpresas ao encontrar Walter assistindo à cunhada girando.

As garotas contaram a história mais tarde. Eles achavam que, se não estivessem lá, Walter poderia ter correspondido ao apelo sexual. Mas ele não se mexeu, e isso deixou Selena com raiva.

Enquanto ele tocava para ela, disseram as garotas, e elas concordaram que ele tocara maravilhosamente, ela ficou dançando. Até se ofereceu para fazer um boquete. Depois caiu no chão, exausta, humilhada e frustrada. As garotas e Walter foram até ela e tentaram ajudá-la.

Selena empurrou todo mundo com grosseria, o efeito da cocaína batendo mal.

Nesse momento, a porta do banheiro se abriu e um dos funcionários do bar gesticulou, batendo no relógio. Walter deveria voltar ao palco. Quando ele saiu para tocar o segundo set, as garotas, ainda ajudando Selena como aias de uma princesa, ouviram quando ela o xingou em voz baixa.

— Vá se foder, Walter! — disse ela, se borrando de batom enquanto limpava a boca. — Você perdeu a melhor irmã de novo, seu inglês babaca!

Ela se levantou, meio desequilibrada nos saltos altos, acendeu um cigarro, olhou-se no espelho e, por um momento, qualquer um que a estivesse observando poderia ter percebido o que ela estava vendo.

De fato, o espaço em torno dela estava cheio do que pareciam criaturas aladas. Foi o que ela me disse que viu na fumaça do cigarro, nas nuvens, na poeira que subia do chão coberto de serragem. Ela segurou a barriga como se estivesse esperando um filho. Ela se embalou. Ninguém entendeu nada. Depois se virou, sacudiu os cabelos e saiu orgulhosamente do banheiro.

Walter estava no bar bebendo um copo cheio de água, o gerente olhando nervoso para o relógio.

Selena caminhou direto até ele e o beijou no rosto, perdoando-o e reivindicando-o para si diante de qualquer uma que estivesse olhando.

Dificilmente haveria alguma mulher solteira naquele lugar que não tenha visto Selena levar Walter para o banheiro feminino e imaginado excitada o que poderia acontecer lá dentro. Elas o viram sair do banheiro apressado, parecendo envergonhado, e ouviram falar da performance dos dois pelas garotas que os flagraram juntos. Siobhan só havia saído quinze minutos antes.

Como Selena e Walter eram escrotos!

Era isso que elas estavam pensando.

Para Selena, cercada pelos olhares das mulheres invejosas presentes no Dingwalls, foi um breve momento de triunfo imprudente que ecoou — sempre que ela pensava nisso — tantas vezes, e tão irritantemente, que mais pareceu um pesadelo do que uma conquista.

Segundos depois daquele momento, as perspectivas de Selena com Walter foram frustradas.

Na verdade, o casamento de sua irmã Siobhan estava frustrado de qualquer modo, mesmo que ela não estivesse disposta a jogar tudo pelos ares. Até o futuro da minha filha Rain, como sua possível substituta, foi frustrado.

Uma garota entrou no Dingwalls. Uma garota que eu não via desde o casamento de Walter e Siobhan, dois anos antes.

Mencionei anteriormente que, no casamento, Selena ficou borboleteando em torno de mim por um tempo até que minha atenção foi desviada.

Foi esta garota que desviou minha atenção.

Nós a chamamos de Floss.

# Capítulo 7

Florence Agatha Spritzler tinha vinte anos quando todos a vimos entrar no Dingwalls no momento em que Walter começava o segundo set do que viria a ser sua última apresentação com a Big Walter and His Stand. Ele provavelmente devia se lembrar dela — se é que lembrava — como a estranha amiga de Selena de dezoito anos que ficava circulando com ela em seu casamento com Siobhan pouco mais de dois anos antes.

Ela olhou em volta, avistou Selena no bar e correu para o lado dela, sem dúvida para que pudesse se sentir estabelecida em algum lugar seguro em meio à multidão.

As duas se abraçaram, rindo; foram colegas de escola em Acton desde que tinham doze anos, alguns anos depois que os Collins desembarcaram em Londres. Elas pareciam completamente à vontade juntas. Foi Selena que batizou Florence como Floss.

O apelido começara, é claro, como Flossie — por causa de Florence —, mas assumiu o significado de fio dental quando Floss caiu de um pônei aos catorze anos e um dos seus dentes da frente ficou escuro. O dente danificado talvez tivesse o mesmo significado dos defeitos propositais que os tecelões colocam na confecção de tapetes persas, para que não tentem desafiar a perfeição de Deus. Se tivesse todos os dentes brancos e brilhantes, ela sorriria com mais facilidade e, se o fizesse, incendiaria qualquer ambiente. Seu cabelo louro natural costumava ser bastante comprido, mas soube depois que ela o havia cortado muito curto no dia anterior.

Lembrei-me dela chegando no dia do casamento; isso foi antes que qualquer droga que eu tivesse tomado para melhorar o dia começasse a estreitar minha visão como uma cortina preta se fechando lentamente em um palco bem iluminado, depois apagando-a completamente. Ela balançava os cabelos compridos enquanto caminhava, o que era uma característica sua muito atraente; talvez sentisse que isso ajudava a desviar a atenção dos outros para a sua boca. O nariz tinha uma ligeira inclinação para cima e seus brilhantes olhos azuis destacavam sua beleza clássica. Ela era jovem, e certamente inglesa, uma rosa. Digo isso porque seu sobrenome era Spritzler, o que fazia algumas pessoas suporem que ela fosse alemã. Na verdade, ela fora adotada ainda bebê em um convento na Suíça por Albert, um cirurgião austríaco muito competente, e sua esposa inglesa Katharine.

Quando eram adolescentes, enquanto Selena circulava pelos lugares como uma hippie alegando ser capaz de curar os chacras das amigas com o poder dos anjos, Floss aprendia a cavalgar, e seus pais adotivos ricos — aliviados, a princípio, por ela ter topado com um interesse normal para uma garota bem-educada — compraram para ela um potro jovem e um box de transporte para que ela pudesse competir em eventos de adestramento e gincanas. Selena e Floss eram melhores amigas que se sentiam parte da mesma engrenagem. Quando bem jovens, eram desenfreadas e, às vezes, tinham namorados muito mais velhos, mas juntas eram extremamente fortes, resistentes, sem levarem nada a sério demais, rindo dos homens que as achavam atraentes, inebriadas simplesmente pelo senso de humor que compartilhavam e que, aos olhos dos outros, parecia bobeira. Mas sob a superfície, não eram nada bobas, ambas tinham profundas ambições. Elas sabiam o que o futuro poderia lhes reservar.

Selena tinha certeza de que iria depor Siobhan e se casar com Walter; seus anjos o guiariam até ela. Eu soube mais tarde que Floss, não querendo competir, tinha certeza de que nunca se casaria com um homem que queria passar a vida tocando numa banda para se apresentar em pubs. Ela se casaria com um homem que pelo menos estaria disposto a morar perto do cinturão verde de Londres, perto de Richmond ou Hampstead, onde ela poderia ter cavalos, e cavalgaria todos os dias, talvez administraria um haras. Então, seu futuro marido precisaria ter dinheiro. Em sua opinião, ela imaginava um banqueiro, um operador da bolsa de valores ou um advogado da coroa britânica muito competente. Sabia que talvez não fosse sofisticada o bastante para atrair um homem assim, mas também sabia que seus pais tinham um amplo círculo de amizades no mundo da medicina, e que talvez ela pudesse vir a conhecer um jovem cirurgião plástico rico.

Havia outras possibilidades. Por exemplo, Floss parecia interessada em Frank Lovelace. Ela estava cochichando com Selena e apontando na nossa direção, para o bar, onde eu estava com Frank.

Eu tinha certeza de que ela devia lembrar-se de mim, e acenei, mas ela parecia concentrada em Frank.

— Essa garota estava no casamento de Walter. — Quase tive que gritar no ouvido de Frank, de repente o som da música estava alto demais no bar. — Parece que você a ganhou.

— Florence Spritzler — disse Frank. — Eu a conheço. É amiga da Selena. Pratica equitação. Não vem muito aqui.

Ele foi até lá e começou a conversar com ela. Os modos dele eram educados, confiantes demais, realmente muito irritantes.

Eu tinha 51 anos na época e Frank provavelmente tinha acabado de passar dos quarenta, mas, poxa, ele era tão velho para ela quanto eu.

Eu estava profundamente enciumado. Senti-me idiota, ridículo, e lembrei a mim mesmo que meus tempos de beber, me drogar e pegar mulheres com metade da minha idade eram parte do passado. Mesmo assim, eu queria estar no lugar de Frank, perto dela, para fazê-la sorrir apesar do dente escuro.

Nos meses seguintes, eu a conheci melhor. Havia algo de imprudente em Floss, algo impetuoso e ousado que prometia aventura. E se ela quisesse, poderia comer um homem vivo. Havia determinação e tenacidade nela. Encantadora, mas intensamente concentrada no que estava em sua própria mente, na pessoa a quem estava se dirigindo ou ouvindo.

Sim, o fato é que ela capturou toda a minha atenção.

Eu quase não notei quando Crow puxou meu braço. Walter e o resto da banda já estavam no palco, prontos para recomeçar.

Eu me virei para encarar Crow.

— O que você fez com Walter? — O rosto inexpressivo de Crow estava a apenas alguns centímetros do meu. — Ele anda ouvindo sons estranhos.

— Eu tentei ajudá-lo — murmurei. Confesso que tive um pouco de medo de Crow.

— Por que você sempre tentou encher a cabeça dele com toda essa merda de New Age? — Crow estava quase cuspindo.

— *Eu* não fiz nada disso — protestei.

Crow não estava ouvindo. Ele começou a cutucar meu peito com o dedo indicador, e doeu. Ele tinha dedos poderosos e ossudos de guitarrista.

— Essa banda é tudo que eu tenho, Louis. Não estrague tudo.

Walter o chamou do palco.

— Falo com você de novo mais tarde — disse Crow, quando se virou para subir ao palco. — E eu também vou matar o babaca do Frank. Essa banda não tem a ver com dinheiro ou arte, tem a ver com a verdade.

Crow afastou-se de mim, ainda resmungando, pisou duro com suas botas Doc Marten como um modelo de passarela furioso na direção do palco e pegou sua guitarra.

# Capítulo 8

O último show da Big Walter and His Stand, no Dingwalls, rapidamente viraria uma lenda. Eu nunca ouvi a banda tocar com tanta ferocidade. Eles tocaram o número final, a música da Ford, como se tentassem esmagá-la no chão, destruí-la e torná-la inutilizável.

> *Freedom on the road, never ready to arrive,*
> *Won't deliver this load, I'll just keep on with the drive.*\*

Algumas trintonas na frente do palco fingiam-se de adolescentes, excitadas pelas metáforas. Talvez estivessem imaginando um homem que lhes desse tempo suficiente para um orgasmo.

Crow parecia cada vez mais lívido e Frank começou a parecer pouco à vontade; contei a ele que Crow disse que iria matá-lo e, assim que a música acabou, Frank saiu discretamente.

Encontrei uma mesa ao lado do palco e fiquei sentado com Selena. Eu não conseguia avistar Floss; ela estivera conversando com Frank durante a maior parte da noite e suspeitei que tivesse saído junto com ele, ou talvez combinado de encontrá-lo lá fora.

Comecei a bater meu copo na mesa com tanta irritação que o quebrei. Eu estava com ciúmes!

---

\* N. da T.: Livre na estrada,/nunca pronto pra chegar,/Essa carga nem vou entregar,/o meu negócio é continuar a rodar.

Selena percebeu e riu. Foi a resposta certa ao meu absurdo, mas como ela poderia saber o que eu estava pensando?

Enquanto dois membros da equipe da banda guardavam as guitarras, Walter veio se despedir. Ele ficou inquieto quando Selena deu um tapinha na cadeira vazia ao lado dela.

— Show incrível, Walter — falei.

Walter assentiu, não modestamente, mas concordando e aceitando o elogio.

Crow se aproximou.

— Walter. — Eu percebi que ele estava prestes a dar uma ordem. — Senta aí. Eu preciso falar com você. Todos nós precisamos conversar.

Walter sentou-se, não como um gesto de obediência, mais como respeito, acho eu. Crow exigia respeito, e atenção; eu pessoalmente nunca o vi com raiva, mas seu temperamento era lendário e estava óbvio que ele tinha algo a dizer.

Eu me levantei para deixá-los à vontade.

— Por favor, fique, Louis. — Essa foi outra ordem. Ele voltou seu olhar feroz para Selena. — Selena, você fica também.

Antes que Crow pudesse dizer mais alguma coisa, Walter falou.

— Você está errado sobre esse assunto, Crow — disse ele, calmamente. — Louis não tem culpa de nada. É verdade que desde que eu era criança ele martelava na minha cabeça como loucura e arte podem ser combinadas, mas nunca dei atenção. Eu apenas achava que ele era meio maluco, assim como a maioria de seus clientes.

Crow abriu a boca para falar, mas Walter ergueu a mão.

— Deixe-me terminar, Crow — insistiu, gentilmente. — O que Louis me ensinou, ou tentou me ensinar, nunca me impediu de adorar essa banda, ou o que fazemos. É tão importante para mim quanto para você.

Crow olhou de mim para Selena.

— Selena também não influenciou minha decisão — disse ele, tocando o braço dela.

Ela sacudiu os cabelos, levantou-se e foi embora.

Crow e eu esperamos.

Eu quebrei o silêncio.

— Que decisão?

Walter balançou a cabeça. Depois assentiu.

— Preciso lhe contar mais sobre a negociação de Frank. Ele vendeu uma das minhas músicas para a Ford usar num comercial de uma de suas gigantescas picapes nos Estados Unidos. Além disso, vendeu meu catálogo inteiro. Então é muita grana, e Siobhan, bem, ela acha que, se tivermos dinheiro, eu deveria deixar a banda porque poderemos nos sustentar. Mas não se trata apenas dessa negociação de Frank e do dinheiro. Há muito tempo que ando preocupado, e minha saúde mental não está boa.

Crow parecia sombrio. Era o fim, ele sabia que era, sabia ler bem Walter; afinal, eles eram velhos amigos.

— Você pode pelo menos tentar explicar o que aconteceu? — implorou, um pouco de sua raiva transformando-se rapidamente em petulância. — O que planeja fazer? Você está realmente saindo da banda? O que há de errado com a sua saúde mental? Só porque você tem dinheiro, vai sair da porra da banda? Você acabou de dizer que ela era importante para você. Você sabe o que isso tudo significa para mim?

Crow apontou para todo o entorno do Dingwalls, que começava a esvaziar: os imundos cabos pretos espalhados pelo chão, cinzeiros e garrafas vazias por toda parte. O lugar mais precioso da terra.

— Você sabe que conheci Paul Jackson — começou Walter.

— Andreievitch! — resmungou Crow.

— Deixe-me explicar, Crow — disse Walter sem hesitar.

— Você quer saber. Eu quero explicar.

Crow recostou-se na cadeira como um adolescente carrancudo. O encosto da cadeira rachou, por um breve segundo ameaçando vir abaixo, mas Crow não se abalou.

— O Velho Nik — concordou Walter. — Eu o conheci, sim. Louis apresentou-o a mim, porque ele é agente de Nik agora, mas eu sempre quis conhecê-lo. Sou fã da Hero Ground Zero desde criança. E fiquei curioso. Nik, como ele se chama agora, teve um colapso nervoso, e sinto que eu mesmo estou à beira de algo parecido. A pressão que ando sentindo é desproporcional ao que está acontecendo à minha volta.

Crow não conseguiu se conter.

— Pressão! — Ele estava quase vociferando, inclinado para a frente, as veias do pescoço saltadas. — Este trabalho não tem tanta pressão assim. É divertido. É fácil. Tocamos pub rock enquanto as pessoas enchem os cornos de birita e somos pagos por isso. Vivemos bem. Cadê a porra da pressão?

— Eu não sei, Crow — disse Walter, sem morder a isca. — Pode não estar vindo do que fazemos aqui, pode estar vindo de dentro de mim.

— Então o que o filho da puta do Andreievitch disse? — exigiu Crow.

— Ele disse uma coisa que me ajudou — respondeu Walter, mas apoiou a mão sobre a mesa, de palma para baixo, delimitando a fronteira. — Mas não acho que contar para você o ajudaria a entender.

— Caralho! — vociferou Crow. — Você vai parar de tocar, não é?

Walter fez que sim.

— Eu preciso, pelo menos por um tempo. Minha cabeça está confusa demais no momento. Eu me sinto como se estivesse sendo dominado por um som, por coisas estranhas.

Crow se levantou, finalmente perdendo o controle, e voltou-se contra mim.

— Você marcou esse encontro com o Nik — gritou. — Que porra você estava pensando? O que um astro do rock progressivo velho e acabado, ele mesmo pirado da cabeça, poderia dizer que fosse útil para Walter? Ele precisa de um psiquiatra, não de outro maluco. Meu Deus!

Crow derrubou a cadeira enquanto saía em disparada.

Walter e eu ficamos ali sentados, observando a equipe guardar os últimos microfones em uma maleta de viagem.

— Marquei a reunião com o Velho Nik porque achei que poderia ajudar — disse. — Não importa qual o caminho que tome, Walter, mas você é que precisa escolher. Siobhan quer que você deixe a música para trás e trabalhe com ela em algum grande projeto intelectual. Crow quer você aqui, tocando o que ele diz para você tocar. Quero ajudá-lo com essas coisas que você anda ouvindo porque acredito que isso pode levar você a um novo patamar de criatividade. Eu sei do que estou falando. Já vi isso acontecer com alguns de meus clientes.

Fiquei muito abalado com a atmosfera tensa que Crow havia despertado. Tentei manter minha voz baixa e falei no ouvido de Walter. No entanto, eu estava transtornado demais para me importar com quem pudesse estar ouvindo o que eu dizia. Alguns retardatários restantes no Dingwalls estavam olhando para a nossa mesa.

Walter virou-se para mim.

— Nik ficou na Skiddaw por quinze anos, sabia?

— Sim, eu sabia disso. Ele produziu quase cem desenhos a carvão naquele tempo, que são a base para o meu negócio como agente dele.

— Eu sempre quis construir um labirinto — disse ele. — Você sabe quanto tempo leva, em média, para que até uma sebe de crescimento rápido fique densa e alta o suficiente para ser mais do que um parterre? Mais do que apenas um desenho? Um complexo em que você possa de fato se perder?

Eu balancei a cabeça.

— Quinze anos.

— Você está pensando em parar de trabalhar com música por quinze anos? Eu nem pensei que você deixaria a banda, embora soubesse que Siobhan estava tentando fazer você sair. Isso pode ser culpa minha, Crow deve ter razão. A ideia do labirinto parece ótima, claro que sim, mas quinze anos! Walter, você poderia ter uma vida como um artista sério, o que você está experimentando não é loucura, não é um colapso nervoso, você está se conectando com as pessoas que o cercam, com o que elas estão sentindo. Isso é bom.

Eu me importava muito com Walter como artista, claro, e gostava do que ele fazia na banda. Siobhan também queria que Walter fosse feliz, acho eu, e, embora eu realmente não achasse que ele tivesse muita chance como poeta com base no que ouvimos em "Freedom on the Road", as paisagens sonoras mostravam que ele tinha um talento descritivo e poético. Nesse momento, Selena voltou para a mesa com Floss. Walter não percebeu, estava abatido, olhando para o copo de cerveja vazio. Ele devia estar se perguntando por que se sentia tão desanimado com o que deveria ter sido uma noite alegre. Estendi a mão para ele e o cutuquei, para que ao menos cumprimentasse Floss, que estava esperando nervosamente. Ele olhou para Floss e seu olhar disparou de Selena para a amiga dela, indo e voltando, parando o tempo suficiente para olhar Floss, sem dizer uma palavra.

— Você é a Floss — disse ele enfim, estendendo a mão e depois se levantando. — Você estava no casamento.

— Eu mesma — respondeu. — Foi um dia legal.

— Você é a garota que faz equitação, não é?

— Acertou de novo. — Floss balançou o cabelo louro para o lado, um cabelo agora ausente porque o havia cortado curtinho um dia antes. Foi um gesto surreal, mas encantador.

— Você sabe cavalgar? — perguntou ela. — Já teve um pônei na vida?

Ela olhou para Selena para compartilhar a piada, para deixar claro que ela, uma garota entre as garotas, estava curtindo com a cara dele. Mas Selena estava começando a parecer furiosa.

— Eu não — disse Walter. — Meus pais costumavam cavalgar, mas tenho um pouco de medo de cavalos, sempre tive.

— Teremos que dar um jeito nisso.

Relâmpagos de luz dourada fazem sons de címbalos e gongos, breves, líquidos. Uma torre de finas vigas de metal oscila com a forte brisa. Uma jovem grita. O mundo inteiro à sua volta estremece. Outro prédio cai. Desta vez, um edifício feito de metal, vigas, sinos, tubos (como os dos xilofones), cabos tensionados, fios esticados, chapas de alumínio suspensas, paredes feitas de películas esticadas de cabos com membrana metálica extremamente fina oscilando e vibrando por conta do ar que se desloca suavemente. Quando desmorona, o amálgama de sons metálicos é cacofônico e chocante — um barulho muito mais perturbador do que o desmoronamento da catedral de vidro. A certa altura, um dos longos e brilhantes tubos de aço inoxidável perde lentamente sua posição vertical e despenca contra uma das finas paredes de membrana e começa a rasgá-la; o ruído é aterrorizante, de bater os dentes e gelar o sangue. Tudo isso pontuado por enormes baques de baixa frequência de gigantescas vigas de aço em colapso, e o crescente gemido de cabos sendo tensionados até o limite, zunindo, sacudindo, girando, zumbindo, batendo e, por fim, quebrando. Quando uma imensa chapa de alumínio começa a se inclinar e se solta de seus parafusos de retenção, caindo e atingindo o chão, o ruído produzido é bastante incomum. Um som limpo, sem o forte estrondo previsto. Como um rugido de boca aberta desacelerado por algum dispositivo digital: arrrwraaannggargh. Arrancada também, uma chapa de metal aterrissou no topo de uma viga onde está quase perfeitamente equilibrada, a viga sendo o ponto de apoio de uma gangorra oscilante de uma chapa maciça e instável do tamanho de um navio.

Siobhan voltou para a casa da família em Waterford naquela mesma noite. Não presenciou o momento em que Floss a usurpou e, sem nem mesmo tentar de fato, a depôs e roubou seu marido. Siobhan também perdeu o momento em que Walter se apaixonou de cara por uma garota que talvez fosse igual a ele em alguns aspectos. Sempre pareceria para todos nós que esse momento havia acontecido com Siobhan como se fosse uma cena "fora do palco", um evento paralelo que acabaria mudando a vida e humilhando a grande beleza irlandesa que todos viam em Siobhan, e que ela sabia ter.

O chalé ficava em Duncannon, um vilarejo com alguns barcos de pesca e um forte antigo e bastante romântico. O lugar era silencioso e parecia real. Tecnicamente ficava no condado de Wexford, não em Waterford, mas Waterford era a cidade grande mais próxima. Embora tivesse ficado chocada com a negociata de Frank, ela achou que isso talvez pudesse significar que ela e Walter teriam condições de passar algum tempo juntos, finalmente, e ela poderia afastar o marido do bar do Dingwalls, daquelas mulheres medonhas que circulavam por lá, das queixas intermináveis e do controle negativo de Crow, da visível ambição dos Hanson. Ela também queria afastar seu marido de mim por um tempo.

E então aconteceu a sacanagem de Floss. Selena havia ligado para Siobhan para falar de Walter e incentivá-la para que os dois se encontrassem novamente no Dingwalls, descrevendo como ele era obviamente apaixonado por ela. Semanas depois. Mas Siobhan chegou a sentir um momento de dúvida? Acho que ela acreditou que atrairia Walter de volta para si. Ela estava sentada em Duncannon, escrevendo uma carta, enquanto a lenha que encontrara estalava na lareira. A janela estava aberta para o jardim, uma raposa uivou no bosque do outro lado da estrada e uma coruja piou. Não havia telefone nem e-mail. Ela nem tinha rádio ou TV em casa. Planejava passar o tempo tentando escrever poemas. Em um soneto que havia iniciado, se permitiria queixar-se com Walter — que estava rapidamente se tornando um mero fantasma em sua existência cotidiana — sobre a maneira como ele havia desperdiçado o seu talento ajudando a vender veículos para a Ford, em vez de descrever o seu amor por ela.

> *I hoped for Shelley, Byron in your pen*
> *I longed for you to rise to meet your star*
> *The songs you wrote moved drinks across the bar*
> *Why would you waste fine words on drunken men?*
> *And wasting once, go on to waste again?*
> *No sonnet to Siobhan, how could you mar*
> *Our love with elegies to some fast car?*
> *For money? What can those in love dare spend?*
> *You've sold your talent; then your soul is sold.*
> *You've championed commerce — why? So you'll be "free"?*
> *I love you, and I'll always tightly hold*
> *The hope that one day you might dream with me*
> *To Waterford! I'm gone! I'll take my heart.*
> *I can't stand by and watch you lose your art.*\*

---

\* N. da T.: Eu esperava por Shelley e Byron na ponta de sua caneta/Que você ascendesse para conhecer sua estrela/Suas canções a movimentar bebidas pelo bar/Por que tantas belas palavras com bêbados desperdiçar?/E desperdiçando uma vez, continuar a desperdiçar?/Para Siobhan soneto algum, como pôde arruinar/Nosso amor com elegias a carros velozes?/Por dinheiro? O que arriscam os amantes ao gastar?/Você vendeu o seu talento; vendida está a sua alma./Defendeu o comércio — por quê? Para ser "livre"? Eu te amo, e sempre hei de me agarrar/À esperança de que um dia comigo você possa sonhar/Para Waterford! Vou-me embora!/E levo meu coração./Não posso mais ver sua arte perder-se assim.

Muito bom, ela pensou. Ela recorreu ao antigo esquema de rimas românticas italianas para o soneto, às vezes usado pelo cortesão e diplomata inglês do século XVI sir Philip Sidney, embora os modernos poetas irlandeses Heaney e Muldoon fossem sua verdadeira paixão. Uma amiga que era editora júnior da Faber & Faber havia sugerido que ela escrevesse mais sonetos, eles estavam se tornando populares novamente. Até o momento, ela não havia sido publicada, mas tinha certeza de que aconteceria em breve. Pensou em concluir o soneto e incluí-lo em sua carta. Desafiaria Walter a musicar o soneto, ele tentaria e provavelmente fracassaria. Ela sorriu, era uma brincadeirinha prazerosa, mas de repente hesitou. Walter talvez estivesse perdido para ela, por enquanto. Não havia sentido. Ela precisava ser paciente. Ele acabaria vindo até ela. Se não viesse, ela se divorciaria dele. Mas ele viria, tinha certeza disso. Não havia uma mulher tão forte quanto ela, e se houvesse uma mulher assim, ela mesma gostaria de possuí-la.

# Capítulo 9

Ficaria óbvio para todos nós que Siobhan havia apostado alto com Walter quando voltou para Waterford. Ela pretendia desafiá-lo. Ele havia decidido deixar a banda, mas também decidira deixar para trás qualquer forma de arte. Se ela tivesse permitido que ele simplesmente sumisse por um tempo e descobrisse o que daria certo para ele, o casamento poderia ter sido salvo. Siobhan nunca se incomodou em procurar saber se o encontro de Walter com o Velho Nik provocou algum tipo de abismo entre eles, ou quais seriam as causas mais profundas do rompimento dos dois. Ela parecia completamente indiferente, até onde eu sabia.

Escrevi-lhe uma carta simpática, esperando que ela respondesse com raiva por eu haver encorajado Walter a respeitar o lado sombrio de sua criatividade; em vez disso, ela respondeu filosoficamente. Disse que pretendia deixar seu emprego na BBC, que estava farta das questões mundiais, da política e de pesquisas. Walter lhe dera algum dinheiro e eles venderam o pequeno apartamento que possuíam em South Ealing, para que ela se sentisse segura, pelo menos por um tempo. Ela mesma estava se dedicando à poesia, escrevera os seus agora famosos *Sonetos*.

Siobhan também perguntou por Rain, como ela estava e como se sentia diante da possibilidade de que em breve ela poderia se divorciar de Walter? Ao ler essas perguntas, minha intuição entrou em cena. Tive um palpite de que Siobhan poderia estar perguntando em nome de Pamela, e não que ela mesma quisesse saber. Pamela certamente devia estar querendo saber como Rain estava, se era feliz.

Na carta, Siobhan disse que sabia para qual convento de moças Pamela havia entrado. Contou que lá era muito rigoroso e que visitas não eram permitidas. Algo nessa expressão parecia perturbador. O uso de convento de "moças" soou como se minha ex-esposa tivesse começado a trabalhar num bordel ou algo assim. Havia uma ironia implícita que eu não consegui situar direito. Siobhan sabia onde Pamela estava morando? Nem Rain nem eu tínhamos notícias dela há anos.

O casamento de Walter com Floss naquele outono foi uma ocasião leve e pacata. Ele parecia mais jovem. Havia perdido sua aparência esguia, o bronzeado havia clareado e ele parecia feliz e animado. Havia algo mais: ele parecia ter tirado um peso de cima dos ombros. Eu pensei que sabia qual era esse peso e não tinha certeza de que aprovava o que ele havia feito, nem achava necessário. Ele havia decidido não compor músicas novamente, nem escrever canções ou poemas, nem faria nada que pudesse ser considerado "arte" por quinze anos. Mais tarde, ele explicaria que o Velho Nik teve sua visão e só depois de quinze anos voltou à vida normal. Walter pretendia fazer o mesmo. De qualquer forma, senti que o que havia acontecido era um aspecto significativo do que o tornava um artista acima de tudo; ele sempre foi especial, alguém a quem o público reagia positivamente. Ele desbloqueava os sentimentos das pessoas. Eu disse a Walter que ele tinha acesso à psique coletiva do público. Tinha dinheiro, poderia começar uma vida nova.

Houve sinos tocando alegremente no casamento, é claro, o burburinho dos convidados, o bolo e todos os amigos e familiares dos dois estavam presentes. Não houve música nem dança. Walter queria que o seu segundo casamento fosse uma ocasião menos escandalosa.

Foi a primeira vez em muitos anos em que tive a oportunidade de conversar com os pais de Walter, Harry e Sally Watts. Mantínhamos contato, mas meus negócios estavam indo bem e eu vivia ocupado. Harry ainda estava em alta também. No momento em que topei com os dois, eu estava um pouco bêbado. Eu não deveria ter bebido. Desde que Pamela me abandonara, jurei que não tocaria mais em bebida, mas naquele dia eu estava um pouco tonto. E o que me lembro é vago.

Harry engordara. Imaginei que sua bunda devia parecer ridícula quando ele se sentava no espaçoso banco dos órgãos, indo para lá e para cá. Ele tinha perdido um pouco de cabelo, sua pele estava bastante vermelha, sugerindo que ele andava bebendo. Parecia ter sua idade real. Que idade tínhamos agora, 51?

Sally, no entanto, ainda estava com ótima aparência. Trajava um daqueles vestidos que suspendem os seios e que as mulheres costumam usar nos casamentos para tentar ofuscar a noiva. Feito de um material rígido, o bojo exibia seus seios como oferendas. Ela sorriu como uma estrela de cinema, seu decote e seu perfume me distraindo.

— Como Florence é adorável — disse Sally com orgulho.

— Lembro-me dela no outro casamento. — Ela riu. — Mas não devo mencionar isso, devo, Louis? Você estava paquerando as duas garotas, não estava? Selena, por certo, e Florence! Você já contou isso a Walter? Devo contar? Haha!

Meu rosto deve ter revelado minha ansiedade. Nós estávamos no casamento do meu afilhado, pelo amor de Deus!

Ela riu de novo.

— Não se preocupe, Louis, não vou dizer nada. Lembro-me de uma vez que éramos você e eu que estávamos flertando. Antes de Harry, é claro.

Não me lembrava de ter paquerado as garotas. Eu as vi no Dingwalls várias vezes e elas nunca comentaram nada sobre o assunto. Então agora eu decidi que tinha que sofrer as provocações de Sally, embora me sentisse um pouco consolado pelo fato de ela e eu compartilharmos alguns segredos também. Era verdade que ela e eu tivemos um rolo e chegamos perto de ser amantes quando éramos mais jovens — e não apenas antes do Harry. Ocasionalmente depois também. Sempre pareceu normal, humano e natural sentir essa atração — velhos amigos que sobreviveram aos anos 1960 deveriam sempre considerar possível a troca de esposas, não? Mesmo se, como eu, eles geralmente estivessem bêbados demais para dar chance a essa possibilidade.

Então ela mudou o curso da conversa, usando um tom um pouco mais sério.

— Como está Siobhan? Gostamos muito dela, você sabe.

— Siobhan está indo bem — respondi, ciente de que parecia um pouco bêbado. Na verdade, eu não tinha bebido muito, mas, Cristo, eu estava de fato com as pernas bambas. — Trocamos correspondência de vez em quando.

— Você está tão embriagado quanto Florence estava naquele dia — disse Sally, voltando impiedosamente a um assunto que ela sem dúvida sabia que me deixava muito constrangido. — Você se lembra disso, Louis? No casamento de Walter com Siobhan?

*Aonde* ela queria chegar? Harry riu, talvez esperando aliviar o clima, mas eu conhecia Sally muito bem, e havia uma farpa real em suas palavras. Como ela estava sendo cretina!

— Que mal há em uma garota de dezoito anos, brincando de dama de honra, ficar um pouco bêbada na festa de casamento de um amigo? — Minha voz estava engrolada, mas parte de mim sentia a necessidade de defender Floss.

Harry mudou de assunto. Como era estranho, ele disse, Walter casar com uma amazona.

— Sally e eu sempre adoramos andar a cavalo — disse ele. — Especialmente quando Walter era criança, mas desde cedo ele desenvolveu uma aversão aos cavalos que beirava o

114

patológico. Você deve se lembrar disso, Louis. Rain adorava cavalos, é claro.

Mais tarde, com Sally a uma distância segura de mim, sentada a uma mesa com Rain para botar as fofocas em dia, Harry sentou-se comigo.

— Eu nunca entendi o envolvimento de Walter com essa história pub rock. Pensei que seria uma fase de adolescente. Pelo menos ele transformou isso em ouro. Mas o que ele vai fazer daqui por diante? Será que voltará para a horticultura e a arboricultura? Jardinagem não dá grana, isso é certo.

— Ele está escrevendo umas coisas muito interessantes, é o que sei.

Harry desviou o olhar por um momento, refletindo quase como se estivesse falando sozinho. Eu mal pude ouvir o que ele disse.

— Ele vai finalmente virar um compositor sério?

— Ele pode surpreender a todos nós. Especialmente a você, Harry. Ele pode de repente criar algo que revolucione a forma como as palavras e a música são apresentadas, algo realmente futurista e audacioso.

Os olhos de Harry brilharam.

— Você quer dizer algo científico?

— Não — falei. — Um preságio. Alguma espécie de prenúncio ou sinal. Pode levar até quinze anos para ser gestado, mas acredito que virá.

A expressão de orgulho de Harry desabou e ele me olhou com desdém.

— Que padrinho de merda você se tornou — disse ele. — Vamos pegar outra bebida antes que você desmorone aqui.

O Velho Nik e Maud foram convidados por meu intermédio, mas foram os únicos que não compareceram. Maud enviou uma mensagem comunicando que Nik estava muito doente. Enquanto eu lia o fax, Selena apareceu atrás de mim e beliscou minha bunda. Foi tão despudoradamente familiar e inopinado da parte dela, que eu não soube como reagir. Ela ficou ao meu lado e leu a mensagem.

— Então o Velho Nik fica doente e você perde a chance de dar em cima da estonteante mulher dele. — Ela virou-se para Harry, que parecia bastante chocado. — Floss roubou o meu homem, Harry. Você tem ideia do que é isso?

Harry ficou perplexo. Todos nós então olhamos para Floss, que estava conversando com Walter.

Floss tinha um dente da frente novo e sorria cheia de orgulho, enfim satisfeita com o seu apelido odontológico. O dente tinha um diamante cravejado.

Selena disse que era sua joia de compromisso. Floss se recusara a usar um anel convencional.

Floss veio na nossa direção quando nós três estávamos segurando nossas taças de champanhe, todos sem dúvida ansiando por uma bebida diferente, mais forte.

Floss abraçou sua velha amiga e exprimiu o seu pesar.

— Eu sei que você o amava, minha querida — disse ela com um suspiro e soltou Selena, olhando-a de perto intensamente.

— Mas eu te amo tanto. Diga que você ainda me ama. Que nós ainda somos amigas.

Selena segurou a barriga por um momento e fez uma expressão de sofrimento.

— Você está grávida? — riu Floss.

Selena descartou a pergunta com um aceno. Disse que seu trabalho de curar pessoas e seu contato com os anjos muitas vezes faziam com que se sentisse inchada. Havia um preço a pagar por ajudar os outros: se um curador aliviava a dor de outro, às vezes ela se manifestava nele.

Floss beijou Selena.

— Obrigada por estar aqui, minha querida — disse ela. — Sei que é difícil. Eu não poderia ter enfrentado isso sem você.

Elas foram se sentar juntas em um banco no jardim do hotel.

Selena ficou subitamente séria. Elas falavam alto o suficiente para eu ouvir.

— Nunca terei uma família — ouvi quando ela disse. — Sabe-se lá que merda é essa que eu sempre sinto que estou carregando. Mas não é uma criança.

— Eu sei o que você está sentindo — disse Floss. — O que está sentindo é que roubei o homem que você cobiçou por séculos. — Ela deu uma gargalhada, jogando a cabeça para trás. — Anime-se, é o dia do meu casamento. Vamos falar sobre tudo isso mais tarde.

— Tudo bem — concordou Selena de imediato. — Então você vai ser uma mulher casada que leva as crianças na escola, faz compras na Marks & Spencer e lava as cuecas do Walter?

— Quero criar cavalos, não filhos — replicou Floss. — Quero ter um estábulo e um haras. Nosso amigo Ronnie Hobson, o gay da escola, será meu parceiro nos negócios.

— Sempre adorei o Ronnie — disse Selena. — Ele será uma ajuda maravilhosa. É divertido, perversamente sofisticado, e superinteligente. E também é fortão. Sabia que ele ganhou todas as brigas em que já se meteu? Ele não aceita ser provocado ou insultado por ser gay. Ele manterá você a salvo de todos aqueles velhos tarados das gincanas.

Então, com os ouvidos sem dúvida queimando, Ronnie apareceu, tão esguio, malhado e bronzeado quanto um jogador de polo argentino.

— Meninas! — gritou e deu um tapa na coxa um pouco teatralmente. — Aqui estamos todas novamente. Juntas. As três mosqueteiras.

Os três deram uma gargalhada.

— Floss me contou sobre o novo projeto de vocês — disse Selena, parecendo genuinamente mais feliz por um momento.

— Vai ser *perfeito* — disse Ronnie, enquanto as meninas abriam espaço no banco e olhavam para a frente e para trás quando ele falava. — Sou muito bom com cavalos, sempre fui.

Floss é uma excelente amazona, mas queremos construir um haras. Talvez até com alguns puros-sangues.

Fiquei a alguns metros de distância. O champanhe não batia bem comigo. Eu estava ouvindo a conversa deles quando Ronnie me viu.

— Venha aqui, Lou querido! — Ele estava gesticulando para mim.

Eu me juntei a eles.

— Desculpe, Floss. — Eu me fingi de arrependido. — Eu ouvi você. Então nada de filhos, em vez disso cavalos e potros?

— É isso aí — confirmou Floss. — Ronnie é meu homem para a reprodução.

Havia uma sugestão de duplo sentido nisso? Era estranho ouvir Ronnie descrito como uma figura masculina e capaz para tal. Na verdade, eu não conhecera os três quando eram mais jovens, não até o primeiro casamento de Walter. Ronnie crescera desde então, não apenas em estatura. Ele parecia mais forte e mais descontraído.

— Você e Floss já foram namorados? — Fiquei espantado ao ouvir a pergunta sair da minha boca.

Os três riram, mas foi Floss que veio em meu socorro.

— Ronnie teria sido meu primeiro amor se não fosse gay, mas eu ainda o amo, platonicamente. Como Selena, ele é meu melhor amigo. — Ela passou o braço em volta do ombro de Ronnie. — Espero que Walter e eu possamos ser amigos da mesma forma que Ronnie e eu sempre fomos.

Então, virando-se para mim e olhando nos meus olhos, ela disse algo que me tocou profundamente.

— E Louis, eu sempre gostei muito de você também. — Ela obviamente não queria que eu me sentisse deixado de fora do pequeno trio deles. — Vou sair daqui a pouco para a minha lua de mel. Cuide desses dois por mim.

— Bem. — Eu pude sentir o meu rosto ruborizar. — Obrigado por isso. Vou tentar. E boa sorte com a criação de cavalos.

Tenho certeza de que vão ter muito trabalho pela frente, mas vocês dois parecem a dupla certa para a tarefa.

— Vai sair caro? — Selena fez a pergunta pertinente.

— Walter tem dinheiro agora — explicou Floss. — Ele concordou em nos ajudar no projeto. — Floss viu que Selena parecia distraída. — Não fique com ciúmes — implorou, estendendo a mão e segurando as mãos de Selena nas suas.

— Não seja boba! — Selena descartou a ideia. — Só não faça Walter infeliz. Minha irmã foi uma filha da puta com ele. Uma intelectual esnobe. Era como se Walter nunca fosse bom o suficiente para ela. Você deve saber... eu sei que esse não é o momento certo, mas Walter ficou terrivelmente abalado quando Siobhan o deixou. Ficou profundamente magoado. Ele parece forte, mas não é. Você sabe que tentei ajudá-lo. Vi tudo o que estava rolando, mas eu era a pessoa errada. Eu era a "irmãzinha", que merda. Floss, faça-o feliz. Ele merece.

Não muito tempo depois de nossa conversa terminar, Floss saiu para encontrar-se com Walter e de repente câmeras espocaram por toda parte. Confetes encheram o ar. Floss estava deslumbrante. O diamante em seu dente da frente luzia, mas quando seus cabelos brilhavam e seus olhos cintilavam, o adorno sintético era de pouca importância. Como eu disse, Walter parecia mais leve e pacificado; ele tinha uma nova dignidade. Os dois entraram em uma enorme limusine, acenaram pelas janelas abaixadas e sumiram em uma nuvem de poeira lançada pelo caminho de cascalho.

## Capítulo 10

Eu devia ser a única pessoa próxima de Walter que tinha alguma ideia do motivo de sua retirada absoluta do *show business* quando se casou com Floss. Muitos amigos dele viam uma resposta nela, mencionando a vida bastante elitista que ela levava cavalgando e criando cavalos. Mas eu sabia que o Velho Nik dissera alguma coisa que havia provocado uma reação em Walter, até mesmo o assustando.

Em sua casa com Siobhan, Walter sempre teve um pequeno estúdio com um piano e equipamento de gravação. Agora, em sua nova casa com Floss, ele mantinha apenas o piano, e raramente o tocava. A música, antes uma parte tão importante em sua vida, foi jogada para escanteio. Walter nem ouvia mais música. O que havia de estranho na casa deles, e fui convidado para visitá-los apenas uma vez ou outra, era que eles não tinham televisão, aparelho de som, nem rádio. Em vez disso, possuíam um pequeno cinema no porão, onde assistiam a filmes em DVD. Se tentasse convencer Walter a discutir um filme, ele fingiria não se lembrar de nada. Seu único interesse era conversar sobre o seu jardim, do qual falava com entusiasmo.

Depois do casamento, Walter e Floss haviam alugado uma casa de cinco quartos, construída nos anos 1930, na parte arborizada do Sheen, a uma curta distância do Richmond Park e a um agradável passeio do meu apartamento. Eu os visitava quando me era permitido. Havia várias trilhas para passeios a cavalo no parque, o que convinha bem a Floss, e Walter havia escolhido uma propriedade com jardim e um gramado cercado por algumas árvores maduras precisando de manutenção para voltarem à vida, o que os proprietários adoraram. A casa ficava recuada em uma rua bastante tranquila, mesmo na hora do rush. Quando legiões de mães locais iam pegar seus filhos nas várias escolas do bairro, havia empecilhos ocasionais no trânsito, mas Walter não tinha motivos para se aventurar. De qualquer forma, ele andava de scooter. Floss usava o enorme Volvo 4x4 deles para ir e vir dos vários estábulos que ela usava, ou atravessava o parque a pé até o mais próximo de sua nova casa. Walter tinha poucos estorvos. Os aviões voavam baixo na direção do Heathrow, mas em pouco tempo ele se acostumou com o barulho que faziam.

Walter achava sua casa com Siobhan em South Ealing de certa forma mais agradável, me confessou. Ele gostava das pessoas de diferentes etnias que moravam lá, enquanto ali, no East Sheen, Walter se sentia inteiramente cercado pela classe média britânica.

Ali era o meu território. No meu apartamento, que também funcionava como uma galeria em Richmond Hill, tornei-me uma figura conhecida na área para os jovens estilosos interessados em obras representativas da Arte Outsider que as celebridades estavam começando a colecionar. Realizei minhas exposições em vários prédios tradicionais locais, como o White Lodge, no Richmond Park, e a Orleans House, perto do rio Tâmisa. Na verdade, havia uma ampla comunidade sueca na área e uma razoável representação de famílias japonesas e asiáticas do mundo dos negócios. No entanto, Walter, sem filhos na escola, teria pouca oportunidade de conhecê-los e não estava realmente a par dos vizinhos como se costuma estar. Então ele vivia entre eles, mas, ao contrário de mim, à distância. Walter estava bastante isolado e profundamente envolvido na criação de seu complexo labirinto no jardim, usando sebes falsas de salgueiro e várias plantas rasteiras, em vez do teixo de crescimento mais lento.

O clima geral nessa região era de gentileza sob ataque. Cercada por alguns conjuntos habitacionais, pelo Richmond Park e pela linha ferroviária para Waterloo, sua localização em relação à South Circular Road significava que o tráfego no Sheen às vezes podia ser um transtorno. Mas, sem a necessidade de pegar filhos na escola, Walter e Floss podiam escolher quando viajavam. Para a maioria dos amigos, parecia que eles tinham uma vida peculiarmente tranquila.

Crow Williams manteve o nome da banda e continuou a trabalhar no circuito de pubs, tocando muitas das músicas antigas compostas por Walter. Ele rebatizou a banda como Stand, mas ela ficou conhecida e era anunciada como Crow Williams and His Stand. Como não adotou nenhum tipo de postura inspirada na performance de Walter no palco, houve alguns clientes decepcionados. Mas ele surpreendeu a todos ao assumir o microfone e provar ser um bom cantor. Ele também compôs umas canções aceitáveis. Quando tinha oportunidade, ele reclamava um pouco da deserção de Walter, em parte porque sentia que Walter estava perdendo a ética do pub rock, que era como pão, água e néctar para Crow.

Em um assunto Crow se revelava propenso a explosões que abalavam seu comportamento em geral tranquilo: os Hanson haviam se insinuado no círculo de amizades de Andreievitch e obtiveram permissão para usar o nome da extinta banda Hero Ground Zero, usado por Paul Jackson no passado. Eles estavam prestes a lotar os estádios com um rock progressivo extremamente ambicioso que se transformava em música clássica barroca com pegadas de jazz. Três integrantes da banda original foram incluídos, apesar da idade; eles confeririam dignidade ao *revival* da banda. Crow, o único que restou da formação original da Stand, ficou horrorizado e disse isso.

"Por que alguém se incomodaria em desencavar aquelas porcarias velhas da Hero Ground Zero?" Ele permaneceu amigo dos Hanson, especialmente de Steve, com quem havia crescido, o que não o impedia de fazer críticas ferozes, mesmo na cara de Steve. "Não tem nada de novo. Nem sequer é velho, porra. É digressivo, autoindulgente, autoglorificante e egocêntrico."

Enquanto isso, Selena se tornou uma terapeuta alternativa profissional e trabalhava em clínicas especializadas criadas pelo Sistema Público de Saúde com a sanção do príncipe Charles. Apesar desse papel digno, ela ainda parecia louca para a maioria de suas amigas. Os homens jamais se comprometiam com ela, apesar de sua beleza, exceto por uma noite de prazer ou, na melhor das hipóteses, uma semana de prazeres. Acho que muitas vezes ela se sentia sozinha, e era uma das poucas amigas antigas deles que viam Walter regularmente e, por esse motivo, ela permanecia tão próxima de Floss. Mas sempre que podia, quando Selena estava apenas na presença de Walter, sem que Floss soubesse, ela lhe lembrava de que sempre o amaria e sempre estaria a fim de ficar com ele. É claro que eu soube disso tudo anos depois quando Selena me contou, mas eu sempre me perguntava por que ela visitava Walter. Não era óbvio, nem parecia que ela estava tentando seduzi-lo, não naquela época. Acredito que talvez ela simplesmente quisesse estar perto dele de vez em quando. E sem dúvida sentia falta de Floss, sua amiga de infância. Ela ganhou um pouco de peso com o passar sereno dos anos e suas referências sobre os anjos tornaram-se cada vez mais bizarras.

— Ontem eu realinhei o universo — me disse ela certa vez, dando a entender que a tarefa foi tão cansativa quanto lavar a roupa. — Eu fui um dos mil anjos recrutados para o trabalho. Não é fácil ser eu.

Mas, por outro lado, ela realmente parecia ajudar as pessoas quando se dedicava a isso, fosse com cuidados paliativos, bloqueios emocionais ou criativos, ou mesmo problemas de saúde prosaicos, como dores nas costas.

Ela chegou à conclusão de que Walter sofria de bloqueio criativo, e estava sempre tentando convencê-lo a permitir que ela passasse algum tempo com ele como sua terapeuta. Cheguei a convencer-me de que ela simplesmente queria ajudar, assim como eu.

Claro que eu sabia que Walter não estava realmente com bloqueio; ele simplesmente bloqueava qualquer um que quisesse atraí-lo de volta ao seu antigo mundo da música, ou ao mundo das artes. Eu havia ajudado tantos artistas visuais a superarem seus problemas psicológicos e a se tornarem artistas de sucesso que senti que estava falhando com Walter de alguma forma. Mas ele era músico e esta não era a minha área. No entanto, houve tantas estrelas do rock e da música pop que fizeram um trabalho tão esplendoroso, fosse porque estavam mentalmente baleadas ou por conta do estresse, drogas, ou o que quer que as pressionasse a entrar em mundos novos e extraordinários.

Syd Barrett simplesmente fez uso de muitas drogas — e, artista sensível que era, ele acabou se deteriorando. Mesmo assim, fomos todos beneficiários do seu talento e de sua mente freneticamente criativa. Seus primeiros trabalhos com o Pink Floyd foram sublimes e anarquicamente corajosos.

Peter Green foi um dos fundadores da banda Fleetwood Mac, antes de se tornar um sucesso, e um dos maiores representantes do blues rock dos anos 1960. Um dia ele simplesmente achou que o sucesso não era o que ele queria, e que nem podia lidar com a pressão da fama. Costumávamos vê-lo vagando pelas ruas perto da minha galeria em Richmond, suas unhas tão compridas que ele não podia mais tocar guitarra.

Syd e Peter abandonaram o mundo da música e nunca mais voltaram a ser como antes.

Walter me preocupava, e eu o achei deprimido também. Senti que ele estava à beira de algum tipo de loucura útil, uma espécie de capacidade visionária, algo próximo à síndrome de Asperger, tão comum entre meus criadores de Arte Outsider, mas, como eu disse, eu estava preocupado porque estava falhando com ele por me sentir incapaz de ajudá-lo a dar o próximo passo.

Eu também senti que parte da jornada de Walter, de uma maneira estranha que eu não entendia completamente, era que a memória dele estava mais afiada. Quando eu ia à casa deles, ele me guiava pelo extraordinário jardim que criara no subúrbio de Sheen e listava flores, plantas, arbustos, insetos, pássaros, borboletas, minhocas, besouros — extintos e existentes: a lista nunca terminava. Além do labirinto, o jardim em si era um projeto complexo e em desenvolvimento, com espirais e becos, becos sem saída e vistas que eram infinitamente detalhadas.

De certa forma, ele havia trapaceado ao fazer treliças densas nas quais cultivava trepadeiras, que definiam e ofereciam densidade ao labirinto vários anos antes de as sebes de crescimento mais lento serem alcançadas. As trepadeiras também enchiam o ar com perfume e o jardim com a cor da primavera.

Perder-se no labirinto nunca foi claustrofóbico ou enervante; quando aconteceu comigo, eu queria ficar perdido por horas, e encontrar a saída sempre parecia um pouco frustrante. Se eu pudesse transformar o jardim de Walter em uma pintura, seria magnífico.

Assim, embora me preocupasse com ele, eu também acreditava que ele estava tentando administrar suas explosões de criatividade através do trabalho que fazia como jardineiro.

E eu sabia que ele ainda estava ouvindo algo, algo notável ou perturbador.

Em algum lugar entre o vento e as ondas existe um paralelo para o segundo movimento. Ouvimos o desmoronamento da catedral de vidro e o colapso de um prédio como um terminal de aeroporto. Para avançar do primeiro para o segundo movimento, uma voz, quase humana, emite um lamento numa nota contínua. A voz, se de fato for uma voz, é atormentada pela dor, gargareja sangue e mastiga carne humana regurgitada. O varrer do vento, pois é isso que acontece, acaricia com folhagens de ar em forma de vassoura uma paisagem infinita, a princípio delicadamente, agitando as árvores, as folhas, a terra das trilhas da floresta. Depois, em rajadas, o vento transforma os sopros suaves e sibilantes, cada lufada mais forte do que a anterior, em golpes estrondosos e demolidores. Golpes que, no exato momento em que lançam uma pressão de ar fresco pressurizado, arrancam cada última arfada dos pulmões. Então aquele ancestral uivo se faz ouvir, desde a eternidade: uhuhuhuhuhuhu, uhuhuhuhuhuhu, uuuuuuuuuuuuu. Como uma sirene de ataque aéreo sobre Londres durante a Blitz, e igualmente portentoso. Essa tempestade pode nos arrastar diretamente para as garras do inferno, atiçar suas chamas e alimentar o seu fogo. Em seguida, o estrépito de uma onda gigantesca, uma parede de água como um tsunami, caindo sobre o vento feito uma mão imensa abanando para longe um novelo insignificante de fumaça. O terremoto no primeiro movimento teria criado essa terrível parede de água? É possível. Há mais de uma onda, muitas mais, cada uma delas mais complexa, mais desenvolvida do que a anterior. Dobrando-se, quebrando, declinando, propagando-se, fluindo, arrastando areia, seixos, rolando, sussurrando e esvanecendo. Recuando. A voz que resta agora, após o tumulto do segundo movimento, é humana, não há mais dúvida disso. É a voz de uma criança, uma garotinha de uns sete ou oito anos, e ela está cantando alegremente. A menina usa para a sua música uma linguagem completamente inventada. Parece uma combinação de francês, italiano, espanhol e mandarim. Enquanto a menina canta, podemos ouvir que está brincando com água, e talvez com areia, na praia ou em uma caixa de areia nos fundos da casa. Ela despeja água na areia, areia no pequeno balde de água, para cá e para lá.

# Livro Dois

Livro Dois

## Capítulo 11

Um momento de silêncio... Enquanto imaginamos os quinze anos subsequentes durante os quais Walter evitou a criação de música e Floss criou cavalos para evitar a criação de filhos.

Eu poderia trazer de volta à cena a minha vida e a de minha família novamente? Rain se recuperou da perda de Walter. Ela continuou sendo amiga dele, mas demorou muito tempo para perdoar Floss. Rain se interessava por cavalos, mas — como muitas adolescentes — desistiu repentinamente deles quando passou a se interessar por rapazes. Ela continuou a trabalhar para a BBC como correspondente radiofônica, porém, mais tarde, quando tinha um tempo de folga, costumava trabalhar no haras de Floss e às vezes ficava comigo no meu apartamento em Richmond por períodos bastante longos.

Uma noite, com o sol se pondo como uma esfera vermelha sobre o aeroporto de Heathrow, sentamos à janela aberta e ela bebia um copo de vinho. Rain estava em silhueta, e uma espécie de aura emoldurava seu rosto, o efeito do pôr do sol atrás dela. Parecia mais velha do que o normal; minha filha havia se tornado uma mulher de aparência forte e poderosamente atraente, talvez não no nível das irmãs irlandesas, mas Rain tinha sua própria mística especial.

— Pai — disse ela de repente, com os olhos úmidos. — Você sabe que eu não odeio Siobhan.

Eu não soube o que responder. Antes que eu pudesse pensar em algo, ela continuou:

— Eu não odeio Floss. Eu não odeio Selena e não odeio você ou mamãe.

— Em nenhum momento eu pensei numa coisa dessa.

— Acho que deve ter pensado sim, pai. — E ela estava certa, é claro. Ela continuou: — Eu de fato sonhava em me casar com Walter, e quando ele se casou com Siobhan, eu a odiei por um tempo. Mas ela tem sido uma grande amiga para mim e para a minha mãe.

— É bom ouvir isso — falei, lamentando por ter me limitado a dizer só isso.

— Quando Siobhan voltou para a Irlanda e Selena aproveitou a chance, eu também a odiei pra caralho, por um tempo. Deus do céu, Walter parecia tão babaca, sentado lá no Dingwalls esperando que as mulheres se atirassem no colo dele. Quando Floss deu uma rasteira em Selena, o que realmente doeu foi que, mais uma vez, Walter não havia percebido que eu estava lá esperando, e sempre estaria.

— Você é como uma irmã para ele.

— Uma vez nos beijamos, pai — protestou. — Lembro que já te contei isso. Ainda éramos bem jovens, mas nos beijamos por duas horas, um com a língua na garganta do outro. Fiquei em êxtase. Eu teria feito amor com ele na mesma hora, mas ele apenas parou. Era como se estivéssemos jogando Banco Imobiliário juntos e ele de repente ficou de saco cheio e virou o tabuleiro. Poucos minutos depois, ele estava tocando sua gaita de boca com a cabeça enfiada naquele balde de plástico enorme que ampliava o som.

— Rain, você morou comigo, e com Harry e Sally, éramos uma família, vocês eram como irmão e irmã. Ele era cego para essa parte de você. Você encontrará um homem, Rain. Deixe ele para lá.

— Eu deixei ele para lá. — Ela fez que sim com a cabeça para enfatizar. — É isso que estou dizendo. Deixei todos os homens para lá. E não odeio mais nenhum deles. Homens ou mulheres. E especialmente não odeio Siobhan. Ela tem sido maravilhosa comigo. Você está entendendo o que eu quero dizer, pai?

Para ser franco, eu não tinha a menor ideia do que ela estava falando. Ela estava tentando me dizer que se apaixonou por Siobhan?

Às vezes, Rain ia visitar sua ex-chefe em Waterford para o que eu achava que eram sessões de consultoria e comecei a me perguntar se seriam amantes.

Eu me sentia bastante tranquilo em relação a essas coisas. Eu havia chegado a um ponto em que me sentia tranquilo, sereno e até um pouco orgulhoso do que Rain pudesse estar fazendo de sua vida sexual.

Até que esse meu orgulho sofreu um abalo e fui pego de surpresa, o que fez com que eu me sentisse um pouco tolo também, quando, alguns dias depois de nossa conversa em meu apartamento, ouvi de Selena que as viagens de Rain a Waterford não eram apenas para passar um tempo com Siobhan, mas também para visitar sua mãe, Pamela, que eu já sabia que morava em um convento no condado de Wexford.

Eu já mencionei aqui minha própria aflição, minha aberração, minhas visões do que acreditava ser rostos apavorantes gritando na cabeceira de nogueira de uma antiga cama francesa, a que Pamela e eu compramos pouco tempo antes de ela perder as esperanças em mim e por fim me abandonar. Foi Rain, pesquisadora experiente e historiadora por formação, que resolveu sair em campo e descobrir o que havia de estranho no histórico da própria cama. O que ela desencavou ajudou-me a perceber que eu não estava completamente maluco em relação às visões que eu sentia emanarem daquela cama velha.

O móvel provinha da cidade-fortaleza de Béziers, no sul da França; a cabeceira da cama tinha sido esculpida a partir de um enorme portão de madeira da cidade. Béziers foi o lar dos gentios cátaros da região do Languedoc, que se recusaram a se converter ao catolicismo, provocando a ira do papa Inocêncio III no século XIII.

— Pai. — Rain acordou-me de minhas divagações. — Aquela cama de Béziers. Você sabe que tentei convencer mamãe, apesar do meu ceticismo jornalístico, de que a sua reação pesadelar à cama não foi causada apenas por abuso de drogas, mas também por sua capacidade intuitiva. Você lembra, pai, que o comandante do exército do papa, Simon de Montfort, matou vinte mil ocupantes de Béziers. Mamãe é católica. Não era o que ela queria ouvir. A princípio, ela pensou que eu estivesse tentando vasculhar a sangrenta história da Igreja Católica para tentar quebrar sua fé e seus votos. Quando percebeu que eu estava apenas tentando gerar uma trégua entre minha mãe e meu pai, ela entendeu.

Era bom passar um tempo com Rain e me sentir mais próximo dela novamente. Ela andava distante há muito tempo, indo e vindo.

Alguns meses depois, Rain providenciou que eu fosse à Irlanda. Eu deveria visitar Siobhan e esperava reaproximar-me de Pamela.

A viagem para Waterford é fácil quando se pega um avião do Heathrow para Dublin e depois se segue de carro pela estrada. Não se vê muito mar no caminho para o sul e, assim, a chegada a Duncannon é especialmente animadora. O mar, o céu, Waterford do outro lado do estuário. Rain havia combinado que Pamela e eu nos encontrássemos em um café com vista para o pequeno porto de pesca em Duncannon.

Eu olhei para aquela ruiva, querendo vê-la como a incrível Mulher Maravilha que eu conhecera um dia. O que vi foi uma mãe preocupada e um pouco envergonhada. Mas fui eu quem primeiro botou as cartas na mesa. Minha mão não era boa. Sem reis, nem rainhas, sem valetes, nem ases. Apenas números.

— Eu errei em alguma coisa com Rain?

Pamela balançou a cabeça, mas pude ver que ela não se sentia totalmente feliz.

— Você sabe que eu quase entrei para o convento, quase virei uma freira. — Ela olhou para mim como se estivesse esperando que eu risse. — Ah, eu sei que parece loucura, mas foi em parte a minha volúpia que me levou a fazer isso. Eu sou católica. Não havia problema em fazer amor com você, mas só com você não bastava. Sinto muito, Louis. Você foi o meu erro. Rain foi o nosso triunfo mútuo, mas não pude ficar com você. Não depois... — Ela não completou a frase.

— O que fiz de errado, Pam? — A pergunta soou patética.

— Se você não sabe agora, jamais saberá, Louis. Vamos tocar a vida, está bem? Foi uma tortura para Rain ficar mentindo para você, para manter minha vida aqui em segredo.

Pamela não iria me contar onde estava morando. Era óbvio que ela não queria me ver regularmente. Mas, apesar do constrangimento que ambos sentimos, pelo menos podíamos ser amigos novamente. Rain ficou muito feliz por isso, é claro. Ela sabia que havia percorrido um longo caminho para consertar as coisas entre seus pais. O que não sabia era o motivo real da separação. Nem eu. Não naquele momento.

Rain então me levou para visitar Siobhan em seu chalé. Naquela época, Rain ficara hospedada na casa de Siobhan talvez uma ou duas vezes. Qualquer inimizade que se criara quando Siobhan se casara com a paixonite de Rain parecia ter evaporado.

Era uma casa encantadora. As divisórias das duas salas do térreo foram derrubadas para criar um espaço amplo que incluía uma pequena cozinha atrás da lareira. Siobhan transformara esse espaço em um lugar acolhedor, com dois sofás grandes e confortáveis, cheios de almofadas, e um tapete grosso no piso de pedra que, de alguma forma, aquecia o ambiente. Uma imensa lareira rústica estilo *inglenook* havia sido construída num recanto nos fundos da casa, onde uma nova escadaria ao longo da parede levava ao andar de cima. A casa fora originalmente o chalé de um trabalhador rural. Havia outros dois chalés bem próximos que foram combinados e convertidos em lar pelos pais de Siobhan e Selena, quando os tempos eram melhores, antes de Selena nascer. A casa de Siobhan ainda parecia bastante simples do lado de fora. As janelas tinham uma aparência moderna, de metal e vidros duplos, para oferecer alguma resistência às rajadas do vento de inverno do mar da Irlanda, a pouco mais de um quilômetro de distância, visível do quarto dela. As telhas que formavam o telhado eram sem graça e baratas. Entretanto, Siobhan conseguira fazer com que as flores se desenvolvessem na frente da casa, para isso plantando uma cobertura protetora de louro. Algumas plantas ela mantinha em vasos, que no inverno transferia para uma estufa básica de vidro nos fundos da casa. Agora, a maior parte do que plantara havia crescido vigorosamente e foi transplantada para os canteiros.

    A forma como o andar superior era organizado confirmou minha suspeita de que Rain e Siobhan eram amantes. Havia evidências de duas mulheres morando juntas: peças de roupa diferentes espalhadas descuidadamente e, no banheiro, duas escovas de dentes juntas, uma delas elétrica, a preferida de Rain. O comportamento de Siobhan com Rain era afetuoso e íntimo, como uma tia amorosa e condescendente, mas também um tanto lascivo. Pelo menos foi assim que me pareceu.

    No alto da escada, o espaço inteiro se abria. Uma enorme cama de casal, novamente coberta de almofadas, ocupava uma extremidade do cômodo. Fora colocada sobre uma plataforma para que seus ocupantes pudessem ver o estuário distante enquanto estivessem deitados. O banheiro ficava no quarto, com uma banheira no meio de uma das extremidades, um boxe aberto com o chuveiro e um pequeno vaso sanitário em uma área semifechada em um canto com uma pia onde eu tinha visto as escovas de dentes.

É claro que eu me sentiria muito constrangido de interrogar minha própria filha sobre sua sexualidade. Rain não tinha uma beleza estonteante, suponho, mas era atraente e tinha uma presença forte, olhos adoráveis e uma boca de lábios grossos. Eu sabia por sua mãe, Pamela, que a insaciabilidade sexual de alguns homens é diferente da de certas mulheres. Os homens ficam literalmente sem fluxo de sangue, depois de um tempo não há como manter a ereção, o que já não acontece com uma mulher saudável. Rain não era Pamela, mas podia muito bem querer mais do que conseguiu de seus primeiros amantes masculinos.

Enquanto eu passava os olhos pelo quarto, a pergunta inevitável para minha filha estava nos meus lábios: você finalmente encontrou alguém que não para nunca?

Siobhan juntou-se a nós, como se quisesse desviar minha curiosidade bastante vulgar, e quando ergui a cabeça depois de curvar-me para olhar o mar, ela estava de pé abraçada com Rain.

Naquele momento, a mensagem que recebi, certa ou errada, era muito clara.

*Sua filha é minha agora. É aqui que dormimos agarradinhas, rolamos na cama e, às vezes, as coisas vão muito além.*

Quinze anos se passaram. Quinze anos antes, Floss havia entrado no Dingwalls logo depois que Siobhan saíra. Walter conheceu Floss e casou-se com ela. Nesse meio-tempo, vendi uma tela após a outra, ganhando o máximo de dinheiro com a extraordinária e visionária obra do Velho Nik. Walter trabalhava em seu jardim, o labirinto se tornando cada vez mais denso com o passar dos anos. Floss transformou seu interesse nos cavalos em um negócio extremamente lucrativo com a ajuda de Ronnie. Ele e Floss passavam muito tempo juntos, o que ainda era motivo de fofocas desde a época em que administravam um estábulo no Sheen. Porém, em um empreendimento posterior dos dois, um felizardo potro puro-sangue participou de uma corrida em Newbury ganhando por larga vantagem e foi vendido para reprodução por vários milhões de libras a um árabe de Dubai. As crias do potro foram todas cavalos vencedores. Quando o dinheiro de Walter acabava, Floss preenchia o buraco nas contas.

Walter ainda me contatava ocasionalmente e nos reunimos para conversar algumas vezes durante esse período. Ele disse que, de tempos em tempos, tentava compor músicas com base em seus escritos da época em que começou a ouvir os pensamentos ansiosos das pessoas que ficavam na frente do palco nos shows do Dingwalls. Mas ele raramente ouvia os sons perturbadores que ouvira naquela época. Ele também estava começando a sair de casa com mais frequência, conhecendo alguns de seus vizinhos. Às vezes, batia papo com o gerente iraquiano de uma loja de conveniências local. Seu nome era Hussein, que ele disse a Walter ser um nome incrivelmente comum entre os muçulmanos.

No outono de 2011, Walter veio me visitar para perguntar o que eu achava que ele deveria fazer para comemorar seu décimo quinto aniversário de casamento. Recomendei flores, e ele as encomendou por telefone.

— Quinze anos de casamento! Que maravilha — disse a florista. — Então, o que você tem feito depois que parou de tocar? Não sente saudade da banda?

— Sim, tenho saudade, mas voltei à minha profissão original. Faço paisagismo e jardinagem. É inspirador. Criativo.

— Espero que você ainda esteja compondo — ela insistiu.

— Eu ainda ouço música!

Ao responder educadamente às perguntas da mulher, Walter ria, enquanto encomendava as peônias cor-de-rosa que ele sabia que Floss adorava. Mas, ao desligar o telefone, ele pareceu sentir uma onda de ansiedade. Perguntou se eu poderia passar uma hora com ele.

Fomos passear juntos no Richmond Park e tentei confortá-lo. Ao mesmo tempo, o que ele me disse encheu-me de uma animação que achei difícil de conter; depois do período de quinze anos de inatividade musical, em que ele se concentrara em jardinagem enquanto Floss continuava criando cavalos, Walter agora estava ouvindo música novamente.

As paisagens sonoras estavam de volta. Walter agora voltaria a trabalhar no mundo da música?

O que o ouvi dizer à mulher da loja de flores foi que ele exercia sua criatividade em casa. Até aquele momento, ele estava convencido de que era exatamente o que não estava fazendo. Ao trabalhar com jardinagem, sentia que evitava a criatividade e a arte, lidando apenas com o solo e os elementos.

Quando Walter começou a descrever o que lhe parecia um desastre, comecei a viajar um pouco. Afinal, vivo da loucura dos outros, e minha própria loucura ainda não havia sido redimida.

— Eu ouço o que as pessoas estão pensando — disse Walter calmamente enquanto caminhávamos devagar pela trilha de areia perto do Richmond Gate, onde Floss costumava cavalgar Dragon, seu pônei favorito das Highlands. Não é um bom cavalo para adestramento, mas ostenta uma longa e extravagante crina loura, como ela própria teve um dia. E ele podia saltar muito bem.

— Walter — lembrei-o —, você falou com Nik sobre tudo isso, não comigo. Você explicou o que estava ouvindo para ele.

— Todas as manhãs eu saio a pé para comprar leite e uma barra de chocolate na loja do meu amigo Hussein. — Ele deu um belo sorriso e olhou para mim, parando por um momento.

— Tenho que manter minha energia.

Ele pegou uma folha de papel e entregou-a para mim. À primeira vista, parecia uma espécie de manifesto com parágrafos curtos.

— É para eu guardar? — Fiquei satisfeito por ele confiar em mim novamente. Fazia tempo que isso não acontecia. Walter assentiu.

— Meu rosto é conhecido o suficiente por aqui, para as pessoas que me viram tocar, ou que me reconhecem daquela época através dos jornais ou de documentários na televisão, essas coisas. E elas conversam comigo. Parecem sentir que sou um amigo. De certo modo, isso é muito legal. Faz com que eu me sinta como se morasse em um pequeno vilarejo. Ou eu as ouço conversando com Hussein. Mais tarde, eu escrevo o que elas dizem. Às vezes, antes que elas falem, já posso ouvir e sentir com o que estão preocupadas, posso ouvir isso como um som. Todo mundo vive preocupado, Louis. Assustado.

— O medo é a condição humana normal, Walter — falei, virando a folha. — Então, este texto não é uma descrição do que você anda ouvindo?

— O que eu ouço é muito mais difícil de descrever. Acho que nunca vou conseguir compor uma música que se aproxime disso. Algumas dessas frases têm relação com o que ouço, outras não. — Enquanto falava, ele deu um tapinha na folha de papel que eu segurava.

Atravessamos a rua movimentada e seguimos na direção de Petersham. Depois, no Richmond Park, sentamos em um banco que dava para a catedral de St. Paul localizada a uns doze quilômetros da City, apenas visível através da névoa. Comecei a ler. O título estava escrito à mão, com uma caneta antiga: "As pessoas por trás das paisagens sonoras." O resto foi impresso no computador.

Eu me preocupo com o planeta, com esse clima estranho.

Quando acordo, sinto que meus sonhos devem ter sido perturbadores, mas lembro muito pouco.

Acho tão difícil conciliar as compassivas crenças cristãs, que sei que todos vocês aprenderam, com as violentas exigências dos clérigos muçulmanos conservadores de nossa mesquita local. Por que meus filhos precisam enfrentar toda essa intimidação, essas ameaças e censura? Eles não fizeram nada de errado, pelo menos ainda não.

Como a música e a dança podem ser coisas erradas? Elas na verdade não são expressões do coração?

Para onde foram todos os pardais? Quando eu era criança, havia milhares deles, em todos os lugares.

Os robôs dominarão o mundo, eu sei.

Furacões. Quando esse vento terá fim?

Por que as coisas não podem continuar como eram? Por que sempre tem alguém que quer mudar as coisas?

— É incrivelmente triste, não é? — Olhei para Walter, que estava olhando para longe, seu perfil forte e belo contradizendo a fragilidade de sua mente. — Quem são todas essas pessoas assustadas que você conhece?

Walter não respondeu.

— Alguma dessas coisas inspira música? — perguntei, tentando imaginar o que Nik teria feito com tudo isso.

— Leia a primeira frase — disse Walter. — Leia em voz alta, feche os olhos e veja o que acontece.

Foi uma instrução estranha, e me senti um pouco inibido quando comecei.

— "Eu me preocupo com o planeta" — li, hesitante. Tossi para limpar a garganta. — "Com esse clima estranho."

Dito isto, olhei para o céu. Era um outono brilhante, um pouco azul, algumas nuvens, o sol se escondendo em algum lugar. Continuei lendo em voz alta.

— "Quando acordo, sinto que meus sonhos devem ter sido perturbadores, mas lembro muito pouco. Acho tão difícil conciliar as compassivas crenças cristãs, que sei que todos vocês aprenderam, com as violentas exigências dos clérigos muçulmanos conservadores da nossa mesquita local. Por que meus filhos precisam enfrentar toda essa intimidação, essas ameaças e censura? Eles não fizeram nada de errado, pelo menos ainda não. Como a música e a dança podem ser coisas erradas? Elas na verdade não são expressões do coração?"

Walter e eu nos entreolhamos. Eu compreendia por que um seguidor devoto e radical do islã rejeitasse música, que até a proibisse, mas nós dois achávamos difícil acreditar que a música fosse uma expressão do mal.

— Quem disse isso? — perguntei.

— Curiosamente, foi o próprio Hussein, o gerente da loja de conveniências.

— Não é um radical. — Eu sorri.

— Não, mas é sincero, devoto a Deus.

— Preocupa-se com as mudanças climáticas na mesma medida em que teme os mulás de linha dura?

Walter balançou a cabeça, mas confirmava o que eu disse.

— O que... Como uma declaração dessa faz com que você a ouça como um som?

Eu não estava tão incrédulo quanto parecia, mas pressionei meu afilhado.

— Como ela poderia ressoar no seu coração? Você tem medo das mudanças climáticas, ou dos mulás radicais? Você tem uma paisagem sonora, como você a chama, que evoca o que Hussein te disse?

\* \* \*

A criança que canta é esmagada por uma centena de pedras imensas que caem do céu como granizo bruto. Na verdade, são parte pedra, parte gelo, e quando batem no chão — coberto de vidros estilhaçados, metal retorcido e emaranhado, por areia e piscinas rochosas dos dois movimentos anteriores —, pedra e líquido concorrem para criar um novo ruído. É o som de uma avalanche e, no meio de tudo, o ruído de peido de mil bolsas de borracha sendo esmagadas, seu conteúdo pútrido expelido em glóbulos e gomos. Gelo e merda. Ou este som murmurante e borbulhante seria o de lava arrotando no coração de um vulcão? Entra agora, nesta cena repugnante e comovente, o primeiro violino. Ralph Vaughan Williams em *A ascensão da cotovia* usou um violino solo da maneira impressionista mais perfeita possível. Aqui, o violino solo representa o bafio abjeto de metano escapando de uma fossa de lava nauseabunda. A princípio, um grunhir, um arranhar, seguidos de uma descida brusca, uma queda em cascata e, por fim, um ritmo que permite a construção de uma simples fuga. A alma de uma filha perdida, uma criança que nunca nasceu, ascenderá, quase como uma cotovia, dos recantos fétidos do abismo.

## Capítulo 12

Walter havia previsto que quinze anos no jardim seriam suficientes. Floss continuava indo e voltando, sempre radiante, sempre animada, cavalgando por perto, cavalgando longe, aqui e ali. Depois de um dia com os cavalos no estábulo, ela voltava para casa coberta de lama, suas madeixas louras contornando o rosto; às vezes, mastigando uma trança ou coçando o nariz, ela entrava no jardim que, depois de todo o esforço dele, estava de certa forma tão impenetrável quanto uma selva. Ela não chamava por ele, procurava-o até encontrar, puxava-o do chão, abraçava, trazia o rosto dele para perto do seu e o beijava com tanta ternura e carinho que ele nunca teve sequer um momento de dúvida de quanto ela o amava, de como confiava nele e valorizava a liberdade que ele lhe permitia.

    Um dia ele tentou dizer a ela que precisava escapar, que ele também precisava voar, pular de uma janela e saber o que ouviria ao cair na terra. Não conseguia encontrar as palavras. Então ela o cobriu de beijos, dizendo que eles estavam juntos há quinze anos. Em meio aos padrões de gramados em volutas, canteiros de flores espiralados, árvores plantadas, Walter repetiu e exaltou esse número: quinze. E assim, naquele dia, no décimo quinto aniversário de casamento, com sua linda esposa nos braços, ele soube que teria que deixar seu jardim.

    Em casa, eles fizeram amor e Walter chorou. Chorou como uma mulher poderia chorar ao ser levada ao ápice do prazer durante um orgasmo, sem poder conter sua emoção ou gratidão; não uma gratidão ao seu amante, mas sim ao milagre desencadeado nela por seu próprio corpo. Então Floss também chorou, embora seu êxtase tenha sido mais repentino e breve.

Sexualmente, por um momento, houve uma alteração química, eles assumiram diferentes nomes de elementos e trocaram de papéis, a seta dele para baixo, a dela para cima.

— Eu poderia voltar a tocar piano — disse Walter, recostando-se na cama, o peito nu ainda úmido do suor compartilhado.

Floss sorriu e jogou para o lado o cabelo que estava comprido novamente.

— Você poderia levar sua gaita para o jardim amanhã — disse com uma risada. — Veja o que acontece.

Walter puxou o seu travesseiro para jogar em cima dela, mas Floss foi mais rápida. Enquanto ela caminhava nua até a janela, ele suspirou com a beleza que ela ainda tinha aos 35 anos, seu corpo esbelto e trabalhado, ainda voluptuoso. Ela virou-se para olhá-lo de novo e, mesmo com a visão um pouco turva após o sexo, a respiração dele acelerou quando ele viu a curva do seu peito.

— Você deve fazer o que te faz feliz — disse ela. — Eu sei que essas coisas que você anda ouvindo não necessariamente têm a ver com felicidade, mas você precisa viver. Isso é tudo.

Ela correu de volta para a cama e se jogou em cima dele. Eles se beijaram mais uma vez.

— Todos os homens precisam fazer coisas? — Ela estava rindo. — Paredes, buracos no chão, músicas para propaganda de automóveis?

— Nós gostamos mais de músicas que falam de sexo — disse Walter, pensando em Crow e achando a ideia bastante imprópria. — Na banda, eu fazia canções sobre praticamente tudo. Acho que eu tinha vergonha de escrever sobre sexo. Um jardim tem tudo a ver com sexo.

— Como assim? — Floss riu. — No que você se mete por lá?

— Eu me refiro aos pássaros e às abelhas.

— Você observa insetos enquanto eu incentivo Dragon a cobrir uma égua das Highlands — disse ela, ajeitando os cabelos em um coque desengonçado.

Após quinze anos, eles estavam mais apaixonados do que nunca, mas Floss de repente disse a Walter que ela queria criar algo também. Assim, esses dois jovens amigos meus, meu afilhado e sua mulher, haviam sobrevivido a um período de suspensão, um tempo em que viveram em estase, paralisados, cavalgando, cavando terra, convivendo com palha, suor e fertilizantes. Agora eles estavam prontos para começar de novo.

Enquanto Walter e eu caminhávamos pelo Richmond Park, ele me confessou seu renovado amor por Floss e fiquei feliz. No entanto, havia algo mais que eu precisava saber.

Virei-me para ele, bloqueando o caminho, coloquei as mãos nos seus ombros e ergui a mão direita até o seu rosto.

— O que Andreievitch disse a você? — perguntei-lhe da forma mais clara que pude. — Desde que conversaram, você investiu toda a sua energia criativa em seu jardim.

Walter pegou um pedaço de papel e me mostrou. Ele havia anotado o que o Velho Nik dissera.

*Você deve aprender a esperar. O momento virá. Esperar é a magia obscura da criatividade, não a inspiração. Esteja pronto. Esteja alerta. Sempre. E então, quando chegar o momento, você estará esperando e não terá mais nada a fazer, nada melhor para fazer do que se apaixonar novamente. Como eu um dia, você é o espelho de todos que o cercam. Você é a consciência e a voz deles. Olhe para o futuro, o que quer que veja, seja bom ou ruim, é inevitável. Olhe para a luz.*

— Quinze anos atrás eu não estava realmente pronto para aceitar essa ideia — disse Walter.

— É lindo — eu disse. — E faz sentido. Você está pronto agora?

— Não tenho certeza se algum dia estarei completamente pronto — disse ele, sorrindo ironicamente. — Nunca fui corajoso o suficiente para encarar a difícil tarefa de tornar real e tangível o que ouço.

Fogo. Labaredas. Estrondo da madeira. Rugido do ar. Crepitação, expansão e ruptura do metal. Pequenas explosões. Em seguida, uma erupção gigantesca e fragorosa. Os gritos dos bombeiros entre si, os bipes e os sinais súbitos de ruído branco dos rádios que usam. A atividade frenética das mangueiras. O som do gerador no carro de bombeiros. Vidro quebrando e caindo. Em certos momentos, o que soa como fogos de artifício são apenas inúmeras garrafas de produtos químicos domésticos explodindo e cada uma fazendo sua incineração química peculiar. Ouvimos os passos de um homem esmagando destroços. A criança está viva, ele diz. Um milagre.

De alguma forma, durante todo esse tempo sozinho em seu jardim, construindo um refúgio seguro para si, uma espécie de centro espiritual em torno do qual o subúrbio de Sheen poderia ter se transformado, Walter não havia entendido que ele nunca seria capaz de interromper sua conexão com as pessoas, nem calar os pensamentos subconscientes delas. Por quinze anos de confinamento criativo, ele continuou constantemente sendo alimentado pelas emoções delas, a raiva, o medo, a vergonha, o ressentimento e a tendência a juízos de valor, a necessidade delas de tentar transferir a culpa por tudo o que havia de errado no mundo, e tudo o que poderiam ter feito, mas não conseguiram, fracassando em sua tentativa de corrigir erros significativos.

Walter se deu conta do que o triturava por dentro nos meses que precederam sua decisão de deixar a banda. Porque foi nessa época que Siobhan, confundindo seu gênio com a construção escrupulosa de um poeta em formação, forçou-o a rever seu processo criativo e, quando ele o fez, se deparou com essa *segunda visão*, que o aterrorizou de angústia. Assim ele fugiu e se escondeu. Às vezes, quando duas pessoas se amam, se adoram e se respeitam como Siobhan e Walter, um dos dois fica completamente sozinho. Ela sabia instintivamente que Walter tinha uma grande missão pela frente. Ela também esperava apoiá-lo, encorajá-lo e guiá-lo até certo ponto. Mas então ela o perdeu.

Floss, por outro lado, andava a cavalo, escovava-os e limpava o estrume. Parecia que ela fazia muito pouco além disso. Estava sempre de pé ao nascer do sol, ou mais cedo no inverno, e chegava no estábulo perto do Richmond Park às sete da manhã. Às vezes, Walter acordava antes de ela sair de casa e podiam tomar chá ou café juntos. Em geral, ele acordava mais tarde, às nove ou dez horas. Era difícil mudar o relógio do rock'n'roll.

De fato, Floss tinha um papel importante na administração da casa. Eles tinham uma única ajudante, uma faxineira que cuidava da casa e vinha todos os dias, exceto nos finais de semana, e apenas por algumas horas. Ela fazia o supermercado para o casal e cozinhava, mas sempre de acordo com as receitas, cardápios e listas de compras elaborados por Floss. Floss ficava em torno dos seus cavalos nos fins de semana também.

Nos quinze anos de casamento, nunca tiraram férias no exterior. Floss participava de gincanas e ganhava prêmios. Eles possuíam um esplêndido trailer compacto com reboque para transporte de cavalos e espaço para acampar, que mantinham numa vaga no estábulo. Walter costumava brincar dizendo que teria servido muito bem como veículo para as turnês da banda.

Walter ainda não se sentia à vontade com cavalos desde o incidente na infância em que seus pais foram cavalgando até ele na praia e depois o deixaram para trás num galope. Isso não chegou a traumatizá-lo, mas tornou impossível que ele considerasse os cavalos como algo além de instrumentos de fuga. Seus pais haviam escapado do dever para com o filho pequeno, fugindo a cavalo. Floss faria o mesmo? Essa desconfiança inata era sempre captada por qualquer equino de que se aproximasse, e não era bem recebida.

Walter ficava o tempo todo imerso em seu jardim deslumbrante — para manter distância dos sons avassaladores que, de outro modo, poderia ouvir. Floss se concentrava em seu trabalho com os cavalos, especialmente na criação de seu pequeno garanhão; seria uma forma de sufocar algum instinto para ter um filho?

Eu conheci o parceiro de Floss na criação de cavalos, seu ex-colega de escola Ronnie Hobson. Eu sabia que Walter gostava dele, e confiava na amizade dele com Floss, em parte porque ele era gay. Ronnie tinha exatamente a mesma idade de Floss, portanto cerca de nove anos mais novo do que Walter. De excelente aparência, um pouco afeminado na fala, mas exibia um físico poderoso. Suas costas eram retas e fortes, ele cavalgava como um coronel prussiano do passado, e eu fiquei sabendo que as clientes do haras costumavam descrever o seu sorriso como "irresistível".

Ronnie cuidava da contabilidade do haras e os negócios geravam lucro. Além de ser um cavaleiro perfeito, ele era uma espécie de encantador de cavalos. Havia treinado Dragon, o cavalo de sete anos favorito de Floss, e ensinado o animal e a amazona, extremamente nervosos, a saltar. Com outro cavalo, Santana, um puro-sangue que eles adquiriram em um plantel de cavalos em Wiltshire, ele fez um adestramento gentil, mas eficaz, o que elevou as habilidades adolescentes de Floss para um patamar de primeira classe. Ele treinou Floss em todos os detalhes importantes de preparação que levaram às vitórias nas gincanas e à crescente reputação do haras. Floss adorava Ronnie.

Selena uma vez alegou que Ronnie tinha "uma entidade fantasmagórica que o acompanhava". Floss brincou dizendo que isso era verdade, e que a "entidade" de Ronnie chamava-se Clive, um belo e jovem garçom do All Bar One, de cabelos e pele tão claros, tão adoráveis, que ele poderia de fato ser um fantasma.

As mães e filhas do Sheen que se valiam dos serviços do Haras Floss & Hobson ficavam fascinadas com a intimidade entre os parceiros de negócios. Gay ou não, quando Ronnie flertava com Floss, ela correspondia. Quem testemunhava isso achava que havia alguma coisa entre eles. Durante anos, Walter ignorou as fofocas que circulavam, mas quando voltou a tentar compor novamente, começou a notar um pouco de eletricidade, uma faísca energizante entre Floss e Ronnie que ele nunca sentira em seu próprio relacionamento com a esposa.

Não mais seguro em seu jardim, ele era bombardeado pelos feromônios e pela energia que Floss parecia levar para casa depois do trabalho. Ela tinha pleno prazer na vida. Walter de algum modo precisava percorrer um certo caminho para chegar ao seu próprio destino e achava que este poderia estar situado exatamente no extremo oposto do espectro da *joie de vivre*. A segunda visão, como os celtas descreviam, era às vezes precursora da morte — não uma premonição, mas uma visão da inevitabilidade da morte para a raça humana e cada alma humana em particular, como na visão do Velho Nik no alto da Skiddaw. Entretanto, o que Walter começou a ouvir e sentir ao abrir seu coração para sua alma criativa não era simplesmente a morte. Pelo contrário, era uma conexão com o medo da morte que aqueles que o cercavam sentiam. Podemos chegar a ter medo do próprio medo, e este medo específico parecia ser o que emanava de Walter quando tentava compor.

O canto majestoso de uma cotovia soa através do ruído de um campo de quatrocentos metros quadrados. Não do vento, do contrário não ouviríamos nada do pássaro distante, mas do estrondo baixo de uma dúzia de tratores manejando fardos, ou carros velozes e furgões brancos nas autoestradas a oito quilômetros do outro lado da montanha, logo depois da igreja íngreme. É claro que, mesmo com a brisa suave, há o som de árvores em movimento; uma vez notado, o som é o familiar silvo que tem uma infinidade de graus diferentes, desde um crepitar a um simples assobio. Tudo isso é o pano de fundo para o resplandecente voo do pássaro que grita e mergulha. Um ganso de Halifax, Nova Escócia, perdeu o caminho de casa desta vez e desafia outros três pelo lago. Ele grasna, grita, late e chapinha na água, tentando parecer louco. Os outros reagem gritando também, determinados a não ceder. Os risos de uma garota de uns quinze anos misturam-se à algazarra. Ela grita enquanto corre, grita de alegria e abandono. Também precisamos dessa água. Um filhote de ganso sai correndo da água, a razão dessa pressa, como uma criança ensandecida em disparada, ou um brinquedo mecânico de andar desengonçado, virando-se para um lado e depois para o outro, talvez caçando moscas na beira do lago. Os patos-reais fazem o de costume: chamemos de quá. Existem variações no quá básico, é claro. Os quás vêm em forma de três ou quatro, quá-quá-quá ou quá-quá-quá-quá, todos expressando algum grau de irritação e impaciência do pato-real em questão. A buzina de uma garça aflita cuja concentração simplesmente não pode e não deve ser perturbada, pode parecer uma simples pescaria ao observador que se diverte com isso, mas essa garça se comporta como se estivesse meditando por uma agudeza budista, um caminho sufi, um momento perfeito com uma carpa dourada com ossos e escamas removidos. Os pombos arrulham como idiotas, sempre bobinhos, apenas um som para todo tipo de descarga emocional. Os chapins, os tordos, os gaios e as gralhas disputam o céu, os arbustos, a lesma, a minhoca, a mosca. As pegas procuram em bandos, como lobos, ovos para roubar. E então, sem aviso prévio, o mundo do observador de pássaros explode, tornando-se de fato um mundo adequado, e tudo o que voa, que vimos e ouvimos, tenta assumir algum controle. Para aqueles cuja audição, como a de Walter, é um pouco avariada, o som de alguns desses pequenos pássaros — se ligeiramente mais lento, para melhor alcance da audição humana reduzida por anos de blues e ribombar de tímpanos — é uma coisa maravilhosa. Ainda mais grave será necessário o som para aqueles de vocês que gostam de atirar, comer as aves abatidas e cuspir o chumbo; você é surdo como uma porta, cara, como se costuma dizer. Em todos esses cantos de alta frequência, tudo por amor, espaço, alimento ou liberdade para voar, há mais música. Do alto da torre em que estou, posso alcançá--la. Sem tranças para jogar pela janela, mesmo assim, posso tocar na coleção mais prodigiosa de fábulas da natureza. Um clamor de pianos; uma doçura de Steinways; uma persuasão de Marshall and Roses; uma mesmerização de Bosendorfers; uma consternação de Bluthners. Piu. Como essa única palavra passou a significar o som de um pássaro? Seja de que forma, seja como for, seja onde for. Como flautas transversas, flautas de pã e trompas em pleno voo, uma concatenação de Charlie Parkers. Luz. Estrelas. Magia.

# Capítulo 13

À medida que continuo com minhas confissões, sou um narrador tentado a falar de mim mesmo. Tenho consciência de que em grupos de pessoas — amigos, parentes e colegas de trabalho — as correntes de pensamento podem se espalhar de maneira doentia. Também sei que teses e energias boas e positivas também podem ser compartilhadas; a fé na natureza e no potencial humano para o bem pode ser alimentada por conversas, paixão pela arte, pela literatura e pelas obras-primas dos grandes homens e mulheres da história.

Rain foi uma exceção. Depois que deixou de lado a ideia de que um dia poderia casar-se com Walter, ela alçou voo como uma cotovia. Livre de um homem, ela encontrou muitas outras paixões. Estava apaixonada, ou sofrendo por amor ou novamente apaixonada quase toda vez que eu a via — cada vez com uma conquista nova e fabulosa que eu precisava lembrar a mim mesmo de que poderia ser um homem ou uma mulher. Amante de Siobhan ou não, estava claro que o relacionamento das duas não era monogâmico. Assim como Rain era minha filha, minha garotinha, Walter era meu filho — um afilhado, mas meu menino. Continuei fazendo coisas por ele, ajudei-o a abrir as portas de sua percepção e criatividade, o que seu pai não conseguiu fazer, apesar de músico. Encorajei-o a desenvolver uma compreensão das pessoas que o cercavam, seus pares mais próximos, definindo-as como agentes de seu papel como escritor e compositor criativo — que ele deveria trabalhar inteiramente por elas, para proporcionar-lhes prazer e fascínio. Eu o orientei na questão de saber ouvir e esperar, as duas habilidades mais importantes para um compositor.

O que não fiz foi prepará-lo para os efeitos colaterais deletérios da loucura.

Arquejos, gemidos, gritos de orgasmo, mulheres chorando e arfando com a dor da infância, homens cambaleando com socos, crianças chorando, rindo, engolindo ar, gritos, berros, urros. Que som é esse? A humanidade fazendo seus ruídos. Tagarelando em centenas de línguas, cantando, entoando, um rosto esbofeteado, um golpe de faca, o som de queda, tropeço, deslizamento, o espatifar de um corpo humano após cair de um prédio alto. Ufa! Ahn! Aaai! Todas estas exclamações reunidas em um milhão de histórias em quadrinhos, uma dúzia de romances policiais de Elmore Leonard, todas soando em um só minuto. Chamar alguém, em pânico ou por amizade, a mãe a um filho, o filho à mãe que perdeu, uma criança à outra, um jogador de futebol a outro no meio de uma partida. O som de um beijo começando, interrompido. Súplicas, carinhos, nomes de animais de estimação em listas intermináveis e inúteis, absurdas, pueris, ternas e tolas. Orgias, batalhas, brigas de rua, público em shows de rock, no circo. Gritos altos o suficiente para Deus ouvir. Silenciosas orações, ladainhas, aspirações e apelos em voz baixa, pedidos de esperança. Gritos. E então um nascimento doloroso, lembrado como um eco em uma explosão de brilhantes raios amarelos.

Convocado para ir até o estúdio de música de Walter em seu jardim no Sheen, admito que senti um misto de animada expectativa com o que Walter tocaria para eu ouvir e ansiedade em relação ao seu estado psicológico. No telefone, ele soara disperso, confuso e sem foco.

— Estou compondo novamente — disse Walter. — Mas também estou com uma sensação de déjà-vu. Sinto que estou perdendo Floss de alguma forma. Parece que esse casamento está indo pelo mesmo caminho que o meu casamento com Siobhan, a menos que eu tenha de fato muito cuidado.

— Não seja bobo — tentei amenizar. — Vocês se amam. Floss tem o trabalho dela, você tem o seu.

— Mas nos quinze anos deste casamento, nunca antes me expus ao tipo de problema que compor parece me trazer.

— Você está preocupado com o que está ouvindo?

— Isto está tornando o que já é difícil ainda pior.

— Não perca o rumo — aconselhei. — Tente não se isolar, não fique obcecado com isso.

Walter riu.

— Nas últimas semanas você ficou insistindo para eu me atirar nisso, para eu deixar emergir o meu impulso à compulsão. Eu tenho algumas músicas básicas agora. Você quer ouvir?

— Você é um artista, Walter — lembrei-o. — Trabalhando num jardim ou numa música. É a mesma coisa.

— Não acho que vale a pena se o preço a pagar for perder Floss.

— Toda mulher quer uma música — brinquei. — Siobhan não queria apenas um soneto? E você não pôde nem fazer isso?

— Eu não *quis* fazer — respondeu Walter. — Eu deveria compor uma música para Floss, sobre ela, que a retrate, em vez de uma música que fale sobre o que estou começando a sentir?

— Mal não faz — ri.

— Floss quer que eu faça o que é certo para mim. Não canções de amor idiotas. Estou sentindo um novo peso sobre os ombros. Meus parceiros da banda estão quinze anos mais velhos, assim como eu, mas a maioria deles tem filhos pequenos. Têm um senso de dever, carregam a responsabilidade e o fardo do passado e o peso do futuro. Todos estão com problemas financeiros e se preocupam demais com o meio ambiente. Eles querem ver um futuro seguro para os filhos. — Ele riu alto.

— Louis, aqui no Sheen estamos cercados de gente que cria

seres humanos, mães gostosas e seus maridos bem-sucedidos do mundo financeiro que querem ter um bando de filhos. Só que vivemos em tempos assustadores para criar e educar uma criança. Você sabe disso.

Eu entendi. Os parceiros de Walter eram muito mais jovens do que eu, mas todos nós tínhamos acesso às mesmas informações terríveis. Eu estava seguindo em direção ao crepúsculo da minha vida; sabia que se fosse mais jovem com filhos pequenos, não me sentiria tão otimista. De fato, os contemporâneos de Walter carregavam o peso do planeta, não apenas de seu próprio ambiente imediato. A natureza agora estava redefinida; nada de natural deixou de ser afetado pela explosão da raça humana e a ameaça de explosões reais que isso poderia desencadear se todos não chegassem a um acordo sobre quem era Deus, se de fato esse personagem existia de uma forma ou de outra.

Não, ele não poderia compor para Floss, porque o artista que havia nele não conseguia conectar-se com ela. Tornara-se criativamente imperioso.

Quando cheguei na casa dele no Sheen, topei com um dilema e rezei para poder ajudá-lo a resolver. No entanto, não conseguira disfarçar meu nervosismo ao ouvir o que ele havia composto em seu novo e perturbado estado.

Walter, na minha opinião, havia encontrado em si um traço de gênio. As músicas que ele compunha e tocava com a banda no Dingwalls eram boas. O pub rock energético era difícil de bater, e nada fácil de fazer. Seu novo trabalho — suas paisagens sonoras — certamente seria o tipo de arte que me envolveria, que eu poderia compreender, analisar, valorizar e comercializar.

Olhos fechados. Cegueira. Depois o lampejo, um universo infinito, camada após camada de estrelas, cada uma prometendo um novo começo. Um clarinete toca escalas, disciplinadas e regulares, obviamente lidas em um manual para a prática e fluência dos olhos e das mãos. Gentil, o som suave e aflautado das notas mais baixas soa em uma pequena sala suburbana, estremecendo os copos na mesa. O clarinetista às vezes deixa sua posição na frente da estante da partitura e, quando se sente familiarizado o suficiente com uma parte da música que se aproxima, começa a andar pela sala, erguendo seu instrumento na direção do teto. Por cima dessa cascata de música não musical, regrada e previsível, surge o som da sala ao lado: um saxofone barítono, frenético, tocando sem limites, profundo, parando com cliques glóticos, o ruído do complexo sistema de chaves de latão acrescentando um ritmo percussivo às escalas e extemporizações. Em meio a toda essa música arrebatadora, está o que soa como uma luz violenta, uma espécie de raio eletrônico rasgando o ar. Depois um piano, na tecla errada, ou não há tecla alguma? O pianista usa principalmente a mão direita, a esquerda fazendo acordes aleatórios no início de cada quatro compassos mais ou menos, em seguida flutuando por todo o acorde, para cima e para baixo, como um pássaro voando, um animal preso tentando escapar da jaula ou uma mosca batendo no vidro para alcançar a luz. Então, uma porta parece se abrir e o piano se liberta, o sax barítono alcança o clarinete e, por um momento, por um breve momento, eles se harmonizam e fluem. Depois cada um deles faz um voo solo. Agora, um contrabaixo estabelece um ritmo, tão forte, tão insistente que pede para não ser ignorado, mas é ignorado. Os dedos que pinçam as cordas são substituídos algumas vezes por um arco poderoso, percussivo e endiabrado, subindo alto nas cordas, em outro momento parecendo soar como uma viola ou um cello mais lentos executando uma série nova e sonora, mas também acelerando para simular os inevitáveis padrões rítmicos desajeitados e surpreendentes que apenas um contrabaixo pode expressar. Em seguida, entram a bateria e mais saxofones, trompetes agudos, acompanhados por guitarras aceleradas demais, tentando soar como saxofones executados histericamente. Em seguida, instrumentos elétricos são incluídos, órgãos, pianos Wurlitzer com suas palhetas de metal características, martelando e zumbindo. Os sintetizadores entram em cena, tocando em agrupamentos impossíveis de intervalos harmonicamente forçados, quartas, quintas, sétimas — criando uma modalidade reminiscente de outro mundo, mas de algum modo ecoando os estranhos timbres daqueles órgãos de tubos empoeirados das igrejas antigas, com intensidade de sobretons. Esta é a história, o mistério, a histeria do jazz vibrando e flutuando à deriva em insanas cachoeiras ferruginosas pela paisagem. De repente, sem aviso, tudo para e um sax alto é a única coisa que se pode ouvir, um saxofonista despregado de sua alma, mas de alguma forma ligado ao universo.

Acho que agora está claro que assumi seriamente o meu papel de padrinho. Talvez até demais. Os votos que alguém deve fazer na cerimônia de batismo (e Harry era católico) eram de natureza religiosa e não espiritual. Mas foi na questão do estado espiritual de Walter que me senti mais responsável. Queria que ele se sentisse realizado, feliz e capaz de suportar com serenidade a frustração e os momentos difíceis em que a criatividade não flui livremente. Imaginei que Harry sabia que eu seria melhor nisso do que ele. No entanto, também queria oferecer ajuda prática. Walter tentara musicalizar suas descrições da paisagem sonora. Como ele tocava alguns acordes no piano e cantava algumas frases melancólicas, ficou claro que não tinha ido muito longe com isso. Como compositor, não conseguia captar o que ouvia em sua cabeça, o que havia descrito de maneira tão eloquente e poética no papel.

— Walter, achei muito interessante, mas você precisa de alguém para lembrá-lo de como compor novamente. — Eu ri, tentando reduzir o impacto da minha crítica negativa. — Você precisa é dar um pontapé nessa sua bunda musical! Espero que não se importe de eu dizer isso.

Walter sorriu e balançou a cabeça.

— Você está certo — confessou. — Estou tentando o meu melhor. Parece que perdi o talento. Ou talvez isso seja uma tarefa demasiado grande para mim.

Decidi pedir a Crow para visitar Walter, pois não havia ninguém mais realista e mais prático. Ninguém melhor do que Crow para dar um pontapé numa bunda musical.

## Capítulo 14

Apesar de Walter não estar mais se apresentando no Dingwalls, eu continuava frequentando o lugar regularmente. Eu tinha muitos amigos por lá, e Frank Lovelace ainda era empresário da nova banda de Crow.

Eu não sabia se Frank era um farsante ou se de fato se importava com música. Sabia que, como eu, ele adorava a companhia das mulheres no bar. Selena às vezes aparecia e ficava por perto, ainda bonita, louca como sempre e muito divertida. A mulher de Crow, Agneta, de vez em quando também estava lá, e sempre acompanhada de amigas suecas encantadoras que vinham a reboque, mas nessa ocasião ela estava ausente.

A banda de Crow era fantástica e fiel à tese dele do que deveria ser uma banda de R&B. Walter podia fazer falta, mas Crow era um *front man* forte, e sua voz e guitarra eram coesas e convincentes.

Eu adorava conversar com Crow. Ele nunca parecia mudar. Naquela noite, veio sentar-se comigo e me trouxe uma Coca-Cola.

— Quer dizer que Walter terminou o labirinto. — Ele sorriu. — Ele ainda anda com a cabeça dentro de um balde de plástico?

Selena nos viu e veio juntar-se a nós, chegando a tempo de ouvir a última pergunta de Crow.

— Tocando gaita — disse ela, com uma risada. — Ele adora o som que faz dentro de um balde. Louis me disse que começou a fazer isso quando era garoto, não é, querido? — Ela olhou para mim. — Ele costumava dizer que parecia que estava usando um microfone, que sentia a reverberação.

— Como está indo o *seu* trabalho, Selena?

A pergunta de Crow me surpreendeu. Será que estava mesmo interessado naquele mundo estranho dela?

— Estou começando a ter de suportar os efeitos deletérios de curar muitos de meus amigos, inclusive sua fabulosa esposa, Crow. Ela sofria de artrite, você sabe. Eu dei um jeito.

— É verdade — admitiu Crow.

— E há aqueles que pedem para ser curados, mas o problema que vejo é que eles têm entidades que vivem dentro deles como parasitas.

Crow deu uma gargalhada.

— Vá se foder, Selena! Agneta não tem parasitas. — Ele se levantou e foi embora.

Selena olhou para mim, com os braços abertos.

— Eu disse que Agneta tinha parasitas? — Ela fez uma cara incrédula. — Eu disse que ajudei a mulher dele com a artrite.

Minha impressão foi de que Crow se tornara mais tacanho do que nunca em quinze anos. Era tão difícil conversar com ele sobre algo que não fosse música, e mesmo sobre este assunto revelava-se fanático e pedante. Alguns diriam hoje que ele estava mais focado. Crow era brilhante, ainda mais quando trabalhava com músicos mais jovens, quando sua visão de historiador da música do final dos anos 1950 a meados dos anos 1960 sempre encontrava uma orelha disposta a escutar, e ele dava contexto e um freio eficiente a mentes jovens indisciplinadas. Quanto a ele mesmo, como líder de sua própria banda pequena, sua performance na guitarra foi ficando cada vez mais rigorosa, seu repertório cada vez mais limitado, até que, no final, seus longos cabelos desgrenhados repentinamente grisalhos em um único mês, ele virou um feliz anacronismo. Fazia uma introdução regular que seus fãs já previam aos risos. *Vou tocar agora uma* que alguns de vocês podem não conhecer. Daí então atacaria de "Susie Q", ou "Cathy's Clown", ou algum outro clássico manjadíssimo até mesmo por alguém recém-saído de uma floresta em Bornéu.

Telefonei para Crow no dia seguinte às duas da tarde e ele obviamente ainda estava na cama, de ressaca.

— Oi, Lou — disse ele, com um soluço. — O que você quer? Ouvi um resmungo feminino ao fundo. Tive certeza de que era Selena. Não tive certeza de como me sentia em relação a isso.

— Quero conversar com você sobre Walter — falei. — Quem é que está aí com você?

— Meta-se com a merda da sua vida, cara — disse ele, dando uma risada. — Selena, é claro. Como um rato no esgoto.

Mais tarde, ele confessou que Agneta o abandonara uma semana antes, sem avisar nem nada, para se casar com o chefe dela no banco em que trabalhava. Selena havia oferecido uma "cura". Meu palpite era que ela e Crow decerto ficariam juntos, mas a vida sexual deles poderia ser frustrada pelo sonho de Selena de levar Walter para a cama.

Na verdade, acho melhor admitir que, na época, isso realmente me incomodou, imaginar Selena dormindo com Crow. Eu estava com ciúmes, ou inveja, ou algo do gênero. Selena nunca foi fácil para mim, para os meus sentimentos.

— Enfim, quero conversar com você sobre Walter.

— Ah, é?

— Ele começou a compor de novo. — Percebi que aquilo não seria uma negociação tranquila. Eu queria que Crow desse uma olhada no que Walter estava fazendo. — Ainda não é música. São descrições de música e som. Eu acho que podem servir de base para algo bastante surpreendente. Pode ser muito legal.

Crow arquejou quando acendeu um cigarro e começou a falar devagar, sem preâmbulos.

— No seu tempo, Louis, quando você frequentava uma escola de arte lá nos anos 1960, com o incentivo da maconha, tudo devia parecer legal na música, tudo parecia novo e diferente. Tudo transbordava na América: R&B, Tamla Motown, Nova Orleans, Memphis, Bob Dylan. Você provavelmente devia chamar a música de "som", como os ianques.

— Verdade. — Eu ri. — Parecia transmitir algum tipo de mensagem.

Crow ofegou entre as nuvens de fumaça.

— Quem se importa com a mensagem? Som. É uma boa palavra. Os sons são tudo o que eu quero. Sons legais. Sons simples.

Eu pude perceber ele se levantando e se recostando na cabeceira da cama para conseguir mais força ao que viria a seguir.

— De quanta arrogância precisa a porra de uma estrela de pub rock para acreditar que pode levar uma mensagem para o público?

Ele provavelmente estava se referindo tanto aos Hanson quanto ao trabalho deles na ressuscitada Hero Ground Zero, cujo último álbum havia sido o mais vendido do ano. Talvez também estivesse criticando as tentativas inúteis de Siobhan, quinze anos antes, para refinar o que Walter estava fazendo no auge da Stand.

— Som — gritou. — É só o que é. Tudo o que sempre foi.

Expliquei que Walter estava ouvindo sons, sons reais, sons impressionantes. Ele estava refletindo a ansiedade das pessoas próximas dele.

— De certa forma, ele está compondo — continuei. — Mas são apenas descrições escritas no momento e demos de música ainda não trabalhada. Ele está ouvindo uma grande mistura de sons. Está escrevendo uma espécie de partitura, ou libreto, como quiser chamar. Ele chama de paisagens sonoras.

— Isso é ainda pior. — Crow deu uma gargalhada e sua tosse de fumante irrompeu. — Parece que ele acha que é a porra do Stockhausen.

Eu sabia que o tipo de som a que Crow se referia não era como o de Walter, mas estava determinado a fazê-lo ir ver seu velho amigo.

— Crow, você precisa ver o Walter — insisti. — Ele precisa ver você.

Talvez não desse certo, eu sabia. Crow ouvia Booker T & The MGs tocando "Slim Jenkins' Place" e classificava a faixa como "sons". Ouviria o que Walter estava compondo e poderia classificar o que ouviu — e o que aquilo poderia engendrar como música — como "um pesadelo em forma real". Mesmo assim, eu sabia que reuni-los era o que eu precisava fazer. Ocorreu-me que o aliado de que precisava para convencer Crow a visitar Walter era Frank Lovelace. Ele poderia ver nisso um retorno da antiga Stand, ou algum tipo de oportunidade de ganhar dinheiro. Tudo que me importava era que Crow restabelecesse o contato com Walter e visse o que ele estava fazendo.

Uma grande roda de madeira rola pela poeira de uma estrada de terra. A carroça range. O boi atrelado a ela bufa. O condutor resmunga e bate com o chicote no lombo do animal. Um vendedor ambulante anuncia seus produtos aos gritos, amendoins e biscoitos, em Gujarat. As crianças riem e gargalham quando passam, bem-vestidas, a caminho da escola. Um rádio de som distorcido dispara uma dance music estilo bhangra, exuberante, enérgica e rítmica, vibrante e suingada, mas com tambores ensurdecedores. Vacas sagradas passam na frente de riquixás de três rodas movidos a gasolina, seus sinos badalando sombriamente em meio à balbúrdia. Do outro lado da praça, ouve-se o quique da bola numa distante partida de tênis em quadra dura, som de risos e de vozes com sotaques de indianos educados na Inglaterra. Um ônibus lotado e barulhento passa sacolejando, vários rádios boombox tocam ao mesmo tempo música qawwali, Bollywood, disco music indiana e mais bhangra. Um mulá chama os fiéis muçulmanos de uma torre distante, sua voz amplificada a distância. Pássaros agitam as asas, gritando e brigando por um rato morto na estrada. Escuridão. O tremular da chama de uma vela.

Steve e Patty Hanson haviam vendido cinquenta e três milhões de cópias de vários álbuns ao longo de quinze anos. A Hero Ground Zero, banda iniciada nos anos 1960 por Paul Jackson, também conhecido como Nicolai Andreievitch, que os Hanson ressuscitaram nos anos 1990, era uma banda de rock progressivo da velha escola que quebrou todos os recordes em arenas e estádios do mundo. Patty parou de tocar bateria e ficou na frente, com um vestido fino, tocando um pandeiro. Havia boatos de que ela se apresentava sem calcinha. O show de luzes era lendário, seu corpo era lendário, seu pandeiro era nota máxima no Royal College of Music, mas era a voz dela que fazia a banda ser tão famosa. Ela cantava como uma sereia rouca, a voz quase sem vibrato; era um som frio, mas ainda assim apaixonado e vulnerável. Ela e Steve compuseram juntos músicas ambiciosas e audaciosamente pretensiosas, falando dos reis Artur e Alfredo, o Grande, dos mitos gregos, de belos carros, de sonhos, pesadelos, cores, ciência e até sobre moda. Um dos álbuns de sucesso consistia em uma série de músicas baseadas nos títulos de filmes antigos de Hollywood.

 Eles não respeitavam as convenções, ultrapassavam todos os limites e zombavam de quem ousava zombar deles. Usavam drogas, bebiam todas, batiam com os carros, Steve Hanson até bateu com um pequeno avião e deixou-o para trás. Patty gastou mais em vestidos que revelassem sua (suposta) ausência de roupas íntimas do que em drogas, mas em sua última sessão de gravação, ela (supostamente) pagou trezentos mil dólares ao seu traficante de cocaína. Também empresariados por Frank Lovelace, os Hanson estavam no topo da lista dos mais ricos do mundo.

Mas em 2011, quando Walter tentava reproduzir o som que ouvia todos os dias em sua cabeça, a Hero Ground Zero estava esgotada, criativamente esgotada. Eles ainda lotavam grandes espaços e atraíam bilheteria para festivais, mas eu podia afirmar que não conseguiam mais compor músicas.

Depois de falar com Crow, liguei para Steve, e Patty atendeu a ligação.

— Louis — cantou meu nome. — Que fantástico ouvir sua voz, meu querido.

Ela ainda soava como uma professora de música, um pouco esnobe, e obviamente tinha acordado às seis e passado a manhã praticando cello ou outro instrumento qualquer. Também parecia um pouco exausta, mas talvez eu estivesse projetando na voz dela o que eu queria acreditar: que eles precisavam de Walter. Perguntei como ela e Steve estavam.

— Somos um pouco como o Abba, meu querido. — Ela riu. — Ainda estamos casados, mas temos outras coisas rolando, se é que você me entende. Louis, você não quer sair comigo para jantar, não? Isso seria maravilhoso. Você poderia me levar ao Le Caprice. Não vou lá há anos.

— Eu adoraria. — Eu não estava sendo totalmente sincero, mas Patty ainda era uma mulher muito bonita e sexy. — Eu queria que você soubesse que tenho notícias interessantes sobre Walter.

— Ele ainda está trabalhando naquele jardim peculiar dele?

— Ele chama de labirinto — corrigi.

— Vamos sair, Louis — implorou. — Podemos conversar durante o jantar.

Depois de falar com ela e combinarmos de nos encontrar no Le Caprice naquela noite, eu sabia intuitivamente que, enquanto Crow precisaria de um empurrão forte para ser convencido a voltar a trabalhar com Walter, os Hanson considerariam com avidez o que ele estava criando agora e poderiam renovar a esperança de uma volta à banda antiga.

Enquanto fumava um pequeno charuto após a refeição, que enfureceu até os clientes sofisticados do Le Caprice, Patty bateu os cílios para mim. Estaria achando que eu queria trepar com ela?

Eu queria explicar o verdadeiro motivo de precisar vê-la. Contei a ela tudo sobre as paisagens sonoras e terminei dizendo que tinha certeza de que Frank sentiria que eles poderiam tentar um retorno da banda. Isso pareceu ligar o pisca-alerta dela.

— Então Walter está ouvindo a ansiedade e quer criar música a partir disso. Parece interessante, Louis. Muito intrigante.

Tossi e ela riu de mim.

— Você é um santo, Louis, sério. — Ela mostrou seus incríveis dentes brancos como se estivesse posando para uma foto da imprensa. — Mas você precisa falar com Frank sobre isso. Não comigo. Esse assunto de negócios é tão chato. Eu adoraria ouvir essas coisinhas de paisagem sonora. Eu mesma estou sem ideias novas, e Steve não está melhor. Walter sempre foi um azarão.

Um arranjo matematicamente organizado de notas cai rapidamente em cascata a partir de um piano vertical ligeiramente desafinado. Os padrões rítmicos soam como uma tentativa de evocar uma partita de Bach ou um prelúdio. Em tom maior, os padrões rítmicos dificilmente se aproximam da melodia, mas são agradáveis, como o som de uma cachoeira. A luz reflete da superfície da piscina ondulante, o sol é refletido. A primeira peça é curta, seguida rapidamente por outra com uma atmosfera mais sombria e amarga. Novamente, há uma modalidade semelhante a Bach na composição e uma elegância de duas mãos na execução. Essa peça também é curta, seguida por outro conjunto de passagens muito rápidas, otimistas e eloquentes, que termina subitamente com um floreio ostensivo e exuberante.

\* \* \*

Entrei em contato com Frank e ele sentiu, como eu havia previsto, que deveríamos tentar reunir a banda de Walter. Eu confiava em Frank Lovelace para administrar as coisas depois de plantar as sementes, pois me parecia que, para Walter sobreviver ao ego musical incorporado e doutrinado de Crow, por um lado, e à grandiosidade dos Hanson, por outro, ele precisaria de um mentor musical mais competente do que eu.

Eu falava com Maud de tempos em tempos. As pinturas do Velho Nik estavam vendendo muito bem e ainda eram a espinha dorsal do meu ofício de marchand. Ele pintava a mesma cena repetidas vezes com pequenas variações: um extenso campo de almas humanas presididas por inumeráveis anjos.

Uma vez, quando liguei, disse:

— Pensei que seria uma boa ideia se Nik passasse mais tempo com Walter, o que poderia ajudá-lo a dominar e libertar seus próprios anjos e demônios — sugeri nervosamente. — Os de Walter são sônicos, é claro.

— Receio que isso não seja possível — disse Maud. — Nik está morrendo. Ele tem leucemia avançada.

— Meu Deus! — Fiquei atordoado.

— Ele depende de morfina intravenosa e está sobrevivendo, mas seu tempo é curto. Também está ainda mais louco do que o normal.

Não pude deixar de pensar que o velho herói estava prestes a cumprir o nome de sua antiga banda e estava chegando ao *ground zero*.

Isso foi um choque para mim em vários sentidos. Eu passara a depender da venda de suas obras de arte, que me proporcionavam uma renda estável e segura. Eu adorava Maud, uma mulher de uma doçura que me atraía sempre. Sentia-me à vontade com ela, que tinha a mesma idade que eu, ainda era bonita, serena e imensamente gentil. Isso trazia outra emoção que eu sempre sentia quando via seu rosto depois de um longo período: a excitação sexual. Nunca fiz nada quanto a isso, mas sei que ela percebia a minha vulnerabilidade diante de sua presença. Ela não se aproveitava de mim. Uma vez ela colocou a mão no meu joelho enquanto me consolava por uma pequena crise pessoal e meu coração começou a bater tão rápido que pensei que ia ter um ataque.

Eu sabia que essa atração deve ter me influenciado desde o dia em que nos conhecemos. As pinturas do Velho Nik podiam, pelo que eu sabia, ter sido produzidas sob encomenda em uma fábrica em Lahore, a cidade paquistanesa com pelo menos uma excelente escola de arte. Da mesma forma, podiam ter sido produzidas em série em Taiwan. Nem eu nem meus clientes daríamos a mínima importância. A prestigiada assinatura de Nik inspirada em Tolstói era tudo o que era necessário para validar seu processo.

— Só conheci Walter de passagem — lembrou-me Maud. — Eu gostaria muito de falar com esse rapaz. Se está tão influenciado por Nik, seria bom eu conversar uma ou duas horas com ele.

Senti uma pontada de ciúme e prometi a mim mesmo que essa reunião não seria um show montado por mim para me exibir.

## Capítulo 15

O show que consegui montar começou numa quarta-feira às duas da tarde com Crow rodando pelo Sheen em seu Lincoln Continental Mark II preto de 1956. Não havia vagas de estacionamento gratuitas na rua, mas Floss estava no haras, então ele parou na pequena entrada de carros deixando o porta-malas do enorme cupê aberto tomando a calçada, o que fazia com que as mães locais com seus carrinhos de bebê tivessem que desviar-se para a pista. Não fazia sol, mas o dia estava quente, e ele e Walter se abraçaram na porta da frente com um certo constrangimento da parte de ambos.

Logo estávamos sentados tomando café na frente da entrada do labirinto de Walter e colocando o papo em dia. Walter segurava um laptop nervosamente. Crow contou sobre seu divórcio com Agneta, enquanto Walter falou com carinho sobre Floss. Crow falou sobre sua banda e o fato de quase nada ter mudado para ele em quinze anos, e a rapidez com que o tempo parecia passar. Walter falou sobre o seu jardim e depois mostrou-o a Crow rapidamente. Crow era um cara direto, não tinha tempo para sutilezas. Ele podia ser franco e brusco, mas não guardava rancor de Walter. Sem demora, ele passou para o assunto em questão: Walter estava compondo. Crow queria ouvir o que ele havia gravado.

Walter tergiversou. Houve muitos preâmbulos nervosos. Ele tinha noção de que Crow não saberia o que fazer com a demo de paisagens sonoras que criara com base no que estava ouvindo em sua mente. Ele próprio sentia que era um trabalho inacabado, um tilintar de piano, sem refletir verdadeiramente o que ele esperava alcançar, com mais tempo e recursos. Walter tinha consciência de que Crow entendia muito mais de música do que aparentava. Foi apenas com a Stand que ele insistira naquela política estreita que daria força à banda.

— Lembre-se de que tudo o que estou fazendo é uma obra em progresso, Crow — disse ele. Crow assentiu, olhando para baixo. — Você leria as descrições? Elas dão uma ideia muito melhor do que estou ouvindo.

— Me dê um crédito, Walter — reclamou ele. — Eu sei o que você é capaz de fazer. Trabalhei anos com você. Apenas toque alguma coisa. Vou ler as descrições à medida que avançamos. Paisagens sonoras que você chama, não é? A palavra "sonoras" já me interessa. Você pode dar as paisagens para Patty. — Ele deu uma gargalhada entremeada com tosse e sua piada limpou o ar.

— Farei isso, pode deixar — disse Walter. — Eu lamento, mas o que você vai ouvir agora não é convencional. Não são canções. Se eu sento para tocar piano, assim que encontro uma boa melodia ou uma sequência interessante e atraente de novos acordes, minha mente se transforma em caos e desordem. Se resisto a isso, piora e simplesmente tenho que parar de trabalhar. Se eu me permitir aceitar o que estou ouvindo, tudo começa a tomar forma e posso escrever o que ouço e, depois, tentar juntar os sons e gravar uma *mélange*.

— Uma o quê? — Crow sabia muito bem o significado de *mélange*. — Blancmange?

Walter abriu o laptop.

— Você não está gravando na merda de um computador agora, está? — Crow soltou outra gargalhada, recostou-se na cadeira e sua antiga personalidade brilhou outra vez. Ele era um pub rocker ludita. Para ele, "gravação" sempre envolveria rolos de fita, uma mesa de mixagem com controles como um avião de guerra e muita fumaça de cigarro.

— Quando saí da banda, eu me desfiz do meu antigo equipamento de gravação — explicou Walter.

— Você sabe mexer nessas coisas? — Crow olhava para os padrões coloridos na tela do laptop.

— A curva de aprendizado foi íngreme — admitiu Walter. — Lembre que eu fiquei trabalhando no meu jardim por muito tempo. Normalmente, eu só ligava o computador quando queria encomendar plantas.

Walter contou a Crow que havia tentado ler livros inspiradores e trabalhar em programas destinados a ajudar artistas com bloqueio criativo.

— Eu precisava encontrar uma forma de desbloquear a arte.

Crow tentava não rir. Ele não gostava de músicos que usavam a palavra "arte". Música era música. Arte era outra coisa. Arte era o que os críticos de música procuravam em toda a música pop, inclusive no pub rock, ainda assim ficavam irritados quando algum artista ambicionava fazer arte. Definir o que era e o que não era arte não era papel do músico. Cabia ao crítico.

— Você deveria conversar com Siobhan — disse ele, com uma pontada de sarcasmo. — Ela sempre achou que você poderia ser o novo W.C. Yeats. Ela sabe o que é *arte*.

— Acho que você quis dizer W.B. Yeats — corrigiu Walter. — Eu na verdade não tenho mais muito contato com Siobhan. Louis fala com ela às vezes. E Selena, é claro.

— Estou brincando com você, Walter. — Crow riu de novo. Ele trocou um olhar comigo. Eu sabia que ele tinha dormido com Selena. Ele piscou para mim como para garantir que eu continuasse guardando segredo sobre isso. Depois acendeu um American Spirit e soprou uma nuvem de fumaça no ar. — Como estão as coisas com Floss? Ainda apaixonados?

Walter hesitou um pouco.

— Sim — disse timidamente. — Ainda. Tudo está bem. Passamos muito tempo separados, mas parece funcionar.

Não soou convincente. As fofocas sobre as vidas separadas que ele e a mulher levavam o incomodavam. Walter confiava em Floss, mas os amigos e clientes dela do haras não. Sabia também que Crow estava brincando com ele, mas tinha esquecido de como lidar com isso. Ficou evidente que sentiu necessidade de esticar o assunto, de ser mais assertivo.

— Sou muito feliz com Floss, de verdade — disse ele. — Ela é uma estrela completa, incrivelmente bonita, e sempre brilhante, vibrante. Ainda cavalga, trabalha no haras e ensina também.

Crow inclinou-se para a frente. Será que sentiu que Walter tinha algo a dizer que poderia exigir que ele parasse de agir como um idiota?

— Parece que estou sempre esperando a volta dela para casa — confessou Walter. — Ela é uma ótima amazona. Participa de todos os principais eventos e provas de cavalos. Badminton e tudo mais.

— Ah, sim! — Crow fez uma cara lasciva. — Aquelas calças de montaria justas. Na ausência dela, você devia se consolar lendo os romances de Jilly Cooper.

Mas Walter estava falando sério. Ele não conseguiu captar direito a malícia grosseira de Crow e nem tentou.

— Eu recentemente comecei a sentir que a vida está passando, que algo está faltando.

No entanto, Walter percebeu que Crow olhava para o infinito, não estava mais ali. Se ele não mostrasse logo alguma coisa, Crow largaria o café e iria embora. Walter não estava desesperado para ser julgado, mas até aquele momento ninguém escutara o que ele começara a gravar. Nem mesmo eu. Só havia suposto que eu precisava convencer Crow e os Hanson a restabelecerem contato. Até agora, eu só tinha lido as descrições da paisagem sonora, que eram impressionantes.

Walter conduziu Crow e a mim pelo labirinto, onde durante quinze anos ele exercera sua criatividade de uma maneira natural, fácil e espontânea, e entramos numa casa pré-fabricada semelhante a um gazebo que ele usava agora como estúdio. O som dos passos ecoava um pouco e, à primeira vista, não havia nada no estúdio além de um piano de cauda Yamaha e sua banqueta. Pela janela, vi Walter pousar o laptop em uma mesinha no canto oposto, ao lado de pequenas caixas digitais. Crow olhou em volta procurando por um sistema de som. Eu o vi perceber que Walter havia embutido alto-falantes nas paredes, como alguém que quisesse ouvir música, mas não quisesse caixas de alto-falantes grandes e fios atravancando o que antes era uma sala de estar de classe média. Isso não é o sistema de som de um músico, Crow devia estar pensando. Isso é um conceito de designer de interiores. Mas não disse nada. Não havia outro lugar para sentar, exceto a banqueta do piano, que ele pegou. Walter ficou nervoso junto à mesa e apertou um botão no computador.

Walter me telefonaria depois, dizendo estar satisfeito com o modo como tudo transcorreu. Crow não gostou das demos daquela música primitiva e artística. Que não passavam de trinados eletrônicos e ruído branco entremeados com um estranho piano dissonante. Mas Walter também não gostava muito do que fizera, ele ainda estava se esforçando para tirar uma música do que havia escrito. Mas disse que Crow levou tudo a sério. Com as descrições das paisagens sonoras no colo, lendo e escutando ao mesmo tempo, Crow foi o primeiro a ler e ouvir uma aproximação em estado bruto do que se passava dentro da cabeça de Walter sempre que ele tentava compor uma música.

— A melhor parte — disse Walter — foi que Crow pediu para levar uma cópia dos ensaios para casa. Queria mostrar à Selena, disse que ela adoraria.

\* \* \*

Cego. Há apenas som. Cego pela luz. Luz ardente. Por toda parte há pequenas criaturas mecânicas zumbindo, soando como minirrobôs sofisticados, mas com motores dentro do corpo, desacelerando lenta e continuamente. Aeronaves maciças, conduzidas pela brisa sibilante, por motores roncando que parecem pequenos demais para o trabalho. Gansos voando, grasnando pela defesa do território, como a ave verdadeira, mas visivelmente alimentados por algum tipo de complexo mecanismo de múltiplas engrenagens. Eles mergulham, gritam e se espatifam, um por um. Barcos pequenos forçando passagem por blocos de gelo. Rangendo até parar, depois sendo inevitavelmente esmagados pelo gelo avassalador. Pequenos insetos, também movidos artificialmente, zumbem, voejam e zunem pelo ar, quicando em janelas e paredes, em seguida despencando em espiral até o chão. Homens mecânicos, tão reais quanto os humanos, caminham devagar fluindo e até marcham pelas estradas, seus macios motores hidráulicos silvando e borbulhando de forma quase imperceptível. Vozes artificiais, conversas sobre arte e vida, emoções e sentimentos, as frases tornando-se aos poucos incoerentes e distorcidas, a linguagem mais absurda. O som de uma Era do Gelo que se aproxima, o assobio cada vez mais forte do vento glacial, o gelo crepitando. Por fim, um pequeno trenó de neve, não tripulado nem mesmo por um manequim robótico e fora do controle de quem um dia o conduziu, segue por uma rua congelada, derrapando no gelo preto e branco e se espatifando numa árvore. A rotação do motor movido a gasolina diminui e a esteira lagarta geme até ele morrer. Um trio de pinguins cantores, ou avestruzes, emas ou alguma outra ave não voadora, com vozes incrivelmente femininas em uma harmonia inquietante, desce pela rua, deslizando e derrapando, casquinando e gargalhando, sua música uma espécie de gargalhada insana. Eles são interrompidos por alguma coisa invisível e param de cantar fazendo ruídos de surpresa e decepção como crianças interrompidas numa brincadeira para irem para a cama: ah, não, oooh, ooo-ah, que merda, puxa, droga, nããão etc. Isto é última coisa que ouvimos do mundo mecânico de uma porta de geladeira, um portão automático e um carro de brinquedo controlado por computador. Na verdade, é o fim dos brinquedos, dos robôs, das máquinas não pensantes e não sencientes. Estamos ouvindo o último de nossos pequenos ajudantes. Indefeso.

Selena contou-me que Crow tinha levado as paisagens sonoras para a casa dele, onde ela o esperava disposta a foder a noite inteira se ele também estivesse com o mesmo ânimo. Quando entrou, ele as jogou em cima dela.

— Pronto, querida — provocou. — Os mais recentes peidos cerebrais do seu amado Walter. Na verdade, devo admitir que o trabalho dele não é de todo ruim.

Fiquei sabendo um tempo depois que Selena intuiu exatamente o que fazer com a descrição das paisagens sonoras. Ela confessou isso. Ao lê-las, ela disse que conhecia alguém que seria capaz de ajudar Walter.

— Siobhan ficará emocionada ao pôr as mãos nesse material — disse ela a Crow. — Ela saberá a melhor forma de desenvolver isso.

Crow deixou que Selena fizesse cópias de cerca de dezenove páginas e ela — parece óbvio agora — as enviou à sua irmã literária. Siobhan conhecia as pessoas certas. Nos seus tempos de BBC, ela havia estabelecido muitos contatos em todo o mundo das artes, não só do jornalismo.

Ao ler pela primeira vez as paisagens sonoras, Siobhan entendeu na mesma hora que Crow não poderia de fato ajudar Walter. Frank Lovelace não ajudaria, enquanto Steve e Patty Hanson tentariam transformá-las em uma ópera rock ou algo do gênero. E Floss vivia ocupada demais com prolongados fins de semana de adestramento, ou talvez sem adestramento nenhum, se os boatos tivessem um fundo de verdade.

Siobhan era outra que ainda amava Walter e ainda esperava vê-lo reerguer-se. Sem dúvida, ela perdera as esperanças em mim e nas minhas tentativas canhestras de inspirar e fortalecer a concentração do meu afilhado com minha abordagem de valorizar sua loucura e o potencial a ser extraído dela. Siobhan realmente saberia o que fazer.

— Selena — disse ela, animada, ao telefone. — Você não está vendo?

— Vendo o quê? — Selena ficou perplexa.

— O pai de Walter, Harry — disse ela. — Ele é perfeito pra isso.

Que ato de gênio! Harry. Quando Harry me ligou alguns dias depois de receber o material enviado de Waterford, ele estava empolgado com a extraordinária efusão criativa que seu filho havia demonstrado e já estava começando a pensar em como colaborar. Harry percebeu que o filho finalmente havia feito algo de que ele poderia participar, algo que ele podia entender e desenvolver, e assim — a princípio com partitas para órgãos que lembravam algumas das músicas mais radicais que ele já havia executado — começou a compor partituras orquestrais. Harry Doxtader, organista supremo, pela primeira vez na vida poderia fazer algo pelo filho que ninguém mais poderia. Ele era capaz de compor uma música sóbria, sombria, audaciosa, destemidamente precisa e impressionista que daria vida ao que Walter havia descrito. Um presente de pai para filho.

— Esse material é uma loucura — disse ele —, mas está muito bem escrito. É audacioso. Partes dele são bastante pretensiosas, exageradas, mas tem sido fácil usar as descrições como instruções para a música. Eu já compus a primeira das três peças. Estou usando órgão, orquestra e coro convencionais, e alguns instrumentos incomuns que outros já usaram antes, como placas que evocam o som de trovão e coisas assim. Estou me divertindo muito. Estou me conectando emocional, intelectual e espiritualmente com meu filho pela primeira vez na minha vida. Sai da frente, Louis! E Deus te abençoe!

Foi uma época comovente para mim. Um mês e pouco mais tarde, Harry havia não apenas composto a maior parte das paisagens sonoras mais claramente descritas, como também feito gravações orquestrais impressionantes delas. Como organista, maestro da orquestra e do coro, ele tinha tudo ao seu alcance. Harry me disse depois que gastara cerca de trinta mil libras em tudo.

— O mínimo que posso fazer — disse ele rindo. — Tirei isso do que deixei para Walt em testamento.

No início de 2012, Walter sentou-se para ouvir pela primeira vez. Eu estava lá com ele em seu estúdio quando ele enfim ouviu todas as peças como uma só, mas seria impossível para mim tentar explicar sua reação. Basta dizer que ele sentiu-se transportado. Seu pai havia entendido o que ele estava sentindo e capturara a imensa intensidade de sua estranha conexão com as pessoas assustadoras do Sheen. As gravações eram transcrições literais do que Walter havia escrito, música feita com o que ele descreveu. É claro que poderia não ter sido exatamente o que Walter ouvira, mas aproximava-se muito. Pai e filho haviam se conectado, talvez em uma espécie de inferno. Mas um inferno de arte, ciência, consciência social e empatia política pelas pessoas do oeste de Londres com quem eles compartilhavam sua vida cotidiana.

Então houve uma segunda audição para Crow no estúdio de Walter. Crow estava bastante orgulhoso da solução que havia arquitetado para Walter por intermédio de Selena. Eu estava presente, muito nervoso. Ansioso para servir de mediador, se necessário.

Por toda parte há pequenas criaturas mecânicas zumbindo, soando como minirrobôs sofisticados, mas com motores dentro do corpo, desacelerando lenta e continuamente. Aeronaves maciças, conduzidas pela brisa sibilante por motores roncando que parecem pequenos demais para o trabalho.

Quando a paisagem sonora parcialmente concluída terminou, pude ver que Crow queria — desesperadamente — quebrar o doloroso silêncio que se seguiu com uma piada. Ele queria dizer, Walter, muito legal, vamos tirar sua jaqueta de couro do guarda-roupa e vejo você no palco do Dingwalls às nove e meia da noite. Em vez disso, ele se levantou, caminhou até Walter, que estava olhando o chão, colocou a mão no ombro dele com surpreendente delicadeza.

— Este é o trabalho do seu pai, não é, Walter?

Eu pulei rapidamente.

— A experiência de Walter é extraordinária. Ele está conectado com as pessoas que o cercam. Veja as descrições da paisagem sonora.

— Eu vi — disse Crow. — E vejo meu velho amigo nelas. Mas não o escuto na música. Selena consertou isso. Siobhan passou para Harry. Genial.

Ele virou-se para Walter.

— Você sempre se preocupou demais com o planeta, parceiro. — Ele apontou para o computador e os alto-falantes. — Não é possível orquestrar para violinos e metais, ou órgão clássico. Em comparação, você e seu pai fizeram Stockhausen parecer Abba. A mesma merda de sempre, mas pesado pra caralho. Ótimos sons.

Não foi um grande cumprimento para Walter, o seu ex--parceiro de banda.

— Steve precisa ouvir isso, Walter — continuou Crow, gentilmente. — Ele saberá exatamente como fazer isso funcionar para uma banda.

Walter olhou para cima e havia lágrimas brotando em seus olhos.

Crow quebrou o encanto.

— E é claro que vamos precisar da porra de umas canções para amarrar tudo isso e aliviar a porra do clima. Deixe isso pros outros adultos da sua vida passada. Eu, Steve e Patty faremos com que dê certo.

Crow saiu apressado e voltou mais tarde no mesmo dia com Hanson a reboque. Walter e eu estávamos esperando.

— Walter — suspirou Hanson, segurando seu velho amigo em um abraço de urso. — Como você está?

Hanson estava um pouco inchado e seus cabelos ralos, compridos. Ele parecia um pouco tonto enquanto andava pela sala e tive a sensação de que a qualquer momento poderia cair devagar e graciosamente, como uma chaminé condenada. A certa altura, ele pegou uma cigarreira de prata que devia estar cheia de baseados prontos para fumar, depois repensou no último minuto e fechou-a. Seus olhos estavam desfocados. Não estava bêbado, apenas parecia suntuosa e dissonantemente acabado, como um grão-duque russo da época dos Romanov. Seu casaco mais parecia uma capa luxuosa bordada com fios que brilhavam em ouro e prata.

Os três homens da antiga banda caíram facilmente no mesmo tipo de conversa de ocasião que Crow e Walter tiveram no início do dia. A conversa foi um pouco mais fácil para Walter, porque a banda de Hanson era famosa, sempre presente na televisão e no rádio. Talvez ele também estivesse pensando que Steve e Patty tinham ficado felizes em seguir em frente e encontrar o que sempre almejaram.

Após essas preliminares, Steve girou em um círculo, observando o estúdio quase vazio. Ele estava segurando uma garrafa de Evian e dispensou a oferta de bebida alcoólica.

— Patty me disse que você estava fazendo coisas novas e corajosas. — Ele gesticulou para o espaço limpo e aberto. — Eu adorei! Apenas um piano e um laptop. Deve ser um desafio para você ter novas ideias.

Ele sentou-se ao piano de cauda Yamaha e tocou um floreio evidentemente para testar o piano em si e o som reverberante do estúdio, não para mostrar suas próprias habilidades. Mas, apesar do seu cansaço, ele obviamente ainda era um músico muito competente.

— Ótimo som aqui, bom piano também. — Ele assentiu enquanto se levantava, cambaleando como uma árvore velha sob um vento forte. — Inspirador.

Crow olhou para Walter. Seu amigo estava parado em silêncio, imóvel. Crow olhou para as mãos dele e viu que dois de seus dedos estavam se movendo, tremendo em um movimento nervoso. Ainda tratando Walter com uma delicadeza incomum, ele colocou a mão no ombro do amigo.

— Você está bem?

Walter assentiu, olhou para cima e sorriu. Ele voltou-se para Hanson.

— E você e Patty — disse, calmamente. — Vocês fazem um trabalho e tanto. Como estão?

Hanson estava se esforçando para não se vangloriar, mas quando começou a falar sem parar sobre a Hero Ground Zero e os triunfos que eles desfrutaram nos últimos quinze anos, coube a Crow trazê-lo à terra.

— Está tudo nas fitas hoje em dia — zombou Crow. — Eles não se apresentam mais no palco!

— Computador, você quer dizer. — Hanson não deixou passar. — Não fitas. Todo mundo usa computadores agora. Você precisa usá-los para sincronizar o vídeo.

— Ah, sim, o vídeo — riu Crow. — Estamos pensando em quebrar alguns aparelhos de televisão no Dingwalls para lembrar os anos 1960.

Suas piadas eram, em certo nível, afetuosas, mas também precisas: Hanson havia faturado muita grana e vendido quantidades gigantescas de CDs, mas os tempos estavam mudando. De qualquer forma, a Hero Ground Zero era horrível na opinião de Crow. Hanson riu, contando com a afeição de Crow, mas todos que haviam acompanhado a extrema divergência entre os membros da Stand após a partida de Walter sabiam que Crow nunca iria se segurar. Ele falava o que achava ser a verdade. Hanson nunca retribuiria as críticas porque a Stand também era sua banda, e por muitos anos foi um defensor apaixonado do que eles haviam feito. Hanson não era imutável como Crow. Ele nunca falou muito. Para aqueles que são tão bem-sucedidos quanto Hanson, não havia muito a dizer aos detratores. Melhor apenas deixá-los reclamar. Enquanto Crow dirigira até o Sheen em um carro americano velho absurdo e anacrônico que poluía o ar e usava dez galões de combustível para vir de Camden Lock, Hanson dirigia um poderoso híbrido Lexus esportivo que custava tanto quanto um Porsche. Mais tarde, Walter me disse que achava que os dois eram loucos, mas ele mesmo nunca dirigia a lugar algum, exceto para o viveiro local de horticultura e ia de scooter, suas compras sendo entregues em domicílio.

— Hanson — disse Crow, rindo. — Quinze anos e nada mudou mesmo. Você ainda está evitando o principal. Nós somos apenas músicos. Isso é tudo.

— Você tem razão, Crow — concordou Hanson, parecendo ceder. — Nós dois sentimos que estivemos em um círculo amplo, um grande arco, e acabamos voltando a encarar o básico. Precisamos de músicas boas. Mas você sabe que para Patty e eu tudo aquilo era inevitável. Você pode chamar nossa jornada de pretensiosa, e talvez esteja certo, mas fizemos o que tínhamos que fazer.

Walter parecia satisfeito em ficar de fora daquela discussão. Talvez tenha ficado surpreso com a facilidade com que retornara ao seu antigo papel de *front man* da banda e sentiu um pouco da dignidade dessa posição retornando. Então Crow, impaciente como sempre, virou-se e olhou para ele.

— Você vai mostrar para Hanson o material que eu ouvi?

Walter sabia o que esperavam dele e o que tinha que fazer. Sem dúvida também sabia que Hanson seria um ouvinte muito mais receptivo do que Crow.

Quando Walter tocou a barra de espaço do seu laptop para começarem a ouvir a paisagem sonora composta por seu pai, o mix de música e efeitos sonoros perturbadores, ele percebeu como era estranho aquele dia: seus antigos colegas de banda reunidos para ouvir algo que ele havia "escrito" após um hiato de quinze anos. O nome disso era amizade, no mínimo. Eu poderia afirmar que ele confiava que seus dois antigos parceiros fossem compreensivos, mas sinceros. Ele sabia que estava expondo sua vulnerabilidade, mas também sabia que estava sendo fiel a quem realmente era como artista, e que havia mudado, por qualquer razão que fosse. A expressão de Steve Hanson enquanto ouvia o que Walter havia feito dizia isso. Seu rosto, a princípio, endureceu, depois seus olhos se estreitaram e brilharam. Quando acabou, ele virou-se para Walter, olhou para Crow, depois para Walter.

— Porra, cara! — Hanson deu outro abraço de urso teatral em Walter, depois afastou-se um pouco segurando-o com dois braços fortes. — Crow estava certo. É pesado pra caralho.

Ele estava repetindo o que Crow disse, mas com uma perspectiva totalmente diferente: ficou claro que ele pensava ter descoberto o Santo Graal.

Um estalo de trovão sacode o horizonte, até as nuvens parecem tremer. O relâmpago faísca e ilumina tudo, caindo no pináculo da igreja distante, quase invisível em meio ao açoite da forte chuva. Árvores enormes se racham, seus galhos tombam. O vento arromba janelas, sacudindo-as com baques surdos, como se grandes almofadas molhadas estivessem sendo arremessadas contra elas. Não há nada para ver, somente tons cinzentos, uma espécie de escuridão iluminada pelo som. O vento carrega destroços, folhas, galhos, pinhas que se chocam com paredes, árvores e mergulham no lago. Pequenas construções, galpões e celeiros são destruídos e, em seguida, suas partes frágeis voam e ficam girando no ar até se espatifarem no solo. No lago, a chuva desaba na água com tanta força que aplaina os borrifos que provoca na superfície assim que a atinge. Pedras de granizo batem nos telhados de zinco dos celeiros restantes; os animais estão inquietos, vacas, ovelhas, cavalos, porcos gemem assustados. Os collies da fazenda começam a uivar, presos a uma corda ao ar livre porque, inacreditavelmente, ainda é verão. Eles estão encharcados, amontoados, infelizes. Dezenas de relâmpagos cintilantes iluminam a raiz das árvores arrastadas pelo vento, refletidas no lago, e iluminam nuvens escuras e cinza ao mesmo tempo. As nuvens parecem se deslocar num movimento de abrir e fechar em alta velocidade, como um filme acelerado. O vento fustiga a água acumulada no gramado da casa com tanta violência que ela é atirada nas janelas como correntes de metal vergastando a própria casa. A água transborda por barrancos, entope esgotos, inunda os caminhos de tijolos e corre como um rio sobre a grama. Os trovões soam como tiros sucessivos de metralhadoras, inimaginavelmente rápidos, profundos, impossíveis. Uma onda de água aberrante e monstruosa, parecendo gigantesca como um meteoro vindo do espaço, atinge o solo com tanta violência que o próprio tempo parece perder uma pulsação, depois se recupera e volta a correr, implacável. O espaço está sendo dobrado, curvado, por raios, chuva e trovões. A natureza, criada por alguma manifestação de Deus, está desafiando o mesmo Deus a detê-la, a desdenhá-la: "Isso também passará." Porque parece que essa tempestade nunca passará. Desde o princípio, ela só aumentou de intensidade e volume, sem um segundo de pausa, nenhum sinal de que poderia desistir. Então, o trovão mais aterrorizante que já se ouviu desde o início dos tempos, o mais alto do que qualquer outro antes, parece estourar nossos tímpanos e a tempestade acaba.

# Capítulo 16

Eu me vi no velho e querido Le Caprice alguns dias depois, almoçando com Selena. O que era aceitável, creio eu. Afinal, eu era um homem solteiro. Fiquei lisonjeado com o convite e a companhia dela, e satisfeito ao ver os olhares de inveja dos homens à minha volta e faíscas malévolas nos olhos de suas acompanhantes. Selena aparentava ter metade da minha idade. Ela era uma daquelas mulheres extraordinárias que parecem estar acima do processo de envelhecimento. Nunca teve cara de jovem, mesmo na juventude, e agora não parecia mais velha, apesar de não ter feito nenhum esforço aparente com o cabelo ou a maquiagem. Aos 36 anos, parecia apenas um pouco acima do peso, mas ainda bonita. Eu me sentia todo vaidoso, suponho, sentado em um canto tranquilo ao lado de uma parede espelhada no movimentado Le Caprice.

Foi ela que me convidou. Queria que eu soubesse que não estava mais com Crow. Ela dormira com ele apenas uma vez e sabia que eu sabia. Só isso?, fiquei me perguntando. Havia mais. Contou-me que Walter tinha uma "entidade". Ou seja, uma alma desencarnada o acompanhando, vivendo indiretamente através dele sempre que possível. Como a entidade de Ronnie? Não, não como Ronnie. Ela estava falando muito sério. Walter, ela achava que eu devia saber, era *o único amor de sua vida*. Foi assim que ela definiu. Sabia que eu entenderia, enquanto outros não seriam capazes. Eu trabalhava com artistas que alegavam ser visitados por anjos, demônios, ou que podiam ouvir vozes. Eu os levava a sério, e o trabalho deles também; será que eu poderia de fato ver que Walter estava sujeito ao mesmo tipo de possessão? Algo aconteceu que fez com que ele mudasse; uma porta da percepção abriu-se nele e ele não conseguiu lidar com isso. Por isso desistiu de ser criativo e há quinze anos exercia sua criatividade só no seu jardim.

Selena podia ser difícil de interpretar. Eu via que sua obsessão por Walter ainda era forte, mas por que estava se voltando para mim? Era quase como se estivesse me dando um aviso, me preparando para algo terrível que ela podia pressagiar.

Sou um marchand, mas não posso fingir que entendo o que as pessoas que represento estão passando. Tive minhas próprias experiências, é claro, e sabia que era muito fácil atribuir tudo às drogas. As drogas também abriram uma porta para mim e, aos poucos, quando a porta se fechou, eu me adaptei e consegui viver uma vida mais normal. Mesmo assim não consegui esquecer o que tinha visto, o que havia experimentado. Não poderia anular o fato de que a pragmática Rain, uma jornalista ainda por cima, seguira uma trilha que levava a cabeceira de nogueira de uma cama antiga, com todos aqueles rostos gritando, de volta às inquisições brutais e apavorantes do papa no século XIII. A intuição e a crueza psíquica operaram em mim em algum nível, e os fatos reunidos por Rain pareciam corroborar isso; os fatos seguiram os sentimentos. Isso era uma prova irrefutável, pelo menos no que dizia respeito a mim.

Então, era possível que Walter estivesse "possuído", como Selena alegou? Quem sou eu para discutir? Eu não tinha certeza se isso importava enquanto ele estivesse vivo e razoavelmente satisfeito. Sim, era verdade que Walter estava se esforçando em seu novo caminho na arte, lutando contra os rigores de seu retorno à música como compositor, embora com a colaboração do seu brilhante pai. Mas por que Selena seria tão solícita? Selena, que sempre afirmara poder ver anjos, que aparentemente tinha um anjo que a acompanhava a cada passo difícil da vida cotidiana, que não estava ficando um pouco acima do peso e sim "grávida" de tantas exposições de anjos, um congestionamento, ela disse, de vozes tentando falar com uma sociedade errante e almas perdidas. Entendi o que Selena estava dizendo — afinal, eu representava Nik e levei a sério as visões que ele teve no alto da montanha Skiddaw —, mas que diabos ela queria que eu fizesse?

Selena deve ter notado minha mente vagando. Alguns minutos antes, o garçom havia trazido meu prato principal que permaneceu intocado.

Ela se inclinou para perto de mim, como se quisesse bloquear as conversas dos outros clientes do Le Caprice, seu lindo rosto a centímetros do meu quando sua voz caiu para um sussurro paranoico e conspirador.

— Floss tem segredos — cochichou.

Fiquei mais perturbado com essa ideia do que com a imagem de Walter e uma "entidade" o acompanhando.

— Que segredos Floss pode ter?

Até onde eu sabia, Floss era uma alma simples, uma garota alegre que criava cavalos, embora exibisse um diamante no dente da frente.

Selena recostou-se na cadeira e pensei com um lampejo de raiva que eu não conseguiria arrancar mais uma palavra dela nesse sentido.

— E Walter? — perguntei. — O que você quer fazer? O que quer que eu faça?

Ela balançou a cabeça como se quisesse sinalizar que eu não precisava me preocupar com ele.

— Floss é que pode precisar de você, Louis — alertou. — Ela pode precisar de você muito em breve.

Selena se virou e tomou um gole de vinho como se isso pudesse me ofender. Foi um gesto de desdém.

— Por quê? O que faria Floss me procurar?

Eu estava ficando irritado com aquela linguagem obscura do olho que tudo vê.

— Ah, creio que você e Floss têm um vínculo muito especial, não é? — Ela inclinou-se na minha direção novamente, não tão perto agora, e abaixou a voz mais uma vez. — E Floss pode precisar de você e do seu apoio porque... bem, eu vou finalmente roubar o Walter dela.

Ah, era isso! Sim, claro. Sempre isso. Sim. Eu me vi assentindo com a cabeça como num gesto de aprovação quando, na verdade, eu estava é aliviado por constatar que Selena não havia saído da mesma trajetória já manjada e que de fato nada havia mudado.

Então ela disse algo que realmente estragou o meu almoço:

— Eu sei que você ainda se preocupa com problemas causados por certas circunstâncias embaraçosas do *seu* passado, Louis.

— O que você quer dizer?

— Dezessete anos atrás, no casamento de Walter e Siobhan.

— Sim, eu estava lá — falei. Eu estava tão bêbado na ocasião que mal me lembrava das coisas que aconteceram. — Claro que eu estava lá. Fui o padrinho de Walter.

Selena inclinou-se para trás e, acariciando gentilmente a promessa fantasma de sua barriga inchada, deu o seu melhor e mais inesperado tiro.

— Eu sei que você tem vergonha do que fez.

— Não sei do que você está falando.

Eu me recusei a dar corda à sua sombria insinuação, mas ela plantou uma semente desconfortável. Eu tinha uma vaga lembrança de Selena e Floss, de Ronnie também, circulando pela festa de casamento parecendo precocemente belos e um pouco embriagados. Mas, naquele dia, eu estava a ponto de perder a consciência. Nos recônditos da minha mente, um fiapo de memória, havia drogas que eu fornecia e aplicava, cetamina a pior delas, e havia luxúria, mas provavelmente por Sally, que era mais meu tipo de mulher.

— Não tente me enganar, Louis. Eu vi vocês juntos, Louis, quando você pensou que ninguém poderia vê-lo.

Minha cabeça começou a rodar, mas eu estava alerta o bastante para perceber pela primeira vez que Selena estava tentando exercer algum tipo de controle sobre mim, até me chantageando por algo que eu posso ou não ter feito no casamento de Walter e Siobhan. Fiquei ali, esperando acusações de perversão, que ela me chamasse de velho tarado e nojento, até por concordar em levá-la para almoçar. Então, de repente, ela me surpreendeu.

— Louis — disse ela, com um sorriso doce. — Você gosta de mim? Você se importa comigo? Você me ama como uma amiga?

— É claro que sim — falei, aliviado por ela ter mudado de tom. — Somos amigos, é claro que somos.

— Então me ajude a ganhar o Walter. Por favor.

— Não tenho nenhuma intenção de ajudar você a ganhar o meu afilhado! — Tentei rir da proposta, mas ela me encarou com uma expressão muito determinada.

— Claro que você quer que Walter e Floss continuem juntos — disse ela, quase em tom de zombaria. — Você e Floss têm um vínculo muito especial, não têm?

Eu tentei acalmá-la.

— Mas eu nunca seria um obstáculo se eles se separassem e você e Walter se apaixonassem.

Não sei se consegui apaziguá-la, mas conseguimos terminar o almoço num clima mais ameno.

\* \* \*

O ruído surdo de um taco de beisebol batendo em um melão. Um machado silva no ar e atinge um tronco de árvore. Um facão corta o matagal cerrado e frondoso. Uma pá crava seu bico na terra. Uma lâmina corta a garganta de um porco, o sangue jorra ruidosamente enquanto o animal guincha. A chuva começa, de cassetetes caindo sobre ombros, almofadas, cabeças, quebrando janelas, sobre ossos, crânio, malares, braço e dorso da mão. Passos fugindo, passos perseguindo. Uma caçada. Uma clareira. Uma clareza. Uma limpeza de bosques, selvas, animais selvagens, corpo e alma humanos. E em seguida, o baque, o clique, o clangor de interruptores gigantescos sendo acionados, o zumbido da claridade e dos elétrons. Cego novamente, pela claridade, pelo futuro, pelo medo, pela ansiedade e vergonha.

Walter me revelaria tempos depois que logo no dia seguinte Selena o havia convidado para a mesma mesa no mesmo restaurante. Floss e Ronnie estavam fora na ocasião em um passeio a cavalo organizado, estranhamente na mesma região de Lake District onde o Velho Nik havia vivido como um errante por muitos anos. O que Selena contou a Walter foi tão perturbador para ele quanto tudo o que ela me disse.

— Ronnie tem uma entidade.

Walter deu uma gargalhada e começou a vasculhar sua bolsa a tiracolo, tentando encontrar o cartão de crédito para pagar o almoço.

— Ele está possuído por um espírito trevoso que só consigo ver quando Ronnie se afasta de mim para ir embora. A entidade vive à volta dele como uma sombra, literalmente. Ronnie é um homem de bom coração em muitos aspectos, mas é uma fraude.

Walter disse que mal pôde acreditar no que Selena estava tentando lhe dizer.

Selena soltou a bomba:

— Ronnie finge ser gay, mas na verdade ele é cem por cento heterossexual com uma fila imensa de conquistas femininas entre as clientes do haras.

Walter parecia incrédulo. Ronnie havia começado recentemente a usar itens de vestuário feminino. Ele gostava especialmente de saltos altos e até começou a brincar que faria a transição de gênero.

Selena ainda não dera o seu golpe final.

— Ronnie e Floss são amantes. Todo mundo sabe.

As inseguranças mais profundas de Walter foram desencadeadas naquele momento.

— Eles devem estar fazendo amor agora mesmo.

Walter sentiu-se mal. Selena estava reforçando todos os seus medos mais paranoicos.

— Como você sabe? — retrucou. — O que você viu? Ou isso é apenas fofoca?

— Não preciso de provas — disse Selena rapidamente, defendendo-se com arrogância. — Não dou ouvidos a tititi. Eu simplesmente sei.

Walter sempre esteve determinado a manter Selena a uma certa distância. Ele a considerava uma irmãzinha rebelde — e talvez meio doida. Ele e Floss transavam de vez em quando e, mesmo assim, isso não acontecia há muito tempo — e ele era apenas humano. Sentia-se vulnerável, invejando Ronnie por passar mais tempo na companhia de Floss do que ele.

Selena pôde ver sua oportunidade escapando, então avançou mais uma casa.

— Você também — disse ela com segurança. — Você também tem uma entidade. Eu posso vê-la agora. Uma alma desencarnada parasita que se expressa através de você. É ela que está fazendo com que você se sinta louco. Está deturpando e distorcendo a sua criatividade.

Walter não se convenceu, mas de certo modo ansiava por alguma explicação do que estava acontecendo com ele.

Selena viu aí mais uma oportunidade. Quando ela se inclinou para a frente, seu vestido folgado se abriu um pouco e Walter disse que mal conseguiu desviar o olhar da nova voluptuosidade de seu decote e do brilho lascivo em seus olhos azul-esverdeados.

— Acredite em mim, Walter — disse ela.

De alguma forma, a combinação de sua persuasão mental mágica com o tamanho de seus belos seios ganhou consistência. Walter confidenciou-me mais tarde que ficou com muito medo de chorar.

Vinte minutos depois, a conta paga, Selena pegou Walter pela mão, levou-o até o carro dela e foram para o Sheen. Mais tarde, separadamente, em diferentes ocasiões, os dois me contaram o que aconteceu a seguir. Quando eles chegaram na frente da casa, ela estacionou com cautela na entrada para carros coberta de plantas, desligou o motor do seu VW velho e detonado, ergueu o vestido como se estivesse se preparando para sair do carro e beijou-o ávida e apaixonadamente. Por fim, ela teve certeza de que começara a fechar o círculo que havia se iniciado como um arco lascivo no bar do Dingwalls, quinze anos antes. Ela estava prestes a seduzir o seu pretendente número um. Walter ficou ruborizado, o coração acelerado. Provavelmente sentiu o gosto de Siobhan nos lábios de Selena. Tenho certeza de que ele ficou excitado por lembrar dos lábios e do sabor de uma carne já conhecida. Eles saíram do carro e entraram na casa.

Mais tarde, Walter concluiu que afinal Selena talvez tivesse razão sobre o fato de ele estar sendo dominado por alguma espécie de espírito, porque quando atingiu o orgasmo, nadando na genuína adoração amorosa que se derramava sobre ele de todo o corpo e ser de Selena, Walter de repente não sentiu nada.

— Oh, Deus — ofegou ele. — Eu sinto muito.

Foi como se o seu orgasmo tivesse sido sequestrado, roubado, completamente apagado.

— Meu querido — murmurou Selena, segurando o rosto coberto de suor de Walter em suas mãos. — O que aconteceu?

No que deveria ter sido o bem-estar pós-ato de uma paixão ilícita, o êxtase morfínico que Selena sentiu, Walter, meio sem jeito, deixou escapar a verdade.

— Não foi o que eu esperava — disse ele. — Desculpe, mas por um momento senti como se tivesse deixado o meu corpo.

— Isso é incrível! — Selena na verdade não entendeu o que Walter quis dizer, mas estava começando a perceber que havia algo de errado pela expressão assustada no rosto do amante.

Então ele disse algo tão inesperado, tão fora de hora, tão brutal, que deixou-a sem fôlego.

— Como você pôde trair Floss assim?

A pergunta de Walter não foi tanto uma acusação, mas uma explosão de verdadeira curiosidade. Ou teria sido aquela entidade dentro dele? Tudo vai depender de em qual versão dos fatos eu vou poder acreditar. Selena, Walter sabia, adorava Floss. Mas sua pergunta chocou-o tanto quanto a Selena em um momento pós-coito tão íntimo, e ele percebeu que ainda se sentia um pouco fora do próprio corpo.

Selena poderia facilmente ter devolvido a pergunta absurda a Walter. Afinal, ele estava traindo a esposa. Em vez disso, ela aproximou o rosto dele, segurou-o e olhou profundamente em seus olhos.

— Estamos todos traindo. Floss não está traindo você só com o Ronnie.

Ela estava irritada e se virou para beber um pouco de vinho e acender um cigarro. Seus seios balançaram quando ela jogou-se de volta no travesseiro, soprando fumaça no ar. Como estava impressionantemente bela naquele momento.

— O que você quer dizer? — O coração de Walter começou a acelerar de novo, além do tempo regulamentar. — Tem mais alguém? Outro amante? Não é apenas o Ronnie?

Selena balançou a cabeça.

— Não outro amante, mas Floss escondeu algo de você. É muito importante, e ela escondeu isso de você durante todo o seu maldito casamento.

— Como assim? — Walter estava de pé agora. Seu corpo era magro e musculoso e, aos 45 anos, seu rosto ainda conservava a beleza e a força. Mas sua expressão era a de um menino que tinha visto um fantasma. Ele não fumava e nunca tinha bebido muito, mas naquele momento ficou dando voltas de um lado para o outro, como se procurasse algum objeto em que se apoiar. Não havia nenhum.

— Ela é minha amiga — disse Selena. — Não cabe a mim dizer. Eu não devia ter dito nada.

De repente, ela se lançou na direção dele, começando a chorar, sentindo o impacto do que havia feito.

— Eu te amo, Walter — disse aos soluços. — Sempre amei. Você sabe disso. Era comigo que você deveria estar. Floss é o que é, posso ver por que você se casou com ela, mas vocês dois não têm nada a ver juntos. Ela nunca está aqui. Você precisa de alguém diferente.

Walter interrompeu.

— De uma mulher irlandesa? — Ele estava rindo, mas havia um elemento insano em seus olhos. — Acho que já tentei isso!

Walter vestiu sua calça jeans, furioso. As conclusões pipocavam em sua mente como manchetes de jornais. Hipocrisia, manipulação, fofocas, intrigas. Ela já havia traído a amiga. Como ele poderia saber se tudo aquilo era verdade?

— Por favor — disse ele, quase gritando. — Por favor, não venha me dizer que você recebeu todas essas informações secretas dos seus malditos anjos.

Quando foi precisamente isso que ela começou a fazer, ele abandonou toda a esperança de extrair dela alguma sensatez. Ele vestiu a camiseta, abotoou o jeans, calçou seus sapatos macios e saiu correndo da casa, deixando-a deitada na cama que ele só compartilhara com Floss.

Não era isso que Selena esperava, mas agora ela aceitava que o que havia acontecido fora inevitável. Havia esperado o que parecia uma vida inteira para fazer amor com Walter. Às vezes, seu próprio poder a assustava.

Meses depois, Selena me deu sua versão do que havia acontecido naquele dia. Ela se perguntava como o amor extraordinário que sentiu por Walter por tantos anos poderia ter se transformado em tanta vingança?

Sua confissão, e sua pergunta para si mesma, me fizeram pensar no passado, em minha própria vida. Eu cheguei a amar Pamela de verdade? Ou tudo aconteceu porque ela era sexy demais quando jovem? Eu era jovem também, todo testosterona e libido. Poderia me perdoar se nunca a tivesse amado, mas quando me fiz a pergunta, o mais triste era que eu não sabia a resposta.

Selena conheceu Walter, desejou-o e permaneceu fixada nele pelo resto da vida. Mas eu me perguntava se ela poderia ter certeza de que realmente o amava.

Eu nunca tive tanta certeza assim em relação a Pamela, ou a qualquer mulher.

Acho que Selena ofereceu o seu amor a Walter incondicionalmente, mas a indiferença dele por ela levou-a a medidas extremas. De qualquer forma, ele não era de todo indiferente a ela. Creio que se sentia tão atraído por Selena quanto ela por ele; ele simplesmente tinha uma forma de controlar o que sentia. Não era obcecado por ela como acontecia com Selena — e, no entanto, ela era capaz de exercer um poder sobre ele, o que sugeria alguma vulnerabilidade nele que não era inteiramente sexual.

Por trás de toda a complexidade artística de Walter havia um homem, nada mais que um homem. E esse homem teria se aproximado de ser um santo, se tivesse sido capaz de resistir ao que poucos homens desde os primórdios da criação conseguiram reprimir com sucesso e completamente — a atração pela irmã. Para seu crédito, ele havia resistido a Selena até agora. O problema era que ela via a resistência dele como evidência do quanto a valorizava e respeitava; na verdade, ela considerava essa resistência como prova do amor dele por ela. Ela podia muito bem estar certa. Então, na minha opinião, o que quer que tenha feito, ele não poderia ter resistido a Selena para sempre. E as pessoas do círculo dele, as maledicentes, o condenariam como predador, infiel, mentiroso, um adúltero da pior espécie. Não consigo entrar completamente na mente de Walter. Não sei dizer o que ele estava sentindo quando saiu correndo de casa deixando Selena — triunfante porém apreensiva — prostrada no leito conjugal de sua melhor amiga. Mas quando nos encontramos, quando por fim voltou a Londres, ele descreveu os eventos daquela tarde com Selena.

Tenho um palpite bastante razoável de que, ao dormir com Selena, ele percebeu que na verdade a amava quase tanto quanto ela sempre o amou. E, no entanto, se ele era um homem como eu, posso arriscar um palpite de que o amor que ele descobriu — e depois teve que reconhecer — não conseguiu diminuir seu antigo amor por Siobhan ou seu amor por Floss.

Os homens, embora não todos, são capazes de amar muitas mulheres, não precisamos pesquisar a história do passado para descobrir que isso é verdade. Nem todas as mulheres são monogâmicas inatas ou sexualmente fiéis por instinto. Tudo se resume à conveniência. Os homens querem ter certas mulheres inteiramente para si. Certas mulheres estão dispostas a assinar esse acordo se forem suficientemente enaltecidas e protegidas. Grosso modo, os homens querem exercer o poder; as mulheres querem evidências desse poder e capacidade de canalizá-lo. Selena não era uma nova mulher, ou uma mulher que erguia as armas contundentes empregadas pelos homens. Ela não era feminista em nenhum sentido, mas entendia o poder real. Isso seria amor?

Selena teria compartilhado Walter com Siobhan, certamente o teria compartilhado com Floss. Walter, como qualquer homem, teria sido incapaz de compartilhar qualquer uma delas com mais alguém. Eu sempre dera maus conselhos a meu afilhado a cada encruzilhada vital de sua existência? E se eu tivesse cometido um erro semelhante ao sugerir em 1996 que Walter, sofrendo de sons perturbadores em sua cabeça, deveria conhecer o Velho Nik? Cometi um erro semelhante ao enviar Crow e Hanson para ouvir suas novas composições no início de 2012? Talvez o pai de Walter, a quem eu havia classificado como homem incapaz e relutante em ajudar o filho, de fato tivesse contribuído muito mais do que eu.

Se porventura eu o orientei de forma desastrada, eu o fiz sincera e especificamente em nome de sua arte, e somente isso.

Claro que isso não é inteiramente verdade: eu esperava que, quando Walter conhecesse o Velho Nik, ele pudesse ver que seu casamento com Siobhan havia sido um erro. Eu esperava que ele visse que não apenas ele estava destinado a coisas maiores do que o Dingwalls, mas também a coisas maiores do que escrever alguns poemas bacanas que apenas duzentas ou trezentas pessoas no planeta leriam. Eu sempre me perguntava onde estava o pai de Walter enquanto eu brincava de Deus, mas Harry estava lá o tempo todo.

Bingo olha para mim agora enquanto escrevo. Pelo menos, para o meu amado collie, sou um deus confiável de quinta categoria. Bingo sem dúvida me ensinou o valor da espera. Ele está sempre à espera de uma oportunidade de trabalho. Pegar uma bola de papel amassado que jogo na cesta é questão de vital importância, e ele sempre a pega no ar com elegância e eficiência, voltando rápido para ficar aos meus pés. Não tira os olhos da bola, mas dá umas olhadelas de esguelha na minha direção sem mover a cabeça. Sua arte está cinquenta por cento na captura e cinquenta por cento na sua atitude de alerta, embora aguarde pacientemente o próximo lançamento. Às vezes, a espera do collie é um peso para mim, uma distração. É possível esperar, se alguém ou algum animal está esperando enquanto você espera? O mesmo aconteceu com Walter. Depois de aconselhá-lo a aprender a esperar, e por fim — após anos de jardinagem labiríntica — a agir, eu havia atirado longe uma bola, jogando fora um desafio que estava se tornando complexo demais para ele lidar, e um problema intimidador demais para que eu pudesse agir como seu orientador. Eu não seria de nenhuma ajuda.

Estrelas explodindo. Guerra. Explosões distantes, gritos de dor e pavor. Soldados alemães. Franceses. Ingleses. Afegãos. Iraquianos. Vozes de americanos. Holocausto, apocalipse, guerra, terror. Aviões mergulhando, atirando. Tanques manobrando. Foguetes troando. Motores. Botas marchando. Correndo, se confrontando, escorregando. Paredes desabando. Vozes de crianças. Um correspondente passa informações por telefone celular. Os dados soam como passado-presente-futuro, logo soam como código Morse, máquinas *ticker tape*, celulares. Explosões mais próximas. Mais gritos de dor. Gritos de triunfo. Desfiles de vitória. A multidão aplaude. Em seguida, uma explosão ainda maior, massiva. O despencar de chuva radioativa. Mais aplausos. Mais gritos. A distância, discursos em uma praça da cidade abarrotada de gente. Ditadores, pacificadores, pacifistas, belicistas. O som de famílias implorando aos seus entes queridos, não vá, você não voltará nunca, meu dever, meu dever, meu dever, minha religião, não há outra divindade senão Deus, o único salvador. Mais explosões. Sinos tocando. O som aumentando até uma cacofonia vertiginosa. Por fim, um único sino, lúgubre.

Do leito vergonhoso que ele dividira com Selena, parecia a Walter que havia apenas um lugar para onde ele poderia ir. Floss e Ronnie haviam levado o trailer com reboque para o passeio a cavalo em Lake District, mas o Volvo que ele raramente usava estava nos fundos da casa. Ele pegou o laptop com as gravações de seu pai das paisagens sonoras que ouvira, pegou as chaves do carro, um cartão de crédito e seguiu na direção do País de Gales. Nas dez horas seguintes, ele atravessou Holyhead, cruzou o mar da Irlanda para Dublin e seguiu por Wicklow até Wexford. Depois de Waterford para Duncannon.

    Quando tempos depois me descreveu sua chegada ao chalé do pai de Siobhan, Walter invocou uma cena que poderia ter sido o cenário de uma das telas de Constable retratando chalés sombrios e portentosos. Ele ficou parado na frente da casa, um sepulcro para o pai de Siobhan, aquele bêbado prepotente, enquanto o sol se punha atrás de lufadas de fumaça de madeira saindo pela chaminé. Quando seguiu em direção à porta da frente, ela se abriu e, nas sombras, surgiu um homem vestindo uma boina, suéter azul-escuro de gola alta e um casaco cinza. Antes que Walter pudesse ver seu rosto, o homem virou-se para beijar Siobhan na face, montou em uma bicicleta velha, passou por um arco de rosas até à calçada e pegou a estrada de volta à cidade. Ele não reconheceu Walter. Talvez tenha ouvido o Volvo.

    Siobhan sorriu para ele quando ela saiu para a luz fraca, seus cabelos ruivos ainda exuberantes, os olhos azul-esverdeados brilhando, os dentes daquele branco espetacular que ele ainda lembrava. A primeira coisa que notou foram os seios dela, sempre generosos. Eles estavam maiores; como sua irmã, ela havia florescido. Recém-saído dos momentos lascivos que passou rolando com Selena na cama, e se conectando novamente com seu próprio corpo pela primeira vez desde que deixou o Sheen para trás, ele sentiu um impulso libidinoso. Siobhan aproximou-se dele de braços abertos.

    — Olá, Walter — disse ela. Sua voz estava tão bonita como sempre, sonora e vibrante. Ele sentiu uma pontada de ciúmes ao perceber que a voz dela estava grave e tingida pela rouquidão típica do pós-orgasmo. Quem era aquele homem que ele tinha visto?

Como ela podia parecer tão jovem? Walter estava esquecendo que quando um homem conhece uma mulher, ela permanece para ele quase congelada no tempo, a menos que tenha sido tragicamente atingida por uma doença, ou por fumar, comer ou beber demais. Siobhan parecia a mesma para ele. Ele havia imaginado que ela estaria enrugada, com barriga e cabelos grisalhos. É claro que ela estava sujeita a todas essas mudanças, mas Walter pôde ver pouca evidência delas à luz da noite.

— Oi, Siobhan — disse. — Desculpe-me por aparecer assim sem avisar. Está meio frio aqui fora.

Ele não via sua primeira esposa há mais de quinze anos. Ela parecia igual. Na verdade, parecia melhor. Não era o que ele esperava.

— Então você veio me procurar. — Siobhan riu. — Sou sua mãe agora?

Droga, essas irmãs Collins, ele pensou. Ele de fato esperava por um ombro materno — conselhos, ceticismo e pragmatismo. Em vez disso, mergulhou de volta na névoa romântica que Siobhan sempre emanara ao seu redor, e sabia que sua visita poderia ser um erro.

Tomando vinho perto da lareira, eles compartilharam os detalhes essenciais de suas respectivas experiências nos últimos quinze anos. Haviam se comunicado algumas vezes por carta naquele tempo, mas não houve explicações, recriminações, melodrama e nada da antiga intimidade. Agora, cara a cara, Siobhan parecia genuinamente interessada no que Walter estava fazendo, se ele estava feliz, se Floss estava feliz e se ela ainda era amiga de Selena.

— Estou numa confusão dos diabos, Siobhan. — Walter não era do tipo que se vitimiza, mas por um segundo seus olhos ameaçaram se encher de lágrimas.

— Você transou com Selena. — Siobhan obviamente havia recebido um telefonema de Selena que adivinhou para onde Walter poderia ir depois da discussão.

Walter não respondeu.

— Ela sempre quis isso — disse Siobhan com um sorriso.

— Talvez agora amadureça e deixe você em paz. Ela sempre quis o que era meu. Você deveria ter trepado com ela anos atrás, em vez de crescer de importância aos olhos dela.

Walter ainda não disse nada. Ele estava se esforçando para entender a lógica feminina nua e crua de Siobhan e tentando esquecer que, mesmo que estivesse certa, ela estava falando da própria irmã, não de uma *groupie* desconhecida.

— Selena me ligou. Ela me contou o que contou a você. Você acreditou nela?

— Acho que sim. Há anos que correm esses boatos sobre Floss e Ronnie. Eu costumava não levar a sério.

— Porque Ronnie é gay?

— Eu não levei a sério porque Floss me ama, porque adora a nossa vida juntos e o seu trabalho e, além de tudo, porque ela adora Ronnie. — De repente, Walter começou a entender a situação. — Ela não magoaria Ronnie, nem ameaçaria a carreira deles juntos, transando com ele.

— Eu concordo com você. Então você não acredita em Selena?

— Não tenho certeza.

— Ela contou como soube o que aconteceu entre Floss e Ronnie?

— Não, ela não quis me dar detalhes. Foi um absurdo. Depois de estragar a minha vida, ela disse que não poderia trair sua melhor amiga.

Siobhan riu.

— Selena manipulou você, Walter, na verdade, ela não sabe mais do que você. Não deve ter certeza de nada.

— Ela disse que havia mais coisas acontecendo. Disse que Floss tinha um segredo. Um segredo terrível.

— Walter — acalmou Siobhan. — Selena morre de ciúmes de Floss há anos. Mas Floss talvez seja a melhor amiga dela também. Ela é tão atormentada. Você sabe que, quando nós nos separamos, ela pensou que poderia partir para cima de você.

Walter interrompeu:

— Você me abandonou.

— Tudo bem — disse Siobhan gentilmente. — Não vamos piorar as coisas. Posso pegar outra bebida para você?

Eles dividiram mais meia garrafa de vinho tinto. Walter não perguntou quem era o homem que ele tinha visto quando chegou, e Siobhan não comentou nada. Por um tempo se mantiveram calados.

Walter se pegou olhando para ela, esperando que ela não percebesse como ele a achava bonita.

Em vez disso, ela foi a primeira a atacar.

— Você parece bem, Walter. Está bonitão. Todo aquele trabalho sujo teve um bom efeito.

Seu humor mordaz quase fez Walter sorrir. Ela estaria se referindo ao trabalho sujo no jardim, ou ao fato de ter trepado com a irmã dela?

Ela continuou:

— Você perdeu as maçãs do rosto e desenvolveu alguns músculos reais. E engordou um pouco. Tudo combina com você.

Isso abriu caminho para ele.

— Você está maravilhosa também, Siobhan. Não vim aqui para seduzi-la, mas você está extremamente sexy — disse, timidamente. — Um ex-marido tem permissão para dizer essas coisas?

— Não, não tem. — Siobhan riu. — E você não vai me seduzir, Walter.

Siobhan deixou claro que, de fato, não haveria romance, nem momentos na cama, e que o consolo de suas curvas não estaria disponível para ele. Quase tudo isso ela disse apenas com um sorriso, mas era o que Walter precisava ouvir.

Walter me contou, quando nos encontramos em Londres depois, que ele havia concluído naquele momento que a droga que realmente o ajudava não era o sexo, mas a música. Foi uma revelação para ele. Isso explicava por que havia conseguido — durante a maior parte de sua vida — ser fiel a suas duas esposas e, o que era de fundamental importância, a si mesmo e a seus próprios ideais. Seus pais passaram longos períodos separados um do outro enquanto Harry estava em turnê, mas permaneceram fiéis um ao outro.

Eu tive que resistir ao impulso de intrometer-me e revelar a ele que, naquela época, sua mãe, Sally, e eu passamos muitas noites sozinhos na frente de uma lareira abrasadora, ela bebendo vinho tinto, eu numa névoa de heroína. Eu costumava achar que a única razão pela qual nunca descambamos para o sexo foi porque minha droga preferida me deixava completamente desinteressado por belezas físicas diante da minha "Little Mother", a heroína.

Quando eram adolescentes, Walter, como Rain me contou, tivera experiências com minha filha, mas após trinta minutos de beijos, em que ela ficava sem fôlego, pronta para passar para um plano mais arrojado, Walter simplesmente parecia desfalecer, mostrava-se descansado, sereno, profundamente feliz e à vontade.

Então, se ele descobriu que a droga que funcionava melhor para ele era a música, não me parecia que ela estava lhe dando muitos baratos. Ele apenas era bom no que fazia, e isso parecia vir facilmente.

O Velho Nik foi uma demonstração de que, ao sentir-se pronto, ele voou mais alto e seu trabalho criativo começou a sério. Siobhan sempre entendeu isso e sabia que a única forma de penetrar mais profundamente em Walter seria através da criatividade dele no trabalho. Ela esperou muito tempo para desempenhar esse papel, o único que realmente a interessava.

— Você está escrevendo — disse ela. — Selena me enviou o material. Você sabe que fui eu que passei o que você fez para o seu pai?

— Sei. Muito obrigado. Foi uma ideia inspirada. Eu trouxe a música que ele compôs. — Ele pegou o laptop na velha mochila. — Você ainda tem o nosso sistema de som antigo? Eu posso conectá-lo.

Siobhan assentiu. Então ela riu.

— Sim, quero ouvir sua música, mas você sabe que sempre estarei mais interessada nas palavras que você escreve. Isso nunca vai mudar.

Mas ela ouviu e, enquanto a sala se enchia com aquela música sombria e profundamente perturbadora, as placas imitando trovões, os berrantes, o coro dissonante e a sequência de solos de violino emocionantes e experimentais como pano de fundo do órgão de igreja de Harry imitando o canto de pássaros e pesadelos, ela ficou satisfeita ao ouvir como sua ideia funcionara.

Enquanto escutava, Siobhan debruçou-se sobre as páginas das dezenove paisagens sonoras que formavam o corpo principal do trabalho de Walter desde que ele emergira do labirinto.

Depois, Siobhan olhou para Walter, e o brilho de prazer em seus olhos disse tudo o que ele precisava saber.

— Você sabe que isso tudo é extraordinário. Mas, por mais maravilhosa que seja a música, todo esse terror do futuro é uma espécie de soberba.

— O que você quer dizer?

— Ninguém sabe ao certo o que o futuro reserva.

— Estou apenas escrevendo o que posso ouvir no ar que me rodeia.

— Então você é como Selena agora! — Siobhan sorriu, mas havia um pouco de irritação em sua voz. — Você é médium. É capaz de ouvir o que as pessoas próximas a você, o público, estão sentindo?

Walter olhou para ela com determinação suficiente para deixar claro que ele não recuaria.

— Você não é paranormal, Walter — disse Siobhan. — Isso é um absurdo.

Siobhan desapareceu por alguns minutos na cozinha, onde fez um barulho de pratos, xícaras e copos tão alto que Walter se lembrou de que quando casados essa era a maneira dela de deixá-lo saber que estava brava com ele. Depois de um tempo, voltou trazendo duas xícaras de café preto.

— Você não sabe o que está acontecendo, Walter. Ninguém sabe. Pode sentir que está se conectando com a ansiedade das pessoas que o cercam, mas não pode. Cada um de nós tem o seu próprio mundinho. É nosso dever preservarmos uns aos outros, nos erguermos, não derrubar ninguém.

— Falou a correspondente estrangeira — disse Walter, rindo.

— Ah, isso é diferente, Walter. É a verdade, não um capricho. — Siobhan acreditava saber a diferença. Ela nunca cedeu como muitos de seus colegas jornalistas que acabaram indo escrever ficção ou apenas uns admiráveis poemas aqui e ali. — E você tem de aceitar que a verdade sobre Floss pode não corresponder aos supostos fatos de Selena.

— Como assim? — Walter estava confuso.

— Confie nela até você ter certeza — disse Siobhan. — Depois, quando souber de algo, poderá achar que isso não é importante para você. Que você pode sobreviver.

— Os boatos...

— Quem se importa se Ronnie é realmente gay ou não? Se ele é bissexual... — Ela parou por aí para não acrescentar que

Ronnie seria bem-vindo ao clube do qual ela já fazia parte com muita satisfação. — Se Floss vai te trair, não há nada que você possa fazer para impedir que isso aconteça.

Walter sabia que sua ex-esposa tinha razão. Ele se sentia como um menino na presença dela, como sempre. Como é estranho que essa mulher pudesse tranquilizá-lo e ajudá-lo a encontrar uma aceitação de sua situação.

— Essas coisas que eu estou ouvindo me deixam ansioso — disse ele, calmamente. — Louis está me forçando a tentar transformá-las em arte.

Quando Walter me contou sobre essa conversa com Siobhan, fiquei surpreso ao ouvi-lo afirmar que eu o estava forçando. Foi isso que ele realmente sentiu? Siobhan tinha me defendido.

— Louis, um autoritário? Duvido muito, Walter. E não tenho dúvida de que o filho da puta do Frank está tentando convencer você a voltar com a banda! — Siobhan riu novamente. — Pare de se preocupar, Walter, o que você está ouvindo é o que você está ouvindo e pronto. Você cresceu com a cabeça enfiada num balde tocando uma gaita. Sempre foi um cara diferente.

— O que estou ouvindo não é coisa minha, Siobhan. Isso entra na minha cabeça sem ser convidado. Parece uma merda esquizofrênica.

— Deixa rolar — acalmou-o Siobhan. — Esse é o meu conselho. Aceitar isso.

— Foi o que Nikolai Andreievitch me aconselhou — interrompeu Walter. — Quinze anos atrás, quando comecei a ouvir essas coisas.

— Ele está certo, então. Permita-se um pouco de afeto pelas pessoas que o cercam e cujos problemas o inspiram. São pessoas boas, todas as pessoas são boas. Medo e arte estão ligados, meio que entrelaçados. Sempre foi assim. É mais fácil para mim, Walter. Eu sou irlandesa. Nós sabemos *beijar*

*a escuridão*. Mas, finalmente, você encontrou uma ambição artística. Você tem uma função além da de passar as noites provocando Selena e deixando todos os caras do Dingwalls com inveja. — Ela riu alto e Walter riu com ela pela primeira vez naquela noite.
— Walter. — Siobhan segurou a mão dele. — Você gosta da música do seu pai? Você gosta do que ele fez com as suas palavras? Fiz a coisa certa, pelo menos uma vez na vida?
Walter olhou para sua ex-mulher e sorriu.
— Ah, sim — ele disse. — Sim, sim, claro que sim!

O som de cascos galopando em terreno duro. Batendo ritmadamente, dois cavalos resfolegam com o esforço. Saltos. O chicote. Mais rápido. Mais rápido. A água barrenta espirrando de uma poça rasa. Subindo uma colina até chegar ao cume, os dois cavalos exaustos e seus cavaleiros param para examinar a vista que não podemos alcançar, mas que através dessa paisagem sonora podemos ouvir. Um vale, um território distante, feito dos sons que ouvimos na peça até agora. Este é o som dos presságios do fim do mundo, a morte e o desaparecimento de tudo, o bom, o ruim e o de permeio, de tudo natural e de tudo feito pelo homem, natureza e ambiente — tudo. Novamente, há uma estranha espécie de cegueira, ofuscante, ferozmente brilhante e quente. Inábil, tateante, perdida — mas facilitando a audição e a capacidade de concentração no que pode ser ouvido. Por fim, todos os sons mais perturbadores dissolvem-se em música, jazz, fugas, canto de pássaros. Por último, o piano, a única música de Walter para Floss.

Uma coisa ficou clara enquanto Walter ouvia Siobhan minimizar todas as suas ansiedades: ela o conhecia melhor do que ninguém, melhor do que qualquer de seus amigos, sem dúvida melhor do que eu e quase certamente melhor do que seus pais.

Foi ela que fez a pergunta mais importante, uma pergunta que ele talvez nunca teria concebido.

— Você acha que Floss te conhece bem, Walter?

— E eu conheço Floss bem? — inverteu a pergunta, hipoteticamente.

Siobhan inclinou-se para a frente com seriedade.

— Essa não é a pergunta certa.

Ela sabia que ele não a procurara para uma consulta sobre arte ou religião. Ele havia trazido o laptop com suas paisagens sonoras como uma oferta a ela, em troca de conforto emocional e algum conselho.

— Não quero perder Floss como perdi você — disse ele, tristemente.

— Eu nunca fui sua — zombou ela, mas com um sorriso gentil. — Não no sentido que você atribui hoje a Floss.

— Preciso fazer uma pergunta. — Ele estava se sentindo em conflito. — Quem era o homem que estava saindo quando cheguei?

Siobhan deu um sorriso conspiratório.

— Por que supor que a pessoa que você viu era um homem?

Walter se rendeu. Siobhan talvez o conhecesse, mas ele mal conhecia sua primeira esposa e enfim percebeu o quanto aquilo era maravilhoso. Ele era amigo dela, ela era sábia e o conhecia bem, e poderia aconselhá-lo sem impor condições. Ela nunca tirou nada dele, nunca o repreendeu e nunca tentou constrangê-lo. Apenas o pressionara por ter uma convicção apaixonada de que ele tinha potencial como artista.

Beberam mais duas garrafas de vinho tinto e, quando ela cutucou as brasas fracas do fogo com um atiçador, beijou-o e subiu as escadas para ir se deitar, Walter percebeu que tudo o que havia aprendido ao ver sua ex-esposa era que desta vez ele não podia voltar atrás.

Walter recostou-se no sofá luxuoso e com a cabeça cercada por almofadas com o cheiro da mulher que ele ainda amava e respeitava, e quem sabe o aroma contrastante adicional de um homem ou mulher que talvez nunca viesse a conhecer, ele adormeceu profundamente. Tinha sido um longo dia.

## Capítulo 17

Os longos dias se transformaram em quase uma semana. Walter perdeu a noção do tempo. Sem telefone fixo. Sem rádio. Sem televisão. Sem internet. Por dois dias, deixou a bateria do celular descarregar. Não saiu de casa.

Ele foi acordado uma manhã por Siobhan, segurando uma xícara de chá e sacudindo suavemente o seu ombro.

— Walter — sussurrou. — Acorde. Aconteceu uma coisa.

Walter puxou o cobertor sobre as pernas e sentou-se, esfregando os olhos como uma criança.

— Floss sofreu um acidente. — Siobhan estendeu a xícara e Walter a pegou, os movimentos ainda lentos do sono. — Você deve voltar a Londres agora mesmo. Ligue para a Selena. Ela ligou para o seu celular. Eu o carreguei para você ontem à noite.

Walter sentiu o pânico chegar, diferente de todos os que havia experimentado em sua vida. Seu coração disparou, mas ainda não parecia bombear sangue suficiente para o cérebro para impedi-lo de ficar tonto. Ele prendeu a respiração por trinta ou quarenta segundos de cada vez. A sensação de pavor na boca do estômago quase o impedia de pensar racionalmente, era como se seu corpo tivesse assumido o controle do cérebro.

Siobhan passou o celular para ele e ordenou que ligasse para Selena. Ele percebeu que ter que fazer a ligação era em parte responsável pela intensidade do seu pânico.

— O que aconteceu? — exigiu saber, derramando o chá no cobertor quando deixou cair a xícara. — Que tipo de acidente?

— Não sei os detalhes, Walter — disse Siobhan com firmeza. — Selena acabou de ligar, chorando e nervosa. Ligue para ela.

A mente de Walter começou a acelerar quando ele jogou o celular de lado e vestiu o jeans. Selena estava, como sempre, no centro dos acontecimentos. Esse pensamento o deixou com raiva. Ele falou em voz alta.

— Ela sempre parece saber muito mais do que ninguém o que Floss está ou não está fazendo.

Ele ouviu sua própria voz e ficou envergonhado por um momento. Ele se fez perguntas em silêncio, preparando-as para Selena. Floss sofrera alguma queda de um cavalo? Ou ela e Ronnie tiveram um acidente na estrada com aquele maldito trailer?

Por mais assustado que estivesse para descobrir o que havia acontecido, estava com medo de falar com Selena. Por que tinha que conferir esse poder a ela? Ele esperava apenas tirá-la da cabeça e recusar-se a acreditar nas fofocas que ela contara sobre Floss e Ronnie. E qual seria o antigo segredo que Floss não revelara a ele?

Siobhan — segurando o celular de Walter enquanto ele vestia uma camiseta — conseguira reorientá-lo na importância de seu trabalho, no absurdo de imaginar que relacionamentos, amor, sexo, casamento, divórcio e até a morte importavam quando a arte estava em jogo. Agora, tudo o que ela havia feito para estabilizá-lo e acalmá-lo foi pelos ares. Ele viu que sempre foi assim, Siobhan podia ser, e sempre seria, apenas sua mentora criativa, ou amanuense. Ela nunca poderia ir mais longe em sua assistência. Ela o amava, isso estava claro o suficiente, e tinha imenso respeito por ele, mas foi a irmã mais nova quem talvez tenha entendido melhor a conexão dele com o lado obscuro de sua mente, de sua aura, de sua alma.

Ele respirou fundo várias vezes e devolveu o celular a Siobhan quando ela o entregou para ele.

— Eu não consigo. — Ele estava achando difícil respirar. Ela digitou o número de Selena e passou o aparelho para ele.

Selena não perdeu tempo com meias-palavras.

— Floss está na UTI do Ealing Hospital. — Ela estava chorando.

— Diga-me o que aconteceu, Selena — disse Walter. — Por favor, pare de chorar. Você não fez nada com Floss, fez? Isso pareceu inflamar Selena.

— Não seja idiota, Walter. Ela caiu da porra de um cavalo, uma semana atrás. Eu acabei de saber. Ronnie tentou te ligar.

— Desculpe — disse Walter, docilmente. — Ele deixou uma mensagem, mas eu não vi. Como ela está?

— Parece que ela teve um derrame cerebral enquanto estava na ambulância.

Walter ficou surpreso ao constatar o seu próprio distanciamento. Enquanto seu coração ia voltando ao ritmo normal, percebeu que ouvir essa notícia pela voz de Selena talvez tenha sido bom. Afinal, foi ela que lhe disse que Floss fora infiel a ele, possivelmente por anos. Ele havia desenvolvido uma distância emocional tão grande agora através de Selena que quase sentiu como se estivesse ouvindo um relato de uma tragédia em algum lugar distante, sem relação com ele. Não que não se solidarizasse, nem que não se importasse, ele só estava mais contido, mais endurecido pelo que Selena havia lhe contado sobre o caso de sua esposa, e ainda mais endurecido por seu próprio lapso com Selena.

Selena quebrou o silêncio.

— Você está bem?

— Estou tentando entender por que estou tremendo tanto, mas não sinto nada.

— O que você está fazendo com Siobhan?

— Pelo amor de Deus, Selena! — gritou. — O que isso importa?

— Há mais uma coisa, Walter — disse Selena calmamente.

— Sempre tem mais uma coisa com você, não é? — Walter tinha medo do que ela estivesse prestes a dizer. Mais segredos?

— Ela perdeu o bebê. — Aquilo caiu como uma bomba.

— Você tem que se apressar, Walter.

O bebê? O primeiro pensamento de Walter foi se perguntar, filho de quem? Meu ou de Ronnie?

— Que bebê? — No mesmo instante, ele soube que era a pergunta errada. — Quer dizer, de quem é o bebê? Ou melhor, era?

— Eu não sei, Walter — disse Selena, ainda mais irritada com ele depois da pergunta. — Mas eu sei que esse filho teria sido muito importante para ela. Teria sido mais importante do que você jamais poderia imaginar. Por favor, mexa-se.

Walter desligou o telefone e se levantou.

Siobhan pegou as chaves dele, a carteira e as entregou a ele. Ela o fez com as duas mãos, estendendo os braços e empurrando-o na direção da porta, como se quisesse que ele fosse embora logo. No último minuto, ela pegou a pasta com as descrições da paisagem sonora.

Ele fez que não.

— Guarde com você — disse ele. — Por favor. Eu tenho cópias.

Ele encarou os olhos azul-esverdeados de Siobhan e depois foi andando até o carro com um pensamento em mente. Sua mãe nunca o havia preparado para entender as mulheres, elas ainda pareciam criaturas enigmáticas. Mesmo que ele fosse igual a todos os homens, elas pareceriam igualmente peculiares.

Na balsa de Dublin de volta a Holyhead, Walter debruçou-se na amurada do convés perto do bar. O mar estava agitado, o céu cinzento e a balsa gemia quando seus estabilizadores de barbatanas lutavam para manter o corpo maciço do barco estável. Mas conseguiram; apesar das ondas e do vento, o barco avançava a dezoito nós, como se o mar da Irlanda fosse um lago. Nada a temer.

Ainda assim, Walter sentiu o retorno da extrema ansiedade que o acometera ao acordar com a voz de Siobhan comunicando o acidente de Floss. Ele não podia ir ao hospital. Precisava ir para casa primeiro.

Meu Deus! Ele não conseguia convencer-se a ir ver a sua própria mulher, que podia estar morrendo no hospital após o acidente e um derrame.

Lembro que quando Walter me contou tudo isso, eu o questionei asperamente. Como podia ser que um homem tão bom, e ele era um bom sujeito, de repente se tornasse tão autocentrado, duro e insensível? Como pôde esperar nem que fosse um segundo para ir ao hospital? Ele se defendeu da melhor maneira que pôde. Que estava debaixo de uma neblina, sem saber sequer se devia estar dirigindo. Que ficara se perguntando se o pânico que sentia era medo, ou raiva.

Ele chegou na periferia de Londres na hora do rush. Levou mais de noventa minutos para cruzar a M4 vindo de Reading, passando pelo aeroporto. Passava das sete da noite quando alcançou a A4 na altura de Chiswick. Em vez de dobrar para o Sheen, ele seguiu em frente, virando à esquerda na direção de Hammersmith e Shepherd's Bush, passando por Paddington até Camden Lock.

O Dingwalls. Essa tinha sido sua decisão. Ele precisava dar uma passada no bar do Dingwalls. Nem sabia se o lugar estaria aberto, mas quando passou por ele para estacionar numa rua detrás, pôde ver uma fila de pessoas esperando para entrar.

Quando caminhou até a porta, a primeira pessoa que viu fui eu. A noite no club ainda não havia começado, e havia uma banda local jovem e tosca no palco fazendo a passagem de som. Eu tinha ido lá para encontrar-me com Frank Lovelace, tomar uma bebida e discutir com ele o que Walter poderia fazer com seu novo trabalho, complementado pelo brilhante trabalho de seu pai. Nós dois estávamos conversando com o segurança.

Soubemos sobre o acidente de Floss meia hora antes mais ou menos, através de Selena, que estava sentada na beira do palco, olhando para o jovem vocalista como se esperasse que ele a notasse. Ela parecia abatida, as faces manchadas de rímel. Patética. Ela não estava nem aí para mim, pelo que pude perceber.

Frank avistou Walter se aproximando e correu em sua direção, passando os braços em volta dele quando o alcançou.

— O que está fazendo aqui, cara? — Ele bloqueou a porta da boate. — Você foi ver a Floss?

— Como sabe o que aconteceu? Você sabe o que aconteceu? Frank assentiu.

— Selena — respondeu, apontando para o interior. — Ela está lá dentro assistindo à banda.

Em vez de dar meia-volta e ir embora, isso estranhamente pareceu tranquilizar Walter. Ele deu um sorriso sombrio para Frank, talvez uma expressão que ele achava que Frank esperava ver, entrou e seguiu até o bar.

Eu fui atrás dele.

— Vamos conversar, Walter. Você deve estar em choque, todos nós estamos.

Ele murmurou que precisava de uma bebida e, enquanto eu pegava um drinque para ele, Crow, que faria uma apresentação mais tarde naquela noite e estava na outra ponta do bar, veio se juntar a nós, segurando uma Coca-Cola. Crow abraçou Walter, um gesto pouco característico, depois apertou a mão dele e, com um movimento da cabeça e uma promessa calmamente expressa de que se encontrariam em breve, afastou-se dali. Mas naquele instante Walter recebeu uma mensagem tangível e não dita de Crow de que ele não deveria ter voltado; que aquele lugar sempre seria a sua casa, mas que ele não deveria estar ali naquele momento.

Selena juntou-se a nós no bar, parecendo menos confiante do que o habitual e menos radiante. Ela ergueu a mão para ele numa saudação, mas não se aproximou, sabendo que Walter devia estar confuso. Ele olhou em volta e parecia fora do ar. Atordoado.

Frank Lovelace estava dando ordens a uma garota de uns dezessete anos, vestida com calça jeans suja, uma jaqueta de brim esbagaçada e carregando uma pesada bobina de cabos elétricos. O rosto dela estava manchado com o que parecia ser óleo de motor.

— Molly — disse Frank, nos apresentando. — Eu consegui o emprego para ela aqui na iluminação.

Molly era do tipo fortão, e garotas assim costumavam fazer esse tipo de serviço pesado. Não necessariamente tão andrógina quanto podia parecer, ela seria o que a convenção chamaria de bonita não fosse o seu cabelo desgrenhado. Estava com um sorriso imenso no rosto, visivelmente satisfeita por fazer parte do mundo do Dingwalls e aproveitar a proximidade com a banda.

Ela olhou para Walter como se quisesse dizer algo, e ele respondeu com um aceno encorajador.

Selena parecia prestes a partir para cima da garota, mas estava apenas tentando se conter. A jovem estendeu a mão para Walter.

— Bem-vindo de volta — disse ela, com uma voz confiante. — Estávamos todos aguardando. Eu nunca vi você tocar, era muito novinha. Tenho trabalho a fazer agora. Mas respeito, cara! Respeito!

Frank fez um gesto para que ela voltasse ao trabalho, então ela caminhou em direção ao palco.

Selena acompanhou os movimentos de Molly, olhando fixamente para a garota. Pelo visto, ela queria que a jovem soubesse quem era a dona do pedaço ali. Por fim, fiquei sozinho com Walter e nos sentamos e conversamos. Walter explicou o que havia rolado entre ele e Selena, o sexo, e também o quão confuso estava. Ele ainda estava se perguntando por que se sentiu compelido a procurar Siobhan para orientá-lo e pediu desculpas por não ter me procurado.

Walter não era um daqueles homens predadores tão comuns no mundo da música. Ele fora apaixonado por Siobhan e agora amava Floss. No entanto, Floss não estava inteiramente em seu pensamento, era quase como se ele estivesse afugentando seu espectro: Floss, em um leito de hospital, machucada e provavelmente angustiada.

Ele olhou para o bar, de onde Selena agora lhe lançava um olhar intenso. Seus pensamentos embotaram ainda mais. A monogamia serial seria a resposta para as tentações da carne? Era este o pensamento inútil que agora dardejava em sua cabeça, ele disse. Ir para a cama com Selena nem parecia típico dele. Walter sabia disso, Selena também. Portanto, ele sabia reconhecer e aceitar com segurança quando se sentia atraído por uma mulher, fosse quem fosse. Enquanto me dizia isso, eu o flagrei observando Molly quando ela reapareceu e voltou ao trabalho. Ele me flagrou olhando para ele e num instante foi descoberto! Foi um momento comovente. Walter estava encarando o fato de que era apenas um homem, um ser humano.

Molly parecia o tipo de garota que confrontaria qualquer homem que quisesse para, na linguagem brutal da época, *satisfazer suas necessidades*. Ela também parecia ser lésbica; isso foi algo que talvez tenha incomodado Walter ainda mais após nossa descoberta da bissexualidade de Siobhan. Ele podia ser um daqueles homens que queriam conquistar o inconquistável. Assim como algumas jovens se sentiam seguras em um animado grupo de homens gays, alguns rapazes se sentiam atraídos por mulheres que gostavam de mulheres.

O barman deu a Walter uma cerveja por conta da casa, como se fosse nos velhos tempos.

Selena aproximou-se e sentou à nossa mesa. Não tentou beijar Walter. Segurou a mão dele por um tempo e olhou-o com aqueles olhos azul-esverdeados iguais aos da irmã. Por um momento pareceu que Walter queria dar um tapa naquele rosto bonito.

Os olhos de Selena endureceram. Nenhum homem jamais a assustaria novamente. Nunca. Ela abaixou a voz.

— Sinto muito — disse ela, sem hesitar. — Lamento muito por termos feito amor, de verdade. Depois essa coisa horrível aconteceu.

Walter suavizou sua expressão. Ele sabia que o acidente não era culpa dela.

— Falei com Ronnie — disse Selena, e Walter virou-se para ela novamente, sem saber o que esperar. — Ele disse que Floss caiu do cavalo à tarde, mas só foi passar mal depois. Talvez tenha sofrido o derrame no chuveiro. Assim como o aborto.

— Chuveiro? — Walter estava quase esbravejando com Selena. — Você não falou nada de chuveiro nenhum no telefone. Quem a encontrou? Ronnie a encontrou?

— Ronnie estava com ela — explicou Selena. Seu tom era de conspiração.

— Ronnie estava no chuveiro com Floss? — gritou Walter.

— É isso que você está tentando dizer?

Selena abaixou os olhos.

Walter bateu com a cerveja na mesa e saiu. Ao ouvir o barulho, Molly olhou na direção de Walter, visivelmente preocupada com ele, depois lançou um olhar de desprezo para Selena e pronunciou baixinho a palavra "vaca".

Corri até Frank e expliquei que precisava sair para tentar garantir que Walter chegasse ao hospital. Enquanto deixava o Dingwalls, dei uma última olhada no lugar e tive a sensação de que nunca mais o visitaria. Tudo nele fora maculado, contaminado e catastrófico. A entrada extraordinária de Floss, quinze anos antes, me veio à mente. Ela havia desafiado Walter a cavalgar com ela, ao mesmo tempo em que tentava expulsar Siobhan do coração e da mente dele para sempre, pelo menos como amante.

Selena deu um sorriso desafiador para mim e deixei-a parada lá no bar. Acho que ela estava se perguntando como podia ser tão idiota. Então seus olhos encontraram o julgamento desdenhoso de Molly e ela sorriu para a jovem *roadie*, fazendo uma careta sarcástica.

De volta ao carro, Walter esperou, o corpo desmoronado apenas por alguns minutos antes de endireitar as costas. Quando sentei no banco do carona, ele ligou o motor e partimos para Ealing para ver sua esposa.

— Molly é uma garota legal, não é?

Naquele momento de ciúmes terríveis, quando ele acreditava ter sido enganado por Floss, o corpo jovem e sarado de Molly sem dúvida voltou à sua mente. Eu olhei de soslaio para ele e o vi afastar o pensamento. Apertou as mãos no volante e dirigiu o mais rápido que pôde.

— É ridículo, tio Louis — murmurou. — Nada disso parece comigo. Eu sou desse jeito? Eu sou tão superficial, porra?

— Puta que pariu, Walter — respondi com raiva. — Vamos logo para o hospital.

Enquanto ele dirigia, falei em sua defesa. Não, ele não era assim, aquele não era o verdadeiro Walter. Selena o manipulara psicologicamente. Quando botava isso na cabeça, ela era capaz de conseguir quase qualquer coisa. Quem sabia de fato o que era verdade? Errante ou não, infiel ou não, se Ronnie era gay ou hétero, e se o próprio Walter havia dormido com a melhor amiga de Floss ou sua pior inimiga — nada disso importava mais. Naquele momento, ele só tinha que fazer a coisa certa.

Observando como Walter se comportou nas poucas horas seguintes, é seguro dizer que meu afilhado teve um comportamento adequado. Enquanto retornava de Camden Lock para o oeste de Londres pela A40, passando por Paddington e Kensal Rise, pelo centro penitenciário de Wormwood Scrubs e West Acton, depois por Perivale até o sul de Alperton e seguindo para West Ealing, ele se viu profundamente pensativo. Eu o conhecia tão bem. Podia imaginar as perguntas que passavam por sua cabeça.

O que tinha acontecido com ele?

Por que havia feito tudo que fez?

Por que, quando adolescente, ele se voltou para o que Noël Coward chamara um dia de "música barata"?

Era para irritar seu pai, que costumava dizer que ele nunca seria um músico profissional?

Ou seria para irritar sua mãe, que tentara se tornar a única mulher glamourosa na vida do jovem Walter?

Depois de ter sucesso com a música, por que ele também se afastou dessa carreira?

Não só estava ganhando a vida com a música, como mulheres bonitas — e as irmãs delas além das melhores amigas das irmãs — se apaixonavam por ele.

Tudo o que ele fizera fora provocado por algum sentimento de vingança infantil e despropositado?

Em algum nível, espero que ele tenha se perguntado se sua mão boa para plantas, uma habilidade necessária para ser um grande jardineiro, e a capacidade de performance no palco, necessária para ser um grande *front man* de uma banda como a Stand, tinham de alguma forma lhe escapado. As paisagens sonoras, o que ele estava ouvindo agora, eram um reflexo de quem ele realmente era.

O que Floss devia achar disso tudo? Ele algum dia chegaria a saber?

Por um segundo, ele perdeu a concentração e a roda do carro descambou numa valeta.

— Porra! Walter! — gritei. Minha voz soou aguda e feminina, e nós dois começamos a rir.

Ele se recuperou rapidamente e bateu na testa, então as perguntas em sua mente pareciam aparecer diante de mim novamente — eu quase podia ouvir sua angústia.

Como ela deve estar?
Coitada!
Um derrame!
Será que estava podendo falar?
E o seu estado físico?
Seria capaz de andar?
Ele tentou se reconectar com Floss, em seu coração.
Por que era tão difícil?
 Enquanto dirigia, ele me disse que nunca tinha mostrado a Floss o seu novo trabalho, nem a composição que seu pai fizera. Ela estava ocupada no trabalho nos dias em que ele mostrou as partituras finalizadas para mim, Crow, Hanson. Quando estava em casa, ela costumava conceder a ele o mesmo grau de privacidade, que ele exigia, tanto no pequeno estúdio de gravação, quanto no seu labirinto no jardim. Ele nem havia mostrado suas descrições das paisagens sonoras no papel. Queria que seu projeto fosse concluído antes de exibi-lo para Floss. Podia ter sido seu presente para ela. Hoje, ao recuperar o controle do pesadão Volvo 4x4, o típico "Sheenmóvel", ele percebeu que Floss era provavelmente a única pessoa do seu círculo limitado que não fazia ideia do que estava se passando com ele, no plano da criação. E ele, como agora parecia, também pouco sabia sobre o que ela estava fazendo.

 — Nosso casamento fracassou, tio Louis — confessou. — Isso tudo é uma desgraça.

 Pude ver que a pergunta que estava na ponta da sua língua era, *Seria tarde demais para consertar?*.

 Chegamos em West Ealing, paramos numa vaga do estacionamento do hospital em uma das fileiras organizadas de frente para a Uxbridge Road e encontramos a orientação para a ala da UTI. Ficava no andar mais alto do prédio, que mais parecia um edifício de escritórios de vários andares do que um hospital.

 Pegamos o elevador e, quando as portas abriram, avistei um banheiro e corri na direção dele, dizendo a Walter que eu o encontraria depois. Ele estava tentando localizar a ala numa placa confusa na parede quando uma mulher segurando uma prancheta o abordou.

Ele a conhecera muito tempo atrás, mas não a reconheceu a princípio. Apenas viu o nome no alto do formulário que ela estendeu para ele: "Maud Andreievitch." Walter tentou livrar-se daquela velha irritante.

— Por favor! — insistiu ela, e o bloqueou. — Eu tenho uma petição aqui. Por favor, dê uma olhada e talvez você concorde em assinar.

— Vim ver a minha mulher — implorou ele. — Não tenho tempo para isso.

Mas Maud derramou seu ressentimento em uma torrente. Ela estava muito transtornada, com as mãos trêmulas.

— Não vou tomar muito do seu tempo. Este hospital horrível tem alas mistas e é aberto ao público. Os pervertidos vêm da rua para cá e ficam nos banheiros.

Naquele momento, eu estava saindo do banheiro e vi os dois, Maud com o rosto torturado quase colado no de Walter. Ela segurava uma prancheta, gesticulava com um lápis na mão enquanto discursava e, obviamente, não havia reconhecido Walter.

— Os banheiros são mistos. Tem um bando velhos sem--vergonha andando por aí com os roupões abertos.

Por um segundo, achei que ela estivesse se referindo a mim e dei uma conferida na minha braguilha.

— Tem moças com camisolas tão transparentes que qualquer um pode ver tudo se elas estão na janela. Os médicos são todos estrangeiros. Eles são bons, mas todos são da Índia e metade das enfermeiras mal sabe falar inglês. Eles certamente não se importam com alas mistas. Bem, eu me importo. É uma indignação. Meu marido se apaixonou por uma jovem do leito oposto. Ele está fora de si de tantas drogas e não consegue se conter. Estou aqui por ele e ele nem se dá conta da minha presença. Todo o sistema é uma vergonha.

# Capítulo 18

Andreievitch. O Velho Nik. Deve ser ele, o velho amigo e conselheiro de Walter. Ele deve estar aqui no hospital. Eu ficara sabendo que Nik tinha voltado a beber recentemente e tentara saltar de asa-delta outra vez como um último suspiro. No acidente, fraturou os tornozelos. Eu tinha falado sobre isso com Walter alguns meses antes. Nós dois ficamos muito tristes ao saber, mas meus sentimentos eram contraditórios. A morte do Velho Nik impediria o fluxo de novos trabalhos, mas suas obras antigas — que em grande parte estavam sob meu controle — poderiam aumentar de valor. Nik pretendia que a aventura de asa-delta fosse um fim glorioso. Ele estava com câncer de cólon, que se espalhara para a próstata e o estômago. Os médicos, que de alguma forma falharam na compreensão da verdadeira medida do espírito tenaz e audacioso do velho, deram-lhe inúmeras sentenças curtas de vida. Deram a Nik um aparelho intravenoso autorregulável para administração de morfina que ele usou com entusiasmo, revigorando suas visões de anjos na colheita das almas perdidas do apocalipse que se aproximava. O fim, sem data, sem hora, sem sol ou lua, sem maré nem momento: Nik apenas viu tudo chegando.

Eu fiquei a distância. Não queria que Maud me visse. Enquanto Walter assinava a petição, Maud pressionou de leve o braço dele com gratidão e estava prestes a dar-lhe passagem quando deu uma olhada mais atenta nele.

— Você é Walter Karel Watts, não é? — A voz dela soou calma. — Meu marido é Nik Andreievitch, o Velho Nik.

— Eu percebi — respondeu Walter, passando de um pé para o outro.

— Seu ex-parceiro Steve Hanson sempre me diz que meu marido era seu guru!

Ela riu então e, absurdamente, por algum mecanismo erótico que eu parecia incapaz de controlar, eu fraquejei um pouco por causa dessa mulher cujo rosto tantas vezes tocou meu coração e despertou minha virilha.

Ela mencionou outro contato.

— Louis Doxtader — acrescentou. — Acho que seu padrinho é o agente do meu marido. Que coincidência extraordinária.

Walter assentiu e eu virei o rosto, esperando que ela não me reconhecesse e atrasasse ainda mais nossa visita a Floss. Em geral, coincidências acontecem em hospitais, que reúnem pessoas, assim como estações ferroviárias e aeroportos. Costumamos encontrar velhos conhecidos nesses lugares.

Mas Maud não era lugar-comum.

— Não — se corrigiu. — Não é mera coincidência. Era para ser. É como um círculo, e está se fechando. Que maravilha. Sou a Maud, por sinal.

Eu não conseguia mais manter distância.

— Olá, Maud — falei, oferecendo minha mão. — Trouxe Walter aqui para ver a esposa.

Maud estendeu as duas mãos e cada um de nós pegou uma.

Então, de repente parecendo ter a idade que tinha, ela desmanchou-se em lágrimas. Walter aproximou-se para confortá-la e mal ouviu sua confissão quando ela caiu em seus braços e chorou.

— Eu tive um filho com ele — disse ela, chorando. — Ele nunca soube.

Walter pareceu não registrar o que ela estava dizendo. Talvez porque só conseguisse pensar em Floss em coma, depois do derrame, talvez incapacitada para sempre, o filho que perdeu.

Walter permitiu que Maud se afastasse de seus braços lentamente. Ela olhou para o chão.

— Meu marido está se comportando de forma absurda. Chega a ser perverso, embora não consiga se controlar. Ele se apaixonou por uma jovem do leito em frente. Recusa-se a morrer. É teimosia.

Maud olhou para Walter.

— É tão injusto — reclamou ela, enxugando os olhos. — Sofro com Nik há tanto tempo. Eu suportei suas visões insanas, suas aventuras perigosas. Agora nem consigo vê-lo morrer com dignidade. Floss! Que espécie de nome é esse?

Eu vi quando Walter olhou pela janela da porta trancada da UTI e fez cara de espanto. O que nós dois vimos foi bem animador depois daquela arenga toda de Maud. Como a maioria das pessoas, achávamos que o Sistema Público de Saúde estivesse decadente e que aquele hospital em particular estivesse sofrendo com a falta de verbas. No entanto, toda aquela ala era moderna, brilhando de limpa e movimentada com dezenas de médicos, enfermeiras, assistentes de enfermagem e pessoal de limpeza. Normalmente não havia ninguém na recepção da UTI trancada, mas as pessoas entravam e saíam usando cartões magnéticos, e nós entramos com um deles que nos deu acesso a uma segunda recepção dentro da ala. Esta recepção também vazia. Todo mundo parecia estar ocupado.

O pessoal do hospital se deslocava rápido, com um propósito, ninguém nos dava uma segunda olhada. Não tínhamos ideia de qual caminho tomar, direita ou esquerda. Havia um corredor central com cerca de seis pequenas enfermarias ramificadas e algumas salas de isolamento com divisórias de vidro. Nenhum de nós jamais havia experimentado uma sensação de atividade positiva em um hospital antes. A última vez que estive num hospital foi para visitar um amigo que havia feito uma cirurgia no joelho e queria fumar um cigarro. Tivemos que ir até uma área escura e desolada reservada para esse fim. Foi uma experiência nada agradável. Mas agora Walter e eu percebemos que o que estávamos vendo era o próprio núcleo do hospital, servido por salas cirúrgicas poderosamente equipadas. A ala comum do hospital devia ser muito menos impressionante e menos apurada. Mas tudo isso era tranquilizador.

De repente, Walter pareceu cambalear, perdendo o equilíbrio. Eu o segurei pelo braço e o firmei.

Ele olhou para mim agradecido. Sua vertigem foi causada não tanto pelo pânico, mas pelo alívio. Floss não poderia estar em um lugar melhor, o contrário do que Maud Andreievitch julgava ser tão indigno, como as alas mistas.

Nesse momento, Walter viu Maud no final do corredor, saindo de uma das enfermarias laterais segurando umas toalhas. Ele foi até lá. Como estaria Floss?

Chegamos à enfermaria. Havia seis leitos, cinco ocupados.

Floss não estava lá.

Walter tinha certeza de que era ali que a encontraria, pois Maud dissera que Floss estava num leito em frente ao do Velho Nik. E lá estava ele, usando um par de fones de ouvido grandes, sentado ao lado da cama, escutando alguma coisa, balançando para a frente e para trás. Foi chocante ver o quanto havia se deteriorado. Estava coberto de lesões cor de chocolate por todo o rosto e pelas mãos, seus dentes estavam pretos. Walter olhou para o leito em frente e verificou a ficha do paciente.

Florence Watts. É aqui que ela deveria estar. Será que morrera? Meu Deus. Em cirurgia?

Naquele momento, Nik Andreievitch ergueu os olhos e viu o rosto de Walter. Os olhos do velho estavam cheios de lágrimas. Ele olhou para Walter e tirou os fones de ouvido. Walter pôde ouvir a música que tocava, um antigo hino fúnebre de Nova Orleans.

\* \* \*

Fui à Enfermaria St. James e lá vi o meu bem. Estendida em uma grande mesa branca, tão fria, tão bela e nua. Deixem-na ir, deixem-na ir, Deus a abençoe, onde quer que ela esteja. Ela pode procurar o mundo inteiro e nunca irá encontrar outro homem como eu. Quando eu morrer, ó, Senhor, por favor, me enterrem com o meu chapéu Stetson. Coloquem umas moedas de ouro sobre minhas pálpebras para que os garotos saibam que morri de pé sem pedir arrego. Chamem seis crupiês para carregarem o meu caixão e um coro de seis garotas para cantar uma música para mim. Coloquem uma banda de jazz atrás do meu carro fúnebre para causar um inferno enquanto seguimos. Consigam dezesseis cavalos negros como carvão para puxarem a carruagem de pneus de borracha. Treze homens vão ao cemitério, apenas doze voltarão. De repente, a música se intensifica, uma orquestra clássica completa acompanha o ritmo de um enorme bumbo orquestral, ribombando lenta e funereamente. Deixem-na ir, deixem-na ir, Deus a abençoe, onde quer que ela esteja. Ela pode procurar o mundo inteiro e nunca irá encontrar outro homem como eu. A cada repetição de dois versos os cantores se tornam mais festivos. A voz masculina principal soa cada vez mais arrogante e bufona, mais grandiosa e potente. Logo depois há milhares delas. Um coro gigantesco, como os de Mahler. Um órgão monumental. A música sacode o mundo. Um velho ri. Uma jovem canta olhando para o céu, para longe.

Walter estava quase sufocado de bile; o velho parecia estar preso à vida só pela pele dos dentes. Mas seus olhos fundos estavam iluminados por algo difícil de definir. Eu estava parado a distância, mas Walter mais tarde me diria que naquele instante ele percebeu o que pôde ver nos olhos do velho.
Luxúria.

Walter chamou uma enfermeira que estava passando pela enfermaria.

— Minha esposa, Florence Watts, onde ela está? — A voz dele hesitando de ansiedade e preocupação.

— Ela fica naquele leito, sr. Watts — disse a enfermeira. — Mas no momento ela está no banheiro.

— Como ela está?

— Tão bem quanto se pode esperar após um tipo de queda desse. — A enfermeira proferiu o velho clichê de hospital enquanto conduzia Walter para uma cadeira ao lado do leito vazio de Floss.

— Minha mulher teve um derrame?

— Creio que foi um AVC de menor gravidade. — A enfermeira fez que ia embora, mas depois virou-se para encarar Walter. — O doutor explicará melhor, mas ela está tendo problemas de equilíbrio no momento, e isso pode continuar por um tempo. Ela sabia andar a cavalo, suponho.

— Ela é uma amazona profissional — corrigiu Walter, que nunca soube descrever o trabalho de Floss.

— Talvez ela não possa voltar a cavalgar — disse a enfermeira bruscamente. — Mas ela está muito bem. Você verá.

Walter estremeceu e eu sabia que ele devia estar se perguntando se Floss já sabia que nunca mais seria capaz de montar no seu cavalo favorito, Dragon.

— Eu soube do bebê — murmurou Walter. — Minha mulher, ela...? — Ele não conseguiu completar a frase, mas a enfermeira entendeu.

— Ela é uma jovem saudável. Veremos. Tudo vai ficar bem. — A mulher sorriu.

Então ela se foi, afastando-se tão silenciosa e rapidamente que Walter mal notou que ela desapareceu. Ele deixou-se cair na cadeira ao lado do leito vazio. Sei que nunca havia pensado muito em filhos antes. Floss jamais pareceu se preocupar em começar uma família, ela sempre fora feliz com seus cavalos.

Agora havia um filho perdido. Como seria a vida deles se o bebê tivesse sobrevivido? Então eu o vi olhar para o Velho Nik, que estava olhando para ele. Ficou evidente que ele não se lembrava de Walter.

— Você — resmungou. — Meu jovem!

O velho estava chamando-o para que se aproximasse do seu leito. Walter foi até lá. Nik estava sussurrando. Quando Walter inclinou a cabeça, deve ter sentido os odores fétidos de tumores e morfina misturados. O velho agarrou o braço dele, de súbito ofegou e desabou no travesseiro, dormindo novamente.

# Capítulo 19

De repente, ali estava ela ao lado dele. Floss. Apoiando-se em um andador hospitalar, com o tubo do soro preso no braço esquerdo, a bolsa de plástico pendurada em um suporte sobre rodas, para que ela tivesse que andar a passos curtos — com cautela e suavidade, ainda com muita dor, ainda se sentindo tonta.

Walter olhou para ela; pude ver o que meu afilhado devia estar pensando. Ela era tão linda. Sua mulher sempre emanava um brilho; era uma "garota solar", literalmente falando. Uma mecha de cabelo louro caiu sobre um lado do rosto, e a camisola branca que usava estava amassada. Por cima da camisola, um roupão de linho azul aberto que intensificava a radiância de seus olhos azuis. Um hematoma azul-arroxeado na têmpora direita se estendia até a face. Recentemente, ela havia passado um pouco de batom vermelho, talvez para levantar o ânimo, então Walter pôde ver uma estranha explosão de tonalidades mistas: amarelo, azul, roxo e vermelho. Floss sorriu ao olhar para ele.

— Floss! — Walter quase gritou o nome dela.

Com isso, o Velho Nik na cama oposta acordou, bombeando morfina na veia.

— Floss — exclamou triunfante. — Era esse o nome dela. Eu acho. Era sim. — Nik estava começando a gritar.

Ai, merda, pensei. Ficou claro por sua expressão que Walter não gostou nada do velho chamando sua mulher pelo apelido.

— O nome dela é Florence — corrigiu.

Maud correu até a cama de Nik e tentou acalmá-lo, olhando para Floss e Walter com reprovação. Mas o Velho Nik continuou em seu devaneio da memória, ou talvez fantasia.

— Florence!! Flo!!! Flossie!!! Floss! — Ele estava rindo agora enquanto experimentava todas as variações do nome dela. — Eu costumava levar você para a escola!

Nik estava tentando se levantar da cama, o rosto pálido, exangue, adquirindo uma cor meio verde.

Ele começou a cantar loucamente. Depois caiu para trás.

Walter pegou Floss nos braços da melhor forma que pôde e levou-a para a cama onde ela ficou sentada, agradecida.

Nik ainda estava agitado, armando confusão, e Maud voltou-se para ele novamente.

De repente, seu humor mudou. Era quase como se ela tivesse cedido à compaixão, aceitando os delírios de Nik. Mas também porque enfim conseguiu estabelecer a relação entre mim, Floss e Walter. As peças estavam se encaixando e ela começou a entender que encontrar Walter na área de recepção do hospital foi de fato uma coincidência muito maior e mais feliz do que ela imaginara. Floss não era a inimiga.

Ela sorriu.

Floss retribuiu o sorriso.

O Velho Nik caiu bruscamente, parecendo inconsciente por um momento, mas depois se recuperou. Ele estendeu os braços para Floss na cama oposta, enquanto Maud tentava conter o velho absurdamente lascivo.

Seus olhos insanos se moveram de Floss para Maud, de um lado para o outro.

— Velho demais para viver, morto demais para amar — o velho estava quase cantando agora. — Vocês duas...

Ele parou por um momento como se estivesse tendo uma revelação.

— Vocês duas são iguais.

O alarme do monitor cardíaco de Nik emitiu um som contínuo — seu coração parou. Ele tombou, a boca aberta, os olhos bem apertados. Maud se jogou no corpo do velho e o segurou. Ela não gritou, nem chorou.

Walter parecia que ia procurar por ajuda, fazer algum tipo de confusão; talvez chamar a enfermeira aos berros como costumamos ver nas séries médicas de TV. Mas antes que pudesse fazer qualquer coisa, a enfermeira apareceu e fechou rapidamente as cortinas ao redor da cama.

Pudemos ouvir Maud falando com o marido morto, fazendo a derradeira pergunta, enquanto ele ia desta para melhor.

— Você disse que a amava — disse ela. — Quem é ela? Quem ela era para você? Ela lembrava quem para você? Você me jurou que não havia ninguém. Você jurou!

Obviamente foi constrangedor ouvir aquilo tudo. Walter abraçou Floss com força.

— Pobrezinha! — Ele tinha vergonha do que fez, de quanto tempo demorou para ficar ali, do lado dela. — Você está se sentindo bem? Vai ficar bem? Foi horrível ficar aqui? Me perdoe, mas demorei tanto para chegar aqui e ficar com você. Eu me sinto um merda completo... Tudo isso é muito estranho... com Maud e Nik.

Floss olhou para ele e balançou a cabeça.

Walter sussurrou para ela.

— O velho obviamente se apaixonou por você — disse ele. — Maud estava certa, ele estava se agarrando à vida, se recusando a morrer, quase como se tivesse visto em você alguém que ele já amou.

Floss agarrou-se em Walter. Aquilo não era culpa dela, e nem um drama de que ela quisesse fazer parte, mas Walter estava arrebatado pela história que se desenrolava.

— Será que você lembrava alguém que ele amou antes de Maud? Ou alguém com quem teve um caso? — Era nisso que Maud acreditava piamente. — Alguém que se chamava Florence também? Pode ser por isso que ela está tão brava com você?

Quando Walter olhou de volta para Floss, ainda envolta em seus braços, ele percebeu que estava insensível novamente. Ela estava balançando a cabeça e chorando. Ele sorriu e se inclinou para poder olhar o rosto dela.

— Maud estava brava antes de eu chegar — corrigiu Floss, enxugando os olhos com um lenço de papel. — O imbecil do velho simplesmente não desistia. Ele não se permitia morrer. E estava com dores terríveis. Foi horrível para Maud. Ele botou os olhos em mim e parece que fez de mim o motivo para lutar contra a morte. Não era justo com ela. Ele parecia não enxergar mais Maud, só a mim. Algumas vezes ele voltava de um estupor e dizia que estava no meio de um longo túnel branco. Ele sabia que estava morrendo, no fim da linha. Disse que havia retornado do túnel para o seu corpo doente e dolorido só para me ver pela última vez. Que honra terrível para mim!

Walter não pôde deixar de rir, mas reprimiu no mesmo instante. Não havia nada de engraçado no que havia acontecido, e era uma tragédia extrema para Maud. Mas é claro que Walter sabia perfeitamente o que Nik tinha visto em sua linda e radiante Floss. Ela iluminara seus últimos dias.

— Ele ficava gritando que precisava ver meu rosto novamente — disse Floss. Ela estava começando a chorar de novo. — Meu lindo rosto, o diamante no meu dente. — Ela colocou a mão no hematoma horrível que temporariamente a desfigurava.

— Nik te amou — disse Walter. — Era assim que ele queria partir. Apaixonado pela minha linda Floss.
— Talvez ele só amasse a vida e não quisesse morrer! — Floss sacudiu o cabelo, se reanimando enfim.
Maud estava sentada em silêncio ao lado do corpo sem vida de Andreievitch. Não fazia mais perguntas agora; nunca obteria respostas. Ela podia ouvir Floss e Walter cochichando na cama do outro lado e presumiu que conversavam sobre o marido e sua obsessão por Floss no leito de morte, mas ela não se importava mais. Logo eles cobririam o rosto de Nik e o levariam embora. O que ela faria então? Para onde iria?

Enquanto Walter passava um chá para a esposa, ele abaixou a cabeça por um momento e ela pôde ver que ele estava envergonhado de alguma coisa; ela conteve uma risada.

— Eu sei que Selena será sempre apaixonada por você, Walt — disse ela. A mão dela no braço dele pareceu cheia de significados para ele naquele instante. — Somos amigas há muito tempo. Eu a conheço como se fosse minha irmã. Durante anos fingimos ser gêmeas. Selena diz que realmente somos gêmeas, no sentido espiritual. Você sabe como ela é. Eu a perdoo, seja o que for que ela tenha dito ou feito. Eu a amo, Walt. E quero que você a ame também.

Walter virou-se para encará-la e quis falar, mas Floss colocou as mãos nos seus lábios.

— Eu posso até adivinhar o que ela andou dizendo. — Floss estava sorrindo. — Ronnie é realmente gay. Quando éramos crianças e até a adolescência, ele não conseguia se decidir. Mas hoje em dia ele não "faz" mulheres. Nunca, de jeito nenhum. Ele flerta, mas isso é tudo.

Walter balançou a cabeça e fingiu não entender, mas Floss continuou, explicando o que havia acontecido.

— Eu desmaiei no chuveiro do trailer. A queda com o Dragon foi no início do dia. Comecei a sangrar porque estava perdendo o bebê. Ronnie veio me ajudar e ficou superassustado. Nenhum de nós sabia o que fazer.

O rosto de Walter estava pálido. Ele não sabia para onde olhar ou o que dizer.

— O que Selena disse a você, Walt? — Floss apertou o braço do marido com força; ela viu de repente que ele estava escondendo alguma coisa.

— Ela me disse que você e Ronnie estavam no chuveiro juntos.

Floss quase caiu na gargalhada.

— O chuveiro do trailer é pequeno demais para uma pessoa, que dirá duas! Se eu deixar o sabonete cair, é estreito demais para eu me abaixar e pegá-lo.

Walter sorriu. Ele tinha se esquecido disso.

— Ela disse que vocês são amantes há anos — sussurrou. De repente, sentiu-se envergonhado por ter acreditado. — Foi por isso que demorei tanto tempo para vir aqui. Me perdoe.

Ainda não podia dizer a ela que tinha ido ver Siobhan, nem que dormira com Selena, mas instintivamente sentiu que ela já sabia.

Floss o beijou e sorriu.

— Selena realmente vive em um mundo cheio de anjos.

— Como o Velho Nik — disse Walter.

— Mas ela fuma maconha demais, cheira cocaína demais e tende a dourar a pílula — corrigiu Floss, rindo.

Naquele momento, os pais de Floss entraram apressados na enfermaria. Eles estavam de férias em algum lugar distante e tiveram muita dificuldade para voltar para casa. Walter levantou-se, abraçou os dois e abriu caminho para eles se aproximarem do leito de Floss para beijar a filha.

Albert e Katharine Spritzler tinham por volta de sessenta e poucos anos. Eu sabia que Albert era austríaco, um cirurgião maxilofacial relativamente rico prestes a se aposentar. Ele trabalhara no hospital no passado e exibia ali uma confiança de propósito que talvez estivesse mascarando sua ansiedade em relação à filha. Tinha cabelos grisalhos e fartos, feições bonitas, mas era visível que a vida o esgotara, e ele parecia cansado. De baixa estatura, tinha a dignidade inata e natural de um cirurgião. Katharine também era baixinha, uma inglesa que na época de sua juventude poderia ter sido descrita como uma "rosa". Seu cabelo, que um dia fora louro, estava agora grisalho, e ela usava um casaco cinza ajustado na cintura e sapatos de couro marrom com fivela. Seus olhos já estavam cheios de lágrimas, mas ela estampava um sorriso nos lábios. Não parecia forçado: eu percebi que ela era apenas uma daquelas pessoas que sorriam o tempo todo.

Enquanto conversavam e foram tranquilizados, Maud surgiu por trás da cortina que escondia o corpo do marido. Seu rosto estava manchado de lágrimas, mas ela sorria de alívio.

Walter foi até ela e Maud caiu em seus braços.

— Desculpe pelo meu comportamento — sussurrou ela.

— Na verdade, é um alívio que ele finalmente esteja livre do sofrimento.

Floss notou que seu pai estava olhando para Maud de um jeito estranho.

— Pai — disse ela, tocando-o no braço para tentar recuperar sua atenção. — Você a conhece?

Ele parecia hipnotizado e foi na direção de Maud e Walter.

Walter afastou-se de Maud e o pai de Floss pegou as mãos dela e olhou gentilmente para o seu rosto.

— Acho que nos encontramos novamente — disse ele. Em seguida perguntou a ela: — Em 1976 você deu à luz um bebê, uma menina, em uma clínica de Berna, na Suíça?

A mãe de Floss, Katharine, também aproximou-se discretamente de Maud.

— Albert me disse que nós três já nos encontramos antes — disse ela. — Naquela clínica em Berna? Muito brevemente, vinte anos atrás? — Ela fez um gesto na direção de Floss, sua filha adotiva.

A semelhança entre Maud e Floss era inquietante.

— Você é a mãe biológica da nossa filha Florence, não é? — Katharine sentiu que sua pergunta soou embaraçosa. — Me perdoe. Quero dizer, é claro que sim, você é a verdadeira mãe dela.

Maud virou-se e olhou para Floss, cara a cara.

— Sim — disse ela, calmamente. — Eu estava em Berna em 1976. Lembro-me de vocês agora. Sua filha é minha filha.

Maud deve ter sabido naquele momento — como todos nós que estávamos envolvidos na conversa — por que o marido havia se apaixonado tão loucamente por Floss, e que nunca havia amado ninguém antes de Maud, ou desde então. Ele apenas se apaixonara por Maud novamente, vira Maud em Floss, no delírio e êxtase induzidos pela morfina.

Walter percebeu que, enquanto Maud falava, a cor sumiu do rosto de Floss.

— Você é minha mãe biológica? — Foi exatamente a expressão correta nas circunstâncias. Ela e Maud derramaram lágrimas. — Eu devia ter procurado por você. Sempre sonhei com isso, mas tinha medo de ficar decepcionada.

Walter tentou consolar Floss.

— Você teve uma vida maravilhosa, Floss — disse ele. — Criada por duas pessoas fantásticas e amorosas que sempre serão seus pais verdadeiros.

Incongruentemente, Floss balançou a cabeça em negativa. Não era uma discordância, ela só se sentia incapaz de digerir tudo de forma tão rápida.

Walter continuou.

— Agora você reencontrou sua mãe biológica.

— Minha mãe natural — disse Floss.

— É um dia maravilhoso, não saberíamos nada disso se você não tivesse caído do cavalo! — Walter parecia feliz.

Ele poderia ter acrescentado que nada disso teria acontecido se Nik não estivesse no hospital em seus últimos momentos.

Havia uma estranha atmosfera de tristeza e alegria irmanadas.

# Livro Três

# Capítulo 20

Agora este narrador está junto de sua linda anfitriã aqui nas montanhas de Grasse. Nós disputamos a caneta e o laptop para corrigir os erros um do outro. Ela me contou grande parte da história que narrei. Descreveu maravilhosamente tantas cenas — e com coragem também porque, em vários aspectos, ela nem sempre parece ser uma alma cem por cento boa. Sem ela eu nunca teria escrito este livro, e estou muito feliz por ter conseguido.

E, é claro, no que diz respeito ao que fiz de terrível, um erro que devo reparar e ter esperança de uma redenção, Selena é a única que sabe o que aconteceu. Foi ela que insistiu para que eu escrevesse, buscando com isso a paz. Aparentemente, tudo aconteceu no casamento de Walter e Siobhan.

— Estou chegando na parte do que fiz no casamento, querida — gritei. Selena estava sentada no terraço. Ela voltou rapidamente para o quarto e ficou em frente à janela francesa, o sol por trás dela, seu corpo nu visível sob o vestido branco transparente que estava usando.

Selena era uma mulher luminosa cercada por anjos e, às vezes, talvez demônios, que tudo viam, poderosos e assustadores, uma assassina quando criança, uma arquimanipuladora de todos os homens à sua volta.

— Eu disse que vou chegar na descrição do estupro — falei, satisfeito, como se estivesse escrevendo ficção e não uma confissão. — Vou descrever como você viu e o que me disse que eu fiz...

Selena rapidamente se aproximou de onde eu estava sentado, afastou o laptop de mim, sentou no meu joelho e me deu um beijo demorado e tão forte que quase sufoquei.

— Depois — ela respirou lascivamente, agregando de alguma forma numa única palavra a promessa de redenção moral seguida mais tarde por uma grande noite de sexo. — Tudo vai se encaixar depois. Faça um intervalo. Leve o Bingo para passear na floresta.

Estou assumindo o controle da merda do laptop, Louis. Você leva o Bingo para passear. Deixe-me escrever um pouco. Agora estamos decididamente em meu território: anjos e demônios, e o Plano Astral. Mas naquele tempo, o qual você descreveu no início desta história, isso significaria pouco para você. Sua mente podia não ser tacanha como a de alguns de seus pares — aqueles que estavam convencidos da inexistência das linhas de Ley, de Deus, fantasmas e forças astrais —, mas naquela época se você não estivesse pensando em sexo, poderia estar pensando em dinheiro. Você era tão materialista.

Eu, por outro lado, sempre pensei no sexo como uma função do destino, como um aspecto da força e do poder do universo, e a vontade de seus agentes físicos e espectrais, que eu posso ver e sentir, embora sejam invisíveis para alguém como você.

Você escreveu sobre o pouco que entendia a respeito das coisas em que acredito. Você me aconselhou que, seja lá no que cada um de nós acredite, quando falamos dessas coisas no mundo moderno é perigoso revelarmos muita fé metafísica. Vejo que você não entendeu direito.

Ou se faz de bobo. Louis, meu querido, você se trai com tais afirmações. Se entorpeceu o seu cérebro e viu e sentiu coisas maravilhosas, por que não reconhecê-las? Por que negar o que aconteceu? No fim das contas, é tudo química cerebral, dizem os céticos. Mas a verdadeira questão é: o que o cérebro quimicamente alterado está percebendo? O que ele vê não está lá? Os cães ouvem coisas que nunca ouviremos. Isso significa que elas nunca aconteceram?

Uma coisa que você acertou foi detectar o gênio de Nikolai Andreievitch e aceitar o fato de que ele tinha a segunda visão. Claro que eu também podia ver o que o Velho Nik via. Desde minha infância na Irlanda, com quatro ou cinco anos, eu via anjos nas nuvens. Minha irmã Siobhan e meu pai desconversavam quando eu mencionava o assunto. Por fim, percebi que tinha que manter em segredo o que via, o que sentia, o que sabia. Tempos depois, entendi que eu mesma era em parte um anjo. Eu podia fazer coisas que ninguém fazia. Podia convencer as pessoas a fazer o que eu queria, bastava usar a força do pensamento. Eu podia mover objetos inanimados sobre uma mesa, mas só quando estava sozinha.

Por outro lado, eu quase nunca estava sozinha. Sempre havia anjos perto de mim. Um dia eles começaram a sussurrar para mim que eu tinha uma gêmea espiritual, e que eu deveria cuidar dela. Assim que eu visse o rosto dela, eles me disseram, eu saberia. A primeira vez que vi Floss na escola, corremos uma para a outra e nos abraçamos, e eu soube então que tinha encontrado minha gêmea.

Os desenhos de Nik eram belos e verdadeiros; mas, por mais que produzisse, ele nunca seria capaz de reproduzir exatamente o que pessoas especiais como ele — e eu — podemos ver. Mas com Nik veio Maud. Lembro de ter lido o que você escreveu sobre o primeiro encontro de vocês:

"Pela primeira vez desde que ela chegou ao meu apartamento, Maud parecia feliz, com uma felicidade que eu senti que já conhecia. Mais uma vez, meu coração palpitou."

Ah, pelo amor de Deus, Louis — eu gostaria que você parasse com essa conversinha de "coração palpitante". Você queria foder com ela. Rolar pelos desenhos de anjos do Velho Nik no céu, cobrindo-os de suor, com a língua enfiada na garganta dela. Você era transparente. Como se — por ela ter mais ou menos a sua idade — você fosse fazer um Ato Nobre tendo um caso com ela. Argh. Preciso me lembrar de que naquela época, quando você conheceu Maud, eu só tinha olhos e planos para Walter. Louis Doxtader? Que velho sem-vergonha — era o que eu teria dito se você olhasse na minha direção. Nunca pensei na minha vida que eu poderia me apaixonar por você. Você estava em último lugar na minha lista de pretendentes potenciais.

 Mas tudo muda. Quando você me mencionou pela primeira vez neste livro, eu era, claro, uma das "irmãs Collins". Mas o que você não escreveu foi que eu era a mais jovem. A mais bonita. A mais inteligente. Meu cabelo não é ruivo, nem laranja, é escuro e acetinado quando não o pinto. Eu o tingia, enrolava e fazia tranças na esperança de que Walter me notasse e me desejasse. Eu era a única que entendia Walter em um nível espiritual mais profundo, a única que poderia ajudá-lo. Eu sabia o que ele estava passando: podia ver os anjos das trevas tentando se expressar através dele. Eu podia ver as sombras. Não eram as pessoas do Sheen que o usavam como um canal para suas ansiedades, ele é que as usava. Ou então eram as entidades que o possuíam.

 O que eu sou? O que eu vejo? O que Nik via? O que Walter estava ouvindo? Eu sabia que Walter levaria muito tempo até para me ver. A sua esposa Pamela — com aqueles flamejantes cabelos ruivos e feromônios saindo pelos poros como o perfume invasivo de lírios murchos — influenciou o seu afilhado, o jovem Walter, a procurar uma ruiva também, e minha irmã Siobhan acabou sendo a escolhida. Pamela era uma mulher tão gostosa, tão excitante para Walter, eu acho, porque ela também estava perdida. Como pôde uma mulher abandonar a própria filha do jeito que abandonou Rain e deixá-la com você? Eu sei por quê. Só eu sei o porquê. Eu fiz isso acontecer também. De qualquer forma, essas contradições em uma mulher sempre deixam os homens intrigados. Claro, agora sabemos que Pamela não abandonou Rain de verdade, ela a via com bastante regularidade.

Enfim, se Walter tivesse sido um pouco mais como um verdadeiro astro do rock, ele poderia ter conseguido me pegar. Bem mais cedo. Mas ele não é mais o número um. Você é que é, meu querido. Logo, os primeiros serão os últimos, e vice-versa.

Ao dar uma olhada nas páginas deste livro, adoro ler sobre o seu relacionamento com Walter quando ele era garoto. Ler sobre esse jovem gentil torna um pouco mais fácil para mim admitir que, quando minha irmã Siobhan começou a vê-lo, eu provavelmente estava com mais ciúmes do que Rain. Ela era jovem demais para ele. Aos 27 anos, ela ainda era uma criança mesmo. Eu era uma alma velha e me sentia com mil anos de idade.

Sou dez anos mais nova do que Siobhan, nove anos mais nova do que Rain e Walter. Mas me sinto culpada quando confesso que, no meu coração, amaldiçoei Siobhan e Rain porque Walter as amava, cada uma de uma maneira diferente. E minhas maldições funcionam. Eu queria que nenhuma delas possuísse Walter. Ele deveria ser meu. Eu deveria ter qualquer homem que quisesse. Sabia como poderia machucá-las. Eu usaria você.

Meus conselheiros na infância e adolescência me disseram que uma mulher que consegue controlar o pai — de que forma for — sempre terá uma visão distorcida de seu poder sobre os homens. Isso certamente se aplica a mim. Eu fiz com que meu pai parasse de estuprar minha irmã enfiando uma faca no corpo dele. Quando a faca em minha mão entrou no lado direito por trás, e a lâmina fria e cintilante ficou coberta de vermelho, e uma dor espetacular o fez sentir como se estivesse rugindo, mesmo que não pudesse emitir um som, ele perdeu de vista minha irmã mais velha Siobhan inteiramente. Ela gritou quando ele caiu no chão e — onde, por um momento, ele esteve cego de fúria — lá estava eu, uma criança de oito anos, segurando uma enorme faca de cozinha manchada com o sangue de nosso pai. Mais tarde lembro que culpei os anjos: eles me fizeram fazer isso, era o que eu dizia.

Eu cresci sabendo apenas que minha mãe tinha sido um anjo que nasceu no momento do meu nascimento e de sua passagem para a morte. Eu sabia que os anjos nunca morrem, estão sempre presentes, invisíveis, guiando, amando, observando.

É claro que, sem uma mãe viva, eu amava Siobhan mais do que poderia se chamar de normal. Ela era a principal estrela do meu firmamento, mas eu ainda achava que era dogmática demais para Walter. Exigente demais. Mandona demais. Ruiva demais. Irlandesa pra cacete e literária demais. Apesar de toda a sua força feminina, ela era outra garota que nem estaria nesta história se não fosse por mim.

Quando você estava lutando — tentando se afastar da heroína e ficar limpo, tentando salvar seu casamento, aceitando a distância sexual que Pamela repentinamente impôs e vendo rostos na cabeceira daquela sua cama francesa velha —, Louis, meu bem, você estava vendo rostos reais, pessoas reais, trancadas na história, presas no terror e na dor do passado, incapazes de se libertar. Os gritos delas eram reais. Elas precisavam de alguém como eu para ajudá-las a escapar. Você precisou de mim. Pamela era uma vadia. Você devia se perguntar se ela estava só esperando um motivo para cair fora...

No Dingwalls, quando Siobhan voltou para Waterford, convencida de que Walter iria correndo atrás dela, e eu aproveitei a chance para dar em cima dele, oferecendo-lhe cocaína e a oportunidade de um boquete, Louis, você estava tão certo. Ninguém entendia o que eu via ou sentia.

Ninguém entende hoje, nem mesmo você, nem mesmo agora que vivemos juntos e eu cuido de você, e lhe ensino e provoco e tento fazer você feliz. Você ainda não acredita totalmente em mim. Eu tenho que lhe mostrar onde procurar esses anjos, como vê-los e como encontrar o anjo em seu próprio coração e na alma. Os anjos não se importam se somos bons ou maus. Eles nos amam em qualquer circunstância.

Você se lembra logo depois, quando Floss entrou no Dingwalls para me encontrar, a melhor amiga dela, lembra o que aconteceu? Você se lembra *sim*, que eu sei. Você se apaixonou por ela, assim como todos os homens simplórios da merda daquela boate. Eu sempre sei o que você está pensando, querido. Você queria falar com Floss, para verificar se ela notava que você ainda estava vivo. Você se atirou para cima dela como um velho idiota no casamento de Walter e Siobhan.

Você achou que ela se lembraria de você? Lembra o maldito tranquilizante para cavalos que você compartilhou conosco? Não me importei muito, não naquela noite no Dingwalls. Eu ainda estava fixada em Walter. Louis, esta sua história aqui é boa, eu acho. Os homens durões que gostam de rock e acham que todas as mulheres são misteriosas, românticas e distraídas certamente vão gostar. Mas você está contando uma história, aqui, sobre cinco das mulheres mais extraordinárias já reunidas em um livro como este. Fez de Maud uma espécie de objeto sexual de meia-idade; obviamente você a deseja e não sabe por quê. No entanto, ela é leal, inteligente e determinada. Ela me irrita, porque você a adorou, mas eu a respeito. Ela sabia exatamente o que fazer com a arte de Andreievitch. Ela estava jogando com você.

E minha irmã! Deus sabe que ela não era apenas uma espécie de hippie da Irlanda, a Ilha Esmeralda, que queria que seu marido se transformasse em James Joyce ou Seamus Heaney. Ela salvou a minha vida e eu salvei a dela. Nosso pai era um brutamontes fodido, que Deus o tenha, e falo sério. Siobhan me criou, ela era minha mãe. Ao mesmo tempo, conseguiu estudar, fazer faculdade e acabou virando chefe de um departamento na BBC. Você sabe, Louis, Siobhan pode não estar na linha de frente dos problemas do mundo como sua filha Rain, mas já vimos problemas demais. E Siobhan sentiu tudo isso profundamente. Eu acredito que Walter foi um fraco para ela. Ele representava uma rota de fuga, uma volta à Irlanda, à poesia.

Pamela, sua esposa, embora fosse uma vadia, não merece ser descrita como uma "ninfomaníaca" só porque gostou de trepar com você por um tempo. Só a vi poucas vezes, mas que mulher fantástica e poderosa ela era. Ela não deixou Rain para trás por uma questão de conveniência ou para te dar algo para fazer. Ela deixou Rain porque também teve um colapso nervoso bem debaixo do seu nariz. Você estava tão fixado em suas próprias visões sombrias que nem percebeu. Pamela também teve uma revelação e um dia você entenderá a natureza dessa revelação. Ela se descobriu. Foi tão simples que você perdeu e não viu.

Isso me leva às *teenyboppers*. Ringo Starr chamava as primeiras fãs dos Beatles de *teenyboppers*, essas adolescentes de colégio ligadas em cultura pop. No casamento de Walter, Floss, eu e Ronnie éramos as *teenyboppers*. Estávamos brincando de ser damas de honra. Sim, até o Ronnie! Ficávamos fantasiando sobre o dia em que nos casaríamos e teríamos nossas próprias damas de honra. Éramos jovens de dezoito anos, imaturos demais, e sei que parecíamos e nos comportávamos como se fôssemos adolescentes.

Louis, você não pode imaginar como era forte a nossa amizade naquela época. O quanto alguém pode magoar outra pessoa? Existe algum sentido em magoar uma pessoa que não se ama profundamente? Floss e eu ferimos uma à outra, talvez nunca voltemos a ser como antes, mas sempre seremos almas gêmeas. Se nos machucamos, isso é uma medida do nosso amor. Sim, Floss adorava cavalos. Eu vejo anjos. Mas não pense que éramos bobas.

Então Floss apareceu no Dingwalls. Fiquei um pouco triste, admito. Você sabe o que eu estava pensando quando vi os olhos de Walter vidrados na minha melhor amiga? Eu estava pensando que eu era um anjo e conversava com anjos. Para vocês homens, todos vocês lá naquela noite, essa parte de mim não existia. Eu queria gritar para todos vocês: "Me enterrem, me apedrejem, porque eu sei que nenhum de vocês jamais se casará comigo!"

Ah, Louis, ler isso me deixa muito triste de novo. Você escreve sobre o meu amor por Walter com o distanciamento de um biógrafo acadêmico. Você não pode imaginar como eu me sentia desolada naquela época. Eu quase nunca conseguia ver Walter, ou ajudá-lo. Eu raramente via Floss. Eu me senti completamente excluída. Quando nossos melhores amigos se casam, eles têm menos tempo para nós. Mas Floss se casou com o homem que eu amava, que havia se casado com minha irmã mais velha e sempre me tratou com um pouco de impaciência. Comecei a ficar normal, como você diz com razão. Isso não é bom. Normal não é bom, Louis. Não nasci para a normalidade.

Você se lembra de quando contei a todos sobre Ronnie? Eu nunca me importei se ele era gay ou não, ou se ele gostava de usar salto alto e pegar emprestado nossos sutiãs às vezes. Ronnie tinha um macaco preto meio opaco sentado na parte de trás do seu maldito pescoço prussiano! Eu pude ver.

Depois que Walter mostrou o material que seu pai compôs para Steve Hanson ouvir, você se lembra de ter escrito neste livro sobre o nosso almoço no Le Caprice, afirmando que eu era difícil de interpretar? Você disse que podia ver que minha obsessão por Walter era forte e se perguntou por que eu estaria me voltando para você? Era quase como se eu estivesse lhe dando um aviso, para prepará-lo para algo terrível que eu pudesse ter pressagiado.

Meu Deus! Isso para mim é tão difícil de escrever, meu querido. É tudo verdade, tudo o que eu disse naquele almoço.

Eu ainda estava obcecada por Walter, e ainda apaixonada por ele como uma adolescente. Mas pedi para você almoçar comigo porque precisava de ajuda. Eu posso "ver" o que os outros não podem ver. Se isso significa que eu sou vidente ou louca, não faz diferença. Talvez eu possa simplesmente ler as pessoas, sentir o estado de espírito delas, e aí algum mecanismo sinestésico entra em ação e faz associações peculiares.

Walter estava com um problema terrível. Ele amava Floss. Sem dúvida. Mas por que ela o deixava tão sozinho? Por que Walter confiava em Ronnie, se ninguém mais confiava? Mas eu também queria ver você, meu querido Louis, e estar com você. Eu percebi como você estava tentando ajudar. Você estava sendo tão gentil. E você sempre esteve na minha lista, afinal. Meu velhinho lindo.

Sinto muito, Louis, que esta história se revele como eu sei que vai acontecer agora. Eu decidi usar você, tirar vantagem de você. Hoje eu me arrependo disso. Mas eu simplesmente tive que tentar roubar Walter de Floss. Não pude evitar. Mulheres como eu costumam ser chamadas de "destruidoras de lares". Mas Floss e Walter não tinham um lar de verdade. Não era como este aqui, em que você se senta hoje para escrever. Eu fiz esta casa só para você. Isso é um lar. E acabou que deu certo. Não é, meu amor? Você me perdoa? Você poderia?

Sim, eu seduzi Walter. Não sei por que ele acreditou em mim quando falei de Floss e Ronnie. Era quase como se ele soubesse o tempo todo que algo estava acontecendo entre eles. Eu conhecia um segredo que poderia criar problemas terríveis para quase todos do meu círculo de amizades se eu falasse sobre o assunto. Inclusive você, se eu quisesse. Eu me senti tão poderosa naquele momento. Foi inebriante. Não tenho orgulho disso, mas para mim as coisas só pioravam antes de melhorar.

Walter ouvia toda aquela música estranha. Foi apenas o começo para ele. Ficaria muito mais exuberante quando seus chacras se abrissem.

Você pode perguntar se é difícil entender por que Walter acreditou em mim quando lhe disse que eu era capaz de ver Floss e Ronnie fazendo amor, nas brumas da minha segunda visão e intuição paranormal.

# Capítulo 21

Meu nome é Louis Doxtader. Parece que fui enganado. Não sei direito se posso permitir-me o luxo de importar-me com isso. O funeral do Velho Nik aconteceu uma semana após as revelações no hospital, onde Floss conheceu Maud, e Maud entendeu que o Velho Nik só teve amor por ela, mas que também morreu amando e estendendo a mão para a mulher que era de fato, sem que ele soubesse, sua única filha. Eu assisti ao funeral do meu artista de maior sucesso sem padecer muitos remorsos. Era comigo que estavam as melhores obras de Nikolai Andreievitch e eu sabia que a sua morte mais do que duplicaria o valor delas. Se eu as lançasse aos poucos nos anos seguintes, elas aumentariam dez vezes de valor. Era por Maud que eu mais lamentava nessa ocasião. Eu já testemunhara o que havia acontecido na ala da UTI e a terrível provação que ela teve de suportar nas últimas horas de Nik. Floss só ficara no leito em frente ao de Nik por uma semana e, nesse período, Maud quase enlouqueceu.

Ficamos amontoados em volta do caixão, a sepultura recém-cavada e envolvida em veludo vermelho. Alguns fãs dos tempos de Nik com a Hero Ground Zero apareceram e foram mantidos a distância por um segurança da indústria pop para que Maud e os convidados pudessem prantear com alguma dignidade.

Eu não desviei os olhos dela. Ela nunca fora tão bonita, pensei. Afinal, em nenhum momento tentei esconder minha paixão por ela nesta história.

Floss, ainda usando uma bengala, caminhou lentamente para postar-se ao lado de Maud; foi nesse exato segundo que o meu mundo começou a desvelar-se. O funeral começou a parecer um sonho, o que me recordou um sonho que tivera na noite anterior e que não pude evitar de tentar lembrá-lo. Ele então acabou voltando para mim, mas, quando isso aconteceu, um segundo sonho me veio à mente com a mesma força. Tentei voltar ao presente. Selena me disse que estuprei Floss. Mal posso acreditar. Não consigo me imaginar fazendo uma coisa dessas, mas sei que se aquela Floss, uma mulher extremamente bela, tivesse me abraçado e oferecido os lábios, eu não teria condições de resistir.

Louis, é Selena. Meu querido, estou aqui de novo escrevendo no seu lugar. Antes de você ir longe demais. Ainda há tanta coisa que você não sabe. Lembro que corri para o seu lado e o puxei para afastá-lo de todos até o abrigo de uma imensa árvore no cemitério, para ficarmos sozinhos.

— Eu posso ver — disse a você em um sussurro.

— Quem? O que você pode ver? Quem você pode ver? — Você estava lutando para permanecer ligado ao presente.

— Vejo várias entidades usando você — expliquei, passando as mãos pelos seus ombros. Eu podia ver que elas estavam tentando tomar posse de sua mente, competindo entre si pela supremacia.

— Lembro de vários sonhos — você disse. Eu sabia disso, é claro. Por isso fui tirá-lo de lá. Sua voz estava tremendo.

— Eles parecem muito reais e estão invadindo a minha realidade.

— Essas entidades estão realmente usando a sua mente — foi o que eu lhe disse. Fiquei tão feliz por poder explicar o que eu sabia que estava acontecendo com você. Eu sabia que você precisava da minha atenção e que gostou do meu gesto.

Minha aparência estava particularmente boa naquele dia: a cor preta combina comigo.

Tentei explicar:

— Elas estão sonhando os próprios sonhos delas, lembrando de suas próprias vidas passadas, isso não tem nada a ver com você.

Depois você começou a sentir que podia ver as hostes de anjos de Nik, as visões que ele desenhou, e então tive de sacudir você para trazê-lo de volta à terra.

— Você merece isso, Louis — eu lhe disse. — Sinto muito, mas esta foi a forma de sua mente lidar com o que você fez.

— O que foi que eu fiz? — Sua cabeça estava clareando rapidamente.

Foi naquele momento, meu querido Louis, que você passou do número quatro para o número um da minha lista. O momento em que eu soube que poderia te abraçar.

— Você sabe que eu vi você. No casamento da minha irmã.

— Era verdade, eu tinha visto você, e minha voz soou baixa e conspiratória até aos meus próprios ouvidos. — Com Floss...

— Sim.

— Ela estava completamente fora de si por conta das bebidas e drogas. Você a possuiu.

Você olhou para Maud e Floss juntas. As duas sorriam. Floss era bonita, sim, mas Maud também era, como uma Floss mais velha.

Meu nome é Louis Doxtader, ainda estou tentando entender o que ela me disse e concluir este livro tornou-se muito mais importante. Eu era culpado de dar drogas muito pesadas a três adolescentes e tentar tirar vantagem de uma delas? Sei que Selena pode dizer qualquer coisa para conseguir o que quer. Eu sei que ela passa a acreditar no que acha que pode ver.

Depois de me acusar do que ela me viu fazer, voltamos para o funeral e ficamos por ali, enquanto o padre lia a consagração.

Eu estava tentando me afastar de Selena e me vi mais perto de Maud. Senti como se tivesse entrado em uma vida que não era minha e queria voltar para onde pertencia, um lugar em que era respeitado e amado.

Maud sorriu para Floss, pegou na sua mão e — quando o caixão de Nik baixou na sepultura — mãe e filha se abraçaram.

O velório havia sido realizado no meu apartamento, onde estávamos cercados pelos melhores quadros de Nik. Eu me sentia compelido a ser o anfitrião, porque era o protetor de Maud, mas também porque era o agente de Andreievitch, é claro.

A conversa inevitavelmente girou em torno das circunstâncias do nascimento de Floss, e Maud explicou-nos tudo o que Nik nunca soube, que ele tivera uma filha. Maud era muito jovem e temerosa; foi antes de se casarem. Naquela época, Nik já havia começado a ser uma pessoa difícil, com sucessivas crises de ansiedade. A Hero Ground Zero fazia muito sucesso e ele estava sempre viajando. O dinheiro sobrava, mas a pressão sobre Nik era extrema e Maud não queria ter um filho com ele, pelo menos não naquela época, nem tão cedo no relacionamento. Portanto, antes de se casar com ele, enquanto ele estava em turnê nos últimos seis meses de gravidez, ela organizou o nascimento do bebê e sua adoção imediata em uma clínica de Berna. Ela nunca viu o rosto da criança, nem a segurou contra o peito.

Os pais adotivos de Floss, Albert e Katharine, estavam esperando por ela na clínica e a criaram como se fosse deles. Eles nunca esconderam de Floss que ela havia sido adotada logo ao nascer, e até revelaram a ela o nome da clínica em Berna onde ela nasceu, mas eles não sabiam nada sobre a mãe biológica de Floss, apenas que ela não queria ficar com a menina. No entanto, os três se viram brevemente no corredor da clínica, enquanto Maud se afastava, infeliz, de seu bebê e os dois caminhavam alegremente em sua direção. Os olhos deles se encontraram.

# Capítulo 22

Seis semanas depois, estávamos todos reunidos nos bastidores de um show no Hyde Park. Walter ficara enfiado sozinho e lânguido em seu camarim por grande parte do dia. O primeiro ensaio da manhã fora mal e, embora o segundo tenha sido um pouco melhor, o estado de espírito geral no parque vazio era tenso.

Percebi que a equipe de *roadies* incluía Molly, que estava operando um holofote no alto da estrutura do palco. Durante os ensaios, todos obviamente acharam as paisagens sonoras sombrias e sóbrias demais. Agora, pouco antes do concerto, eles estavam menos animados ainda do que se poderia esperar. Um deles me disse que achava legal a música extra, mas todos estavam preocupados com o fato de Walter ser cabeça-dura demais, recusando-se a tocar sequer uma das músicas antigas que eles costumavam tocar no Dingwalls. Steve Hanson e Crow me chamaram de lado e me pediram para ver se Walter estava bem. Fui vê-lo em seu camarim.

— Como está se sentindo? — Eu não queria alimentar nenhuma ansiedade que ele pudesse ter em relação ao show, um concerto por si só já exigia um grande esforço para qualquer pessoa. — Hanson e Crow estão preocupados com você.

Walter ergueu os olhos de algo que estava escrevendo.

— E eu estou preocupado é com eles — disse ele rindo.

— Eles têm muito mais a fazer do que eu neste show. Meu pai

compôs uma música muito difícil. Meu papel é apenas cantar, principalmente as partes do coro.

— Foi difícil eles entrarem nessa, Hanson e Crow?

— Crow me surpreendeu, não achei que ele fosse topar, mas Hanson sempre foi muito positivo. E bastante otimista. — Ele riu de novo, com um certo ar de ironia.

Hanson sempre falava com Walter como se fosse um adorável tio rico, ou um tutor mais velho, em vez de um ex--parceiro de banda. Dinheiro e sucesso apenas ressaltaram o que já era evidente na personalidade de Hanson desde os tempos do Dingwalls. Ele sempre foi talhado para ter uma grande posição no mercado da música e das artes e estava totalmente à vontade com a persona que se tornara, mesmo que o auge de sua carreira tivesse passado.

— Cerca de oito semanas atrás — explicou Walter —, Steve escolheu uma data para esse show de paisagens sonoras no Hyde Park e começou a tentar persuadir Crow a fazê-lo. Ele estava convencido de que tínhamos tempo de sobra para acertar tudo e tinha certeza de que o concerto seria incrível. Ele adorou o que meu pai e eu fizemos.

Eu sabia que oito semanas antes, Walter não estava nada bem: Selena o havia seduzido e ele acreditava que Floss havia sido infiel.

— Ele perguntou se *você* queria fazer o show?

— Ele me ligou. Eu estava a caminho da Irlanda para ver Siobhan. Disse a ele que ia ficar num lugar meio isolado e que para falar com ele eu teria de voltar.

Hanson concordara em dar esse tempo para Walter, mas por trás dos panos, Frank Lovelace se insinuara no esquema, vendo nele tanto uma aventura quanto uma oportunidade. Ele sabia exatamente como organizar o evento. Hanson e Frank então seguiram em frente. Os ingressos estariam à venda no momento em que Walter topasse. Quando Walter relatou tudo isso, ele parecia chateado.

Ouvi dizer depois que Crow e Hanson obviamente conspiraram, apesar da aparente reticência de Crow. Crow sempre quis sua antiga banda de volta e, no fundo, estava de saco cheio de tentar sobreviver fazendo shows nos inúmeros pubs e boates espalhados pela Europa. Havia se apresentado algumas vezes nos EUA, principalmente em Nova York, mas seus fãs se sentiam parte de uma seita exclusiva e não estavam muito interessados em compartilhar a banda com ninguém. Apesar do seu site ter milhares de acessos todos os dias, Crow sabia que sua base de fãs era pequena.

Crow também gostou da ideia de fazer um "retorno" que prometesse uma coisa e apresentasse outra. Os antigos fãs da Stand, e certamente todos os fãs atuais da Hero Ground Zero, mesmo aqueles que remontavam aos dias de Nik Andreievitch, ficariam chocados ao ouvir as últimas composições de Walter — se é que se poderia chamá-las assim. Ele tinha certeza de que tocariam canções no Hyde Park, talvez novas, mas as antigas também.

Toda aquela ideia de paisagens sonoras podia ser pretensiosa, mas se era sombria, que assim seja. Sem dúvida, Crow acreditava que no final ele seria capaz de convencer Walter a fazer o melhor solo de harmônica da sua vida, a multidão ficaria enlouquecida e Walter seria incapaz de se conter. Incentivado pela adrenalina e as endorfinas, ele cederia e faria sua pose de estátua com gaita na mão direita.

— Crow — disse Walter, e ele sorriu e balançou a cabeça. Quase dezesseis anos se passaram e realmente nada mudou no mundo de Crow. Por quê?

Crow, Steve, Patty e Walter sabiam que aquela seria uma das maiores reuniões da história do rock.

Walter voltou a escrever o que estava escrevendo quando entrei no camarim. Ele me passou duas folhas para ler.

— O que você acha?

> *In two more hours*
> *The light will fade*
> *I wait*
> *For all of you*
> *Ascend the towers*
> *This serenade*
> *Comes late*
> *Nothing I can do*\*

— Muito bom, Walter — eu disse, falando sério. — Mas certamente essa ansiedade toda não deve ser só por causa do show.

No entanto, pude ver que ele estava em um estado de ânimo ansioso e soturno. Como o público reagiria ao seu grande projeto, suas paisagens sonoras realizadas por seu pai, as músicas e histórias adicionais fornecidas por Steve e Patty Hanson — e a ocasional explosão de energia do R&B que Crow conseguira enfiar num concerto que deveria ser sóbrio e artístico?

Naquele momento, faltando três horas para que o público fosse liberado para entrar no gramado, e duas horas antes do show, Floss entrou no camarim de Walter. Ela parecia magnífica. Trajava um vestido muito elegante, Gucci ou Balenciaga, excessivamente bordado de paetês, que devia ter custado uma fábula. Ela parecia feliz.

— Ah, querido — disse ela, solidária. — Você está desanimado? — Ela sentou-se ao lado dele e segurou sua mão.

— Preciso falar com você, Floss — disse Walter. De repente, ele empalideceu.

— Vou dar privacidade a vocês dois — falei, levantando-me para sair.

---

\* N. da T.: Mais duas horas/E a luz esvanecerá/Espero/Por todos vocês/ Ascenderá às torres/Esta serenata/ Tardia/Nada posso fazer.

— Não — disse Walter firmemente. — Tio Louis, preciso que você fique, e quero que Floss tenha seu apoio, se ela precisar também. Depois de dizer o que tenho a dizer.

— Porra, Walt — disse Floss, ficando vermelha e de repente com muita raiva. — O que pode ser tão importante que você precise falar comigo logo agora?

Walter fez um sinal para que nós dois nos sentássemos, mas depois se levantou e andou de um lado para o outro no camarim, olhando-se nos enormes espelhos do chão ao teto.

— Tenho que lhe dizer, minha querida — gaguejou ele.

— Eu te traí. Quando Selena disse que você e Ronnie eram amantes... ela e eu fizemos sexo. Me perdoe. Louis sabe de tudo.

Floss olhou para baixo e seus olhos se encheram de lágrimas.

— Você não fez nada de errado — disse Walter, encarando-a e suplicando para ela. — Fui eu que errei, você nunca teve um caso com Ronnie. Eu me sinto tão envergonhado.

Floss subitamente caiu em lágrimas profundas e abertas. Walter também estava perturbado. Ela estava balançando as duas mãos no ar, como sempre fazia em tais momentos, como se estivesse espantando moscas ou poeira. Ela o descartava enquanto ele tentava se desculpar repetidamente. Coloquei minha mão gentilmente em seu braço, mas ela a afastou.

Eu queria estar em qualquer outro lugar, menos lá naquele momento.

Então.

Walter começou a dizer algo, mas Floss de repente assumiu o controle.

— Cale a boca, Walter! Vocês dois, escutem.

Ela estava quase gritando, e Walter e eu percebemos que aquilo era algo diferente, ela não estava chorando porque ele trepou com Selena.

Walter ficou confuso, e eu também.

— Walter, querido. — Ela se dirigiu a Walter, mas estava olhando para mim, como se fosse vital que, como testemunha, eu estivesse do lado dela e de Walter. — Tem uma coisa que eu nunca te disse.

Walter virou-se para olhar para mim. Suspeitei que estivesse arrependido de ter pedido para eu estar presente, ele havia planejado apenas descarregar sua própria culpa. Após suportar tanta paranoia e incerteza por conta do suposto caso entre sua esposa e Ronnie Hobson, o que poderia ser essa nova revelação? A infidelidade foi o que veio à mente num estalo. Se não Ronnie, com quem Floss o traiu? Se não fosse um caso, o que poderia ser? Colapso financeiro? Falência? Sua esposa estaria entediada com ele? Ela iria abandoná-lo como Siobhan tinha feito? Ocorreu-me que, se o que Floss tinha a falar possuísse alguma relação com o que Walter me contou sobre a vida sexual bastante esporádica deles, então eu tinha certeza de que ele preferiria que eu não estivesse presente para ouvi-la.

Floss estava tremendo um pouco. Walter e eu não fizemos nada para consolá-la. Em qualquer outra circunstância, teríamos agido de outra forma. Levantei-me e rompi o silêncio.

— Floss. — Eu estava quase gaguejando. — Walter queria que eu estivesse aqui para ouvir sua confissão a você. Mas eu posso sair agora. Tem certeza de que não quer que eu saia?

Floss balançou a cabeça afirmativamente.

— Quero que você fique — disse ela. — Eu me sinto mais segura com você aqui.

Walter ficou irritado com isso.

— Você está completamente segura comigo, querida, que loucura é essa? Eu nunca levantei um dedo contra você.

Floss olhou para ele suplicante.

— Não estou dizendo que você iria me agredir. O que vou falar diz respeito a Louis. Ele faz parte de tudo isso.

Walter olhou para mim com total espanto, e achei difícil não parecer culpado. Ela iria falar sobre as drogas que distribuí no dia do casamento dele com Siobhan dezoito anos atrás? Tive uma crescente sensação de pânico. Iria confirmar a acusação de Selena? De que eu a estuprei. Pelo que Selena dissera, presumi que Floss não se lembrava de nada. Obviamente eu não me lembrava do que havia acontecido, mas não podia ter certeza de que Selena estava dizendo a verdade quando disse que sabia. O que Floss quis dizer quando afirmou que eu fazia parte do que ela precisava dizer?

— Por favor, vocês dois — disse ela, mais calma. — Fiquem sentados aí e parem de olhar um para o outro.

Walter e eu estávamos sentados no mesmo sofá grande e cinza do camarim, porém estávamos bem afastados. Ela puxou uma cadeira para nos encarar e sentou-se.

— Walter, você sabe que perdi nosso bebê quando caí do Dragon. — Ele não disse nada, mas assentiu com a cabeça imperceptivelmente. — Bem, não foi a primeira vez que perdi um bebê.

Walter na mesma hora se levantou e se ajoelhou na frente de Floss. Ele colocou a mão na face dela.

— Quando? Como? — Ele estava pronto para perdoar qualquer coisa, ao que parecia.

— Eu tinha dezenove anos. Ela nasceu na mesma clínica de Berna, onde nasci. Malditos pais católicos... eu não considerei fazer um aborto. Agora, é claro, eu me pergunto onde ela está.

— Uma filha? — Walter balançou a cabeça sem compreender. — O que aconteceu? A criança morreu? — Ele estava olhando para a esposa, seus olhos arregalados.

Floss negou.

— Não. Ela está viva.

Walter estava ficando furioso, mas sua raiva não tinha alvo, parecia generalizada.

— Seus pais levaram você para Berna? Meu Deus! Como puderam levá-la justamente ao lugar onde você nasceu?

— Eles não sabem nada dessa história. Encontrei o endereço da clínica dentro de um dos livros de minha mãe. Eu não contei a ninguém. Ninguém sabe, só Selena.

— Quem era o pai?

— Eu não sei, Walt. — Eu podia ouvir o seu sofrimento.

— Eu nunca deveria ter abandonado minha filha.

Walter parecia atordoado. Era óbvio que ele estava pensando que Floss deve ter desfrutado de uma vida sexual desenfreada antes do casamento deles, sobre a qual ele não sabia nada.

— Ah, Walt — protestou Floss. — Não me olhe assim. Quer dizer, não sei quem fez sexo comigo no dia do seu casamento. Eu não era virgem quando nos casamos, mas também não era uma garota leviana. Selena e eu sempre parecíamos muito mais loucas do que realmente éramos.

Ai, meu Deus! Meu pânico estava aumentando. Selena disse a ela que eu era o pai? Se ela contar ao Walter, ele vai me matar.

— Quem era? — exigiu saber novamente, com mais firmeza.

— Você não sabe? Não poderia nem presumir?

Ela balançou a cabeça. Porque, diferente de mim, ela não suspeitava de quem poderia ser o pai de sua filha. Walter se acalmou, puxou Floss para o sofá para se sentar entre nós e passou o braço em volta dela, encostando a cabeça dela no seu peito e acariciando seus cabelos.

Eu dei um grande suspiro de alívio e coloquei meus braços em volta dos dois enquanto eles se abraçavam, ambos com lágrimas nos olhos. Mas meu alívio duraria pouco.

Floss não sabia o que havia acontecido com seu bebê, andou fugindo desse assunto por toda a sua vida. Ela olhou para Walter então, envergonhada.

— Foi no seu casamento, Walt — disse ela mais uma vez, aos soluços. — Eu estava completamente bêbada.

— Como acontece nos casamentos — interrompeu Walter, tentando acalmar um pouco sua esposa infeliz.

— Selena me deu um tipo de droga. Acho que foi um tranquilizante para cavalos.

— Você está dizendo que fez sexo no dia em que casei com Siobhan?

— Walter estava começando a ver que aquela história não precisava terminar tão mal se ele pudesse apenas se conter. — Você engravidou, teve um bebê que depois deu para adoção. Quem adotou a criança?

Floss balançou a cabeça novamente.

— Eu não sei. Meus pais conheceram minha mãe Maud Andreievitch muito rapidamente na clínica quando me adotaram, mas não sabiam nada sobre ela. Não tinham como saber quem ela era ou onde morava. Era isso que eu queria para mim. Funcionou para mim e para mamãe e papai. Não sei quem era o pai da minha filha e não tenho ideia de onde minha filha possa estar hoje. Ainda não tenho muita certeza se quero saber. Selena recebeu as drogas de outra pessoa. Eu sempre achei que poderia ter sido de Ronnie, ele tomou um pouco de cetamina, mas ele sempre negou que tivesse me passado a droga. Ele nunca quis falar sobre o dia daquele casamento. Sempre disse que tinha sido um dia ruim e infeliz para ele. Não queria entrar em detalhes.

Ai, meu Deus! Eu queria gritar com ela que nunca lhe dei a porra da cetamina. Foi Selena. Foi Ronnie. Qualquer um menos eu. Eu não. Agora não. Oh, merda!

Então ouvi Floss rir através das lágrimas.

— Junto com o álcool, caiu muito mal e desmaiei. Tudo o que lembro é que acordei com alguém me carregando para um sofá. Depois desmaiei novamente. Não me lembro de nada. Mas acho que essa pessoa fez amor comigo enquanto eu estava bêbada.

Walter foi rápido em corrigir sua mulher.

— Ninguém fez amor com você, Floss. — A voz dele soou firme e muito zangada. — Você foi estuprada.

Walter agora sabia que Floss havia sido estuprada por um homem desconhecido em seu casamento com sua primeira esposa. Ele fez as contas; ele pensou: Deus! Floss tinha apenas dezoito anos. Eu tive que ficar lá e assenti com a cabeça.

— Sim, sim — me ouvi dizendo, sabendo que era eu o culpado. — Horrível, terrível.

Se Floss estava mesmo completamente inconsciente, pensei, eu também devia estar.

Mas uma vaga lembrança me ocorreu naquele momento, da presença de Ronnie por perto e de Selena também, e eu sabia que todos nós tínhamos usado a cetamina que eu levara. Também cheirei pó e bebi um pouco de champanhe. Nessas ocasiões, eu sempre achava que tudo não passava de meras drogas recreativas. Se não fosse heroína, não poderia fazer tão mal assim. Mais lembranças me vieram à mente. Uma imagem indistinta de nós quatro dançando em círculos de braços dados. Estávamos cantando e rindo. Lembrei de Selena me beijando e depois beijando Ronnie. Lembrei que me surpreendi com Ronnie, os gays não consideravam isso broxante? Floss beijou Selena? Beijou Ronnie? Ela me beijou?

Depois nada. Nenhuma lembrança. Nenhuma imagem.

Walter transferiu sua raiva para Selena.

— Onde Selena estava com a cabeça para ficar distribuindo drogas pesadas? Seja lá de onde vieram. Caramba!

Fiquei novamente tentado a gritar em minha própria defesa, mas não consegui sair do meu esconderijo. Na verdade, era indefensável.

Floss tentou acalmá-lo, implorando para ele não ficar com raiva.

— Você conhece a história, Walt — chorou. — Selena matou o próprio pai para impedi-lo de espancar e abusar de Siobhan. Ela só tinha oito anos. Isso marcou-a para sempre. Ela nunca conseguiu estabelecer um relacionamento duradouro com ninguém.

Walter segurou o rosto de Floss nas mãos. Se alguma vez ele pudesse escrever um soneto, teria sido naquela hora. Com um súbito lampejo de compreensão, Walter exclamou: — Floss! — Ele estava quase rindo. — A criança que você deu à luz em 1995 em Berna, ela ainda está viva!

Uma voz gritando acima de um gigantesco sistema de som PA em algum evento público de massa. "Bem-vindos aos portões do inferno." O inferno. Trevas. Tortura. Fogo. A cremalheira. A gargalhada maléfica. Corpos sendo espancados, queimados, caindo com um baque, despencando. Um coro macabro. Uma guitarra elétrica, estrangulada, torturada. Um órgão ridículo. Os gritos estúpidos de uma multidão de estádio de futebol, uma horda islâmica, uma congregação pentecostal. Um pregador "expulsando demônios". Aspirantes falando em línguas. Multidões inflamadas cantando em muitas e diferentes manifestações. Tamboristas hippies, tamboristas nativos, batendo, baquetando, uma fúria crescente impulsionada pelo ritmo, metamorfoseando-se numa banda de rock'n'roll da velha escola, tocando a todo vapor. O som é colossal. Isso é pub rock, com pomp rock, com punk de garagem, com rock progressivo, com God rock, com road rock, com hell-on-earth rock, com acid e rap. Essa paisagem sonora maciça, inquietante e assustadora acaba tornando-se a faixa de apoio do rap-rock-pop aos piores excessos do rock de estádios, festivais, heavy metal, death-metal, MTV, a quebradeira de guitarras e toda essa merda infantil...

Estávamos todos reunidos ao lado do palco. Foi a primeira vez em quase dezesseis anos que vimos Walter se apresentar.
 A orquestra e o coro estavam no palco com a banda e, atrás deles, um monumental órgão de tubos. Harry Watts ora o tocava, ora regia os músicos que interpretavam suas orquestrações das paisagens sonoras de Walter. O texto, que Walter chamou de "o libreto", tinha belas passagens. Alguns poemas

eram excelentes, pensei. Eu ainda não tinha ideia de para quem Harry havia pedido que elaborasse o libreto, e no programa os créditos eram sucintos: *paisagens sonoras concebidas por W. K. Watts, música composta por H. Watts, libreto por S. Watts.* Foi a mãe de Walter, Sally, quem contribuiu com as palavras? Seria possível que, além de excelente pintora, ela fosse também excelente poeta?

Enquanto a orquestra tocava, enchendo o parque com uma música orquestral moderna audaciosa e ambiciosa acompanhada de uma cascata sonora proveniente do órgão, Frank Lovelace parecia extremamente preocupado; o público não estava reagindo como ele esperava, e como Steve Hanson havia prometido.

Patty Hanson brandia o pandeiro e flutuava no palco com seu vestido esvoaçante de seda.

Crow parecia impassível e desligado, mas pensei ter detectado um brilho de esperança em seus olhos. É claro que ele sabia que se, de alguma forma, conseguisse que Walter fizesse sua célebre pose de estátua e tocasse harmônica, como nos velhos tempos, tudo ficaria bem.

Walter estava no centro do palco, cantando, grunhindo e, quando seu pai assumia o órgão, ele assumia a regência. Os músicos que Harry trouxe consigo tocavam com Crow, Steve e Patty Hanson, e apenas Walter parecia de fato ter pouco a fazer no palco. Mas dava para ver que estava orgulhoso e comovido e, às vezes, quando sua voz era necessária, ele a usava de uma maneira totalmente nova. Em vez de cantar no seu velho estilo, usava a voz como um instrumento e, quando havia letra, as palavras saíam mais como poesia do que as canções que ele havia composto para a Stand nos tempos do Dingwalls.

Naquela época, Selena costumava me descrever os fantasmas quase invisíveis das centenas de entidades que apareciam em suas visões, e naquele dia do concerto, quando as paisagens sonoras pareciam abrir uma dimensão após a outra, eu me perguntava se também as estava vendo, pequenas nuvens difusas flutuando no céu como fumaça, "procurando por almas que pudessem ocupar", como dizia Selena. As nuvens se metamorfoseavam, se desenvolviam, e pensei ter visto uma dúzia de faces que poderiam ser Deus lá em cima. E o que poderia ser aquilo que se estendia através do pôr do sol em tons de dourado e cinza? Seriam os anjos reunidos de Nik esperando pela Colheita? Eu estaria voltando no tempo, à minha antiga loucura, ou estaria enfim experienciando o que sempre quis nas paisagens sonoras de Walter?

Após 95 minutos, a música sombria e sinistra terminou. Quando a última paisagem sonora ecoou pelo parque, Selena estava me agarrando com uma força quase violenta.

Quando o sol finalmente mergulhou e sumiu no horizonte, foi como um término irregular e incômodo, em parte porque havia uma sensação pairando no ar de que o som poderia retornar a qualquer segundo.

Nada tinha sido normal naquele show. Houve música, mas também o que muitos na multidão, sem dúvida, devem ter considerado ser apenas ruído: um barulho anárquico e irritante. Então, quando a última música acabou, fez-se um silêncio expectante.

O silêncio ao lado do palco, refletindo o silêncio dos trinta mil no gramado, foi rompido quando Maud perguntou:

— Ninguém vai aplaudir?

Floss virou-se para ela e sorriu, mas balançou a cabeça. Com isso, irromperam alguns aplausos esporádicos e umas poucas aclamações isoladas.

Houve um ruge-ruge suave. Respirações. Pude ouvir uma tosse ocasional, um som de pigarro, um espirro. Um avião distante passou ruidosamente no céu. Nenhuma palavra.

Fiquei me perguntando se era possível que as paisagens sonoras tivessem liberado, confrontado e redimido algumas das ansiedades que refletiam, como Walter e eu havíamos conversado. Olhando para a multidão, para alguns dos rostos sorridentes e esperançosos que olhavam para o palco, senti que talvez algo de maravilhoso e significativo tivesse acontecido, *sim*. Algum deles teria visto algo parecido com as visões que eu experimentara?

Muitos na plateia sem dúvida tinham ido ali para ouvir rock. Mas talvez alguma coisa tenha feito com que se lembrassem de que a música que mais amavam sempre brotaria deles próprios, do que sentiam e precisavam profundamente, não apenas de seus ídolos musicais. Assim como Selena se descrevia como a "engenheira-chefe" quase irremediável de todos os seus esquemas e maquinações, talvez o público fosse o verdadeiro engenheiro da música que ouvira naquela noite? Embora pudessem não ter consciência de que haviam escolhido Walter para o palco naquela noite, eles o fizeram, e Walter falou com eles como um verdadeiro artista — de coração para coração.

Isso poderia ser verdade?, eu me perguntei novamente. Ou esses pensamentos eram apenas mais sintomas da minha loucura? Naturalmente, eu disse a mim mesmo, parte do público não se impressionou nem se envolveu. Sempre foi assim. Não quero aqui desdenhar ninguém nem insinuar que eram frios, surdos e cegos de alguma forma. Eles podem simplesmente ter ficado confusos ou intimidados, ou ainda decepcionados por serem enganados de que teriam uma noite de R&B dos velhos tempos, mas também talvez tristes por não se sentirem capazes de alcançar o que havia sido oferecido.

Olhei para a multidão novamente. A sensação de expectativa permanecia ali, mas também talvez a aceitação de que não haveria mais. A música havia acabado. Walter não tocaria uma nota na harmônica para quebrar o silêncio. Ele não faria sua famosa pose de estátua. Não haveria uma canção sentimentaloide de encerramento. Não haveria coro no céu.

Não haveria "Amém".

Aplausos não irromperiam.
Selena falou:
— As paisagens sonoras são alucinantes.
Eu concordei. Ela estava certa. Não havia dúvida de que as composições de Harry eram inovadoras e certamente criaram uma atmosfera profunda. Houve momentos tão bonitos nas seções orquestrais, mas também partes muito perturbadoras. Era uma música que refletia toda uma gama de emoções e fragilidades humanas. Selena me segurou com mais força. Seu toque me aterrorizou. Ela me tinha na palma da mão. Poderia me quebrar, poderia dizer a Floss — e a todos — o que sabia, que eu estuprara sua melhor amiga. Meu controle sobre minha vida nos últimos dezoito anos, a sensação de dignidade que obtive em minha recuperação, minha sobriedade e libertação das drogas começaram a desmoronar. Se ela falasse, eu estaria acabado. Minha vida estaria acabada.

Naquele momento, senti sua mão esquerda deslocar-se da minha bunda para a minha coxa e depois deslizar para o meu pau. Ela me olhou com um sorriso lascivo e um lado meu astucioso pensou que as coisas poderiam ser piores.

Selena acenou para a irmã, que estava do lado oposto do palco. Vi que Siobhan sorria, lágrimas de alegria escorrendo pelo rosto. Selena apontou o dedo indicador para o programa e cochichou comigo.

— Siobhan Watts — disse ela. — "S. Watts."
Foi ela que escreveu esse libreto poético.
Walter ainda estava parado no centro do palco e apenas algumas pessoas se movimentavam para sair. Havia uma espécie de agitação no ar, e os operadores que trabalhavam trepados nas torres de iluminação varriam o céu com seus holofotes imensos.

Selena estava na sombra quando olhou para mim e disse:
— Você viu os anjos, não viu?

Eu apenas assenti. E pensei: estaríamos Selena e eu unidos na loucura? E uma esperança me invadiu: isso significa que ela não vai me denunciar?

A multidão estava finalmente começando a se afastar do palco e ir embora. Mas, quando fizeram isso, Walter voltou a si.

— Esperem! — gritou. — Ainda não!

As pessoas se viraram na direção do palco.

— Não vão embora — Walter gritou de novo. — Tem uma coisa que preciso dizer. Algo que quero perguntar a todos.

Houve uma ligeira pausa e o público voltou sua atenção para o palco.

— Existe, na plateia, por acaso, uma garota nascida em Berna, na Suíça, na primavera de 1995, que foi adotada e não conhece seus pais biológicos?

A princípio, não houve resposta.

Walter tentou as palavras mágicas.

— Essa garota estaria procurando sua mãe biológica?

Todos na plateia se entreolharam.

Que pergunta!

Mas, inacreditavelmente, um por um, três braços se ergueram, depois quatro, e por fim sete.

Walter riu. Ele mal pôde acreditar. Nenhum de nós, na verdade. O que ele pretendia ser uma demonstração para Floss de que, se sua filha estivesse viva, um dia ela seria encontrada, subitamente transformou-se em uma possibilidade genuína. A criança poderia ser encontrada. E naquela mesma noite.

Ele olhou para Floss, que estava rindo para ele.

Na torre de iluminação à direita do palco, como soube mais tarde, Molly estava concentrada no seu trabalho. A barra de controle do grande holofote que ela usara para acompanhar Walter estava colocada em um ângulo alto, e ela estava se esticando desajeitadamente para mantê-la estável.

Pelo sistema de comunicação por fones de ouvido, ela ouviu o comando do diretor de iluminação.

— Molly, desligue o seu holofote.

Desligar? Ela não entendeu. Havia apenas três holofotes para iluminar Walter. O resto estava espalhado pelo parque, outros sete "Super Troupers", como eram conhecidos. Toda a equipe de iluminação estava improvisando, sendo inventiva, tomando iniciativa. Tudo estava saindo lindamente.

Dessa vez, Frank pôde ser ouvido nos fones, com mais firmeza.

— Desligue seu holofote, Molly. Faça o que estamos pedindo.

Ela seguiu a orientação e estava retirando um dos seus fones quando o diretor falou novamente.

— Molly — disse ele. — Você não nasceu na primavera de 1995 em uma clínica de Berna?

Todos os operadores de luz que compartilhavam o sistema de fones de ouvido na equipe de trinta homens ouviram o que ele perguntou. Alguns deles riram. Molly não ouvira nada do que Walter tinha perguntado à plateia, seus fones ainda estavam apertados na cabeça. Ela só ouvira o diretor.

Todos os seus colegas a procuraram pelo palco.

Um por um, todos os holofotes do parque a encontraram em sua torre de iluminação. Nove holofotes a iluminaram como uma estrela no espaço.

Uma garota em uma estrela.

Os querubins escondidos nas vestes do anjo mais sombrio de Nik.

A multidão começou a aplaudir. Foi apenas uma onda.

Ninguém sabia o que estava acontecendo, mas alguns sentiram claramente que era algo especial.

Walter e Floss ergueram os olhos, e Molly olhou para eles.

Walter fez um sinal para que todas as garotas que levantaram as mãos se apresentassem. Mas todos nós no palco atrás dele vimos o rosto de Molly na torre de iluminação. Vimos o sorriso atordoado de Floss quando olhou para a garota.

O rosto de Maud também chamou minha atenção quando ela comparou Molly a Floss, olhando de uma para a outra — da mãe para a filha —, e eu soube então que Molly era filha de Floss. Minha filha?

Duas crianças há muito tempo perdidas, encontradas alguns meses uma da outra. Lembrei das visões de Walter de uma criança em uma estrela; estava em uma de suas paisagens sonoras? Por alguma incrível discrepância, ou talvez um milagre, as visões dele estavam assumindo um novo poder, especialmente quando incorporadas na música naquela noite. As estarrecedoras e trágicas aventuras da vida de Floss, sua própria adoção e descoberta de Molly, assumiram repentinamente um significado operístico. Seria uma mera coincidência? Talvez... mas, no contexto do concerto, foi muito comovente e de suma importância.

Então vi que Walter sabia o que tinha de fazer. Ele se posicionou como uma estátua, com a harmônica na mão direita, pronto para tocar, segurando-a no que parecia ser uma tentativa de manter a luz longe dos olhos. O braço esquerdo esticado, como se estivesse se equilibrando numa prancha de surfe imaginária, os joelhos levemente dobrados e virados um pouco para a direita, a cintura curvada. Quando ele assumia essa postura, o público sabia que logo poderia esperar um solo de harmônica poderosamente explosivo, e as garotas começavam a gritar e os rapazes a berrar.

Era uma noite no Dingwalls em grande escala. Steve Hanson escreveu sobre o evento em sua autobiografia.

No Dingwalls, com a Big Walter and His Stand, sempre havia um momento em que encontrávamos uma ligação estreita com o público. Eles costumavam estar não muito bêbados ainda e, se nosso set fosse longo, ficariam cansados. Mas quando Walter fizesse a sua famosa pose, a atmosfera se transformaria em completa expectativa de maravilhamento. Era como se todos estivessem esperando que um orgasmo se completasse, um êxtase que havia começado, mas que fora interrompido por um momento.

Em alguns shows de estádio nos anos 1980 e 1990 com a Hero Ground Zero, havia momentos semelhantes. Patty assumia sua postura no palco, seu pandeiro flutuando rapidamente no ar, a música em silêncio, a brisa soprando seu vestido. O pandeiro soava como uma onda de guizos. A plateia ficava hipnotizada. Patty era como um gavião avistando um camundongo. E quando ela por fim baixava o pandeiro ao seu lado e a banda decolava, a energia e a tensão na plateia eram liberadas no que parecia uma ascensão espiritual.

Só sendo músico de uma grande banda em um show gigante para saber como é essa sensação.

E quando nós quatro estivemos juntos novamente no Hyde Park, tocando as paisagens sonoras de Walter e Harry Watts, no fim do concerto, não havia mais para onde ir, ali era o nosso lugar. A filha perdida de Floss, Molly, foi encontrada. Ela estava entre nós o tempo todo.

Walter tomou seu lugar no palco para fazer sua magnífica pose e, quando finalmente começou a tocar um solo de harmônica de cortar o coração, todos subimos aos céus.

Desta vez, quando a música acabou, houve aplausos e agradecimentos.
   Ouvimos a banda sair.
   Ouvimos os técnicos deixarem seus postos.
   Logo o público se foi e a área isolada no Hyde Park começou a clarear.
   Uma hora depois, estava tudo acabado.
   Dessa vez, o silêncio foi digno, encantador e sem tensão ou expectativa.
   O show já terminou.

Selena olhou para mim com amor e um pouco de luxúria em seus incríveis olhos azul-esverdeados. Seria possível que ela realmente me visse como um homem mais velho e atraente? Esta extraordinária jovem iria me aceitar? Baixei a cabeça, e ela parecia intuir o que eu estava pensando. A vergonha pairou no meu rosto. Selena pegou no meu braço e me deu um de seus olhares sábios. Eu percebia que, se ela não me entregasse, se ficasse comigo, não haveria dúvida de que eu a amaria até o dia de minha morte. Ela riu de mim de um jeito descontraído e natural. A mediunidade que havia nela daria um tempo?

Meu nome é Louis Doxtader. Marchand de Arte Outsider. Após o fantástico show, todos nos reunimos nos bastidores, na tenda da hospitalidade. Não contei a Selena o que Floss dissera a Walter antes do show, o estupro, as drogas, o mistério de quem poderia ser o pai. É claro que a última coisa que eu queria fazer era incentivar mais uma discussão sobre o que teria acontecido naquele casamento.

No entanto, percebi que Walter estava dando uns olhares de reprovação na direção de Selena.

Maud estava de pé com o braço em volta de Molly, que realmente tinha muitos dos traços de Floss. Molly poderia realmente ser MINHA filha? No auge do meu uso de heroína sempre achei que eu não devia ter esperma. Eu mal conseguia ter uma ereção naquela época.

Em volta da tenda, ouviam-se gargalhadas como costuma acontecer em tais ocasiões após um show. Isso tudo era sempre muito alto, muito estridente, o som de pessoas que querem finalmente relaxar e se divertir; o som de músicos e técnicos, diretores e empresários aliviados porque o show acabou, todo mundo está salvo e o barco pode navegar novamente. Copos tilintavam, rolhas estouravam. De algum lugar dentro da tenda, vinha o cheiro de uma maconha muito forte. Agora era a minha vez de segurar Selena com força. Eu queria matá-la tanto quanto queria trepar com ela. Então, de repente, ela se libertou de mim e começou a dar pulinhos com os punhos cerrados.

— Eu tenho que contar a eles — disse ela.

— Contar a eles o quê? — Eu comecei a entrar em pânico de novo.

— O que você fez — disse ela, olhando para mim com a testa franzida.

Olhei-a diretamente nos olhos para implorar a ela, minhas mãos segurando seus braços com tanta força que Selena fez uma careta.

— Tudo o que há de errado com você agora é por causa disso. Liberte-se! — explodiu ela.

Eu fiquei apavorado. Pude sentir a urgência do momento nela, vê-la estampada em seus olhos. Sabia que se não a parasse, ela avançaria rapidamente. Ela queria vencer. Eu sempre fui um manipulador que interferia na vida de outras pessoas, mas agora sabia que havia encontrado a minha igual. Selena era a arquimanipuladora.

Protestei:

— Sou o padrinho de Walter. Isso aconteceu há anos. Puta merda, parece que você era a única que estava consciente naquele dia!

Mas isso deixou Selena furiosa.

— Não, Louis! — gritou ela e todos na tenda olharam para nós.

Tentei puxá-la para mais perto de mim, para que falasse mais baixo. Ela sussurrou:

— Eu vi você e Floss juntos. Eu vi Floss puxar você para cima dela. Eu a vi beijando você avidamente. Ela não era inocente.

Enquanto Floss e Walter se entreolhavam se perguntando o que estava acontecendo, Selena agarrou meu cabelo com raiva, puxando minha cabeça de um lado para o outro. Ela começou a soluçar.

— Por favor — minha voz parecia suplicante agora, patética e chorosa —, se você sabe, já sabe há tanto tempo. Por que precisa revelar isso agora, quando todo mundo já passou por tanta coisa? Deixe que esse seja o nosso segredo.

Selena pareceu se acalmar por alguns instantes. Então ela deu aquele sorriso meio ensandecido e conspirador dela, seus olhos irlandeses azul-esverdeados brilhavam, o terceiro olho que tudo via piscou para mim e sua bruxaria angelical pegou fogo.

— Mas não é segredo nenhum, Louis — sussurrou ela, rindo. — Logo após o casamento, contei tudo a Siobhan. E há outros segredos que você deve saber, segredos sobre a sua mulher e sua filha.

— Não tenho vergonha — falei em voz alta — de Rain ter vivido com Siobhan. Não me importo que elas fossem amantes.

Ela deu uma gargalhada.

— Siobhan estava comendo a sua *mulher* — disse ela com um tom mordaz. — Não a sua filha. É por isso que você nunca a encontrou, nunca soube onde ela estava.

Todos próximos de nós olharam na nossa direção novamente. Será que ouviram? Achei que provavelmente não. Siobhan estava de pé com Pamela e Rain ao lado de uma mesa comprida no outro extremo da tenda. Coberta com uma toalha branca, a mesa estava cheia de garrafas, copos e baldes de gelo. Eu me senti o próprio pateta desastrado, possivelmente demoníaco, que Selena sabia que eu era. Percebi como era idiota a ideia que eu fazia: Pamela, aquela máquina ruiva de fazer sexo, nunca teria sobrevivido um mês como freira. Por alguma razão, isso me fez sorrir: a boa e velha Pamela. Enquanto eu sorria, os convidados que estavam me observando voltaram para suas conversas, supondo que, seja lá o que tivesse explodido, estava agora sob controle.

Talvez ciente da atenção que estávamos atraindo, Selena de repente se afastou e correu em direção aos banheiros; enquanto corria, parecia estar tentando tirar mosquitos invisíveis dos cabelos.

Ela me deixou ali de pé sozinho no meio daquele povo todo. Walter, eu vi, estava conversando com Molly, e ela obviamente estava emocionada por tê-lo em sua família, mesmo como padrasto. Havia um casal mais velho com ela e, pelo desconforto deles, imaginei que deviam ser seus pais adotivos.

Levei alguns minutos pensando nas perguntas para as quais eu precisava de respostas. Pamela teria contado a Rain que eu era um estuprador? Isso era concebível? Se sim, como ela pôde ter deixado nossa filha aos meus cuidados?

Teria Rain contado a Floss?

Floss nunca dera nenhum sinal de que sabia...

Eu fiquei lá, ainda sozinho no meio da tenda. Selena reapareceu e ficou a certa distância olhando para mim severamente, uma luz brilhante no teto emoldurando seus cabelos, formando um halo. Sonhos voltaram a convergir na minha cabeça. Mais uma vez pensei que poderia enlouquecer.

Selena deve ter visto o meu terror e veio para o meu lado. Num impulso, passou o braço pelo meu e me apertou.

— Vi você carregando-a para o sofá — disse ela. — Estávamos todos naquele caramanchão no jardim.

Uma mão gelada agarrou meu coração. Ela estava simplesmente começando de onde parou. Eu mal conseguia respirar.

— Ouvi Floss dizer que você era um coroa muito atraente, então ela puxou você para beijá-la. Não é inteiramente sua culpa, dadas as circunstâncias. Eu não queria ficar lá vendo. Deixei vocês dois e fui embora.

Eu estava tremendo, tomado por um misto de náusea e ansiedade tão poderoso que eu sabia que se houvesse heroína disponível para mim naquele instante, eu teria usado.

— Um coroa muito atraente! — Ela estava debochando agora, me provocando, mas segurou meu braço firmemente contra seu peito. — Você ficou de pau duro, Louis — sussurrou perto do meu ouvido. — Você a engravidou.

Não era possível. Isso foi tudo em que consegui pensar. Eu não conseguia falar. Eu me senti perdido em um dilúvio de vergonha e dor. Então a atmosfera foi quebrada. Walter estava prestes a fazer um discurso.

— Amigos! — gritou primeiro, depois um membro da equipe lhe deu um microfone. A multidão na tenda sossegou e se concentrou. Ele prosseguiu. — Muitas coisas maravilhosas aconteceram comigo esta noite. Voltei ao palco com meus velhos amigos da Stand.

Houve aclamações de alegria.

— Juntos, tocamos uma peça musical das mais difíceis, algo que nenhum de nós jamais pensou que poderia fazer. E as imagens e a inspiração vieram diretamente do público, minhas paisagens sonoras, que todos vocês, e especialmente meu pai, Harry, trouxeram à vida.

Mais aclamações. Harry e Sally estavam se abraçando como se estivessem em um navio afundando, mas ainda sorrindo. Sally ficou olhando para mim, e pensei que a vi balançar ligeiramente a cabeça.

Walter continuou:

— E então Floss e eu tivemos a sorte mais incrível quando descobrimos que a filha que ela deu para adoção quando tinha dezenove anos era nada mais nada menos do que a nossa Molly do Dingwalls!

Houve então uma sonora manifestação de alegria de todos os fãs VIPs que compareceram como convidados especiais. Em seguida, os amigos, a família e os membros de toda a equipe se uniram. Molly sempre foi popular.

Frank Lovelace deu um abraço em Molly, sem dúvida assumindo o crédito por iniciar a carreira dela como engenheira de iluminação. Walter e Floss colocaram Molly no meio deles quando todos os amigos começaram a tirar fotos dos três.

Então houve um grito.

— E aí, Floss, quem *foi* o pai?

Era Selena.

Ela dera um passo à frente, em direção ao centro da tenda. Então será que suas maquinações, seus subterfúgios, não eram todos por causa de mim? Ela ainda odiava a ideia de Floss ter se casado com Walter, o homem que sempre fora seu número um?

— Será que você sabe quem foi? — exigiu Selena furiosamente.

Todos na tenda ficaram em silêncio. Eu congelei de medo. Houve uma onda de murmúrios de indignação. Todo mundo estava revoltado com Selena. Algumas pessoas começaram a repreendê-la em voz alta.

— Selena! — gritou Siobhan. — Apenas pare! Pare com isso agora!

Frank correu e começou a tirá-la da tenda. Eu intercedi.

— Não, Frank — insisti. — Deixe-me cuidar disso.

Ergui a mão, fui até Walter e peguei o microfone dele.

Eu estava prestes a confessar. Eu realmente não tinha pensado em fazê-lo, mas o impulso de dizer algo foi muito forte. Enquanto respirava fundo, e as pessoas na tenda começavam a se virar para mim, notei Ronnie se aproximando de mim. Em geral, tão bonito e de aparência muito atraente, ele parecia acabado, pálido, seu andar irregular, a pele não estava bronzeada, mas amarela. Estaria com AIDS? Câncer? O que havia de errado com ele? Ele aproximou-se de mim calmamente, pegou o microfone da minha mão e virou-se para os presentes.

— Eu sou o pai dessa jovem, creio eu. — Ronnie então abriu um sorriso. Parecia aliviado e feliz, cambaleando nos saltos altos, o rosto coberto de maquiagem pesada, com rímel preto, blush nas bochechas, batom vermelho brilhante e o cabelo preso com uma presilha cor-de-rosa. Ele puxou Molly para que ficasse ao lado dele. — Olhem só para ela. É linda demais. E provavelmente gay, abençoada seja. Sou *eu* o pai dela.

Eu quase desmaiei. Estava literalmente vendo estrelas, minha visão oscilava e me senti perdendo o equilíbrio. Eu tinha sido salvo?

Molly era meio caminhoneira. Ronnie emergira recentemente como *crossdresser*. Homem, mulher, mulher, homem. Ambos pareciam exatamente como achavam que deveriam, pois sentiam que estavam felizes assim. Ronnie encarou tudo com desembaraço. Os dois se encontravam em algum lugar no meio. Seus rostos eram quase idênticos. Ronnie teria razão? Um teste de DNA poderia provar isso. Um frisson de violência latente tomou conta da tenda de repente, quando Walter avançou em direção a Ronnie. Crow tentou detê-lo, mas Walter o atacou e deu-lhe um soco. Frank entrou na confusão e, para surpresa de todos, separou Crow e Walter pelos colarinhos, como crianças brigando em um playground. Walter se afastou abruptamente e se lançou sobre Ronnie, dando um soco forte que deixou sua vítima de joelhos.

Dessa vez, Frank e Crow saltaram juntos para conter Walter, mas Ronnie estava realmente rindo, o sangue escorrendo de um corte em seus lábios. Em seguida, dois enormes seguranças entraram e tentaram assumir o controle. Eles separaram todos.

Molly parecia emocionada por ter Floss como mãe e talvez Ronnie, gay, como pai. Ela estava radiante como um de seus próprios holofotes e a luz fluía em volta delas, mãe e filha.

Apesar da alegria pós-show que havia imperado antes, apesar da aura de luz que cercava Molly, o pobre Ronnie, de rosto pálido e machucado pela agressão, estava sendo cercado por alguns dos convidados que o repreendiam. Alguns ainda estavam revoltados. Mas Molly se colocou entre eles e o conflito acabou. Pude ver que Floss não estava nada satisfeita com a confissão de Ronnie. Walter ainda parecia nervoso, pronto para a luta. Ele se limpou depois da refrega. Recentemente, ele havia se livrado da ideia de que sua esposa e o sócio dela no haras mantinham um relacionamento há anos, e agora lá estava o próprio Ronnie — esse mesmo sócio — quase se gabando de ter engravidado Floss quando ambos usaram drogas pesadas distribuídas por mim, seu padrinho. Embora tenha acontecido muitos anos antes, não era uma coisa que ele sentisse merecer a explosão de agressividade por parte dos convidados daquela festa pós-show. Se alguém devia explodir de raiva e sair da linha, esse alguém era ele.

— Oh, minha querida — disse Ronnie. Ele estava deitado no chão e segurando o rosto. — Perdoe-me, querida. De verdade. — Ele virou-se para Walter. — E Walter, desculpe, meu amigo. Eu me deixei levar pela empolgação.

De sua posição no chão, Ronnie estendeu os braços para Floss. Ele parecia uma criança rejeitada estendendo a mão para sua mãe após uma pequena travessura. Maud teve pena dele e ajoelhou-se ao seu lado.

— Floss, querida — resmungou Ronnie. — Você não vai se lembrar de nós fazendo sexo. Foi um estupro. Me perdoe. Você estava completamente bêbada, mas você gostou, tenho certeza disso. Não tenho certeza é se eu gostei.

Ele começou a rir novamente, como uma rainha de music--hall. Tentou se levantar, mas ainda estava tonto. Depois, deitou-se languidamente nos braços de Maud como La Dame aux camélias. Ninguém ali na tenda parecia querer ouvi-lo. Todo mundo se afastou.

Ronnie se dirigiu a Walter.

— Droga, Walter — disse ele, movendo a mandíbula dolorida de um lado para o outro e conseguindo se erguer sobre um cotovelo. — Eu sou um idiota. Deveria ter guardado isso para uma ocasião mais tranquila, mas estou tão contente por ser papai.

Ele riu de novo e Walter tentou rir com ele, mas ainda parecia bravo.

— Walter — implorou Ronnie. — Perdoe-me, sim? Floss foi a única garota com quem fiz sexo. Nós nos adoramos. Sempre nos gostamos desde os tempos de colégio, mas só nos tocamos uma vez. E aquela merda de droga que Louis nos deu era tão forte que realmente acho que não deve contar.

Essa justificativa o energizou e ele conseguiu se levantar.

Ele virou-se para Floss.

— Você! — Ele ergueu as mãos e, com os sapatos de salto alto, devia ter no mínimo um metro e noventa e três de altura. Oscilava ligeiramente. — Floss, você nunca me disse que estava grávida. — Ele estava tentando parecer abatido, mas não conseguiu esconder sua alegria por muito tempo. Virou-se para Molly e a abraçou. — Eu ficaria feliz em ser pai dessa linda jovem.

— Ronnie — repreendeu Floss —, eu não poderia ter lhe contado. Não sabia quem fez sexo comigo. Eu juro. Eu nem tinha certeza de que fizera sexo até perceber que estava grávida.

Eu não estava com muita vontade de continuar ali naquela festa. Estava na hora de ir embora.

Pensando bem, só posso dizer que Selena deve ter lançado algum tipo de feitiço sobre mim. Toda vez que eu olhava para ela, ela se comportava como se estivesse fazendo algum tipo de jogo maluco e malévolo. A verdade é que os feromônios estavam transbordando dela novamente. Tudo o que eu conseguia pensar era que minha vida não havia sido destruída e, em vez disso, aquela mulher excêntrica e extraordinária ainda estava ao meu lado.

Estávamos indo embora e ninguém tentou nos convencer a ficar. O feitiço enganoso que Selena tentou lançar fracassou, e ela pegou meu braço, manteve a cabeça erguida e, com a mão livre, deu uns pequenos acenos de despedida para quem a visse antes de sair de maneira imponente, como uma princesa francesa deposta sendo levada à guilhotina.

Seguimos andando pelo parque com alguns retardatários do público. Quando chegamos aos portões do Hyde Park, chamamos um táxi preto e nos aconchegamos no banco. Minha cabeça ainda estava girando. Fiquei aliviado, mas não sabia se estava com raiva ou feliz. Quando Selena recostou-se, sua barriga parecia inchada; ela comeu muito bolo, ou bebeu muito espumante, ou estava novamente carregando muitos espíritos angelicais. Ela abraçou a barriga e olhou de soslaio para mim. Merda, ela era tão adorável. Eu a odiava, mas ainda assim era adorável. Ela me viu olhando para a sua barriga.

— Eu tenho um anjo aqui, é disso que estou grávida, de uma bela força angelical. Eu vou proteger você.

— Proteger-me! — eu praticamente cuspi a réplica. — Você tentou me destruir.

— As entidades que ocupam seu corpo já estão saindo — disse ela. — Você não sente isso?

Pensei no que ela disse. Eu tinha de admitir que algo estava realmente acontecendo comigo, algo estranho. Senti naquele instante como se os sonhos que tive acordado nos últimos meses estivessem começando a recuar. Meu corpo estava mais calmo. Comecei a ter uma sensação de calor. Não era a "Little Mother" da heroína, mas algo quase tão bom.

— Sim — confessei. — Eu sei que você tem poderes de cura, Selena. Só queria que você não fosse tão malvada.

# Capítulo 23

Serena era realmente uma curadora. Foi naquela ocasião que ela me capturou, me enredou e me prendeu para o resto da vida. O vinho que eu tinha bebido na tenda deve também ter contribuído para que eu me sentisse melhor, mas ela estava certa. O tempo todo em que esteve falando comigo, me botando para baixo e depois me reerguendo, ela manteve o meu braço direito junto ao seu peito. Eu podia sentir o tamanho dos seus seios e a rigidez dos mamilos tocando o meu braço. Ela estava me seduzindo. Havia me acusado de um estupro que só ela havia testemunhado e acabou se revelando uma fantasista, quando não uma mentirosa descarada, e agora estava me seduzindo. Era bizarro, mas, para ser franco, era também uma sensação maravilhosa. Não posso afirmar que eu me sentia de volta à normalidade, mas a ansiedade e a náusea perderam terreno e foram substituídas por uma sensação de algo sólido e reconfortante na boca do meu estômago. Eu só me sentia assim quando tinha certeza de que iria para a cama com a mulher que estava comigo.

E assim, eu digo em minha defesa. Nunca tive consciência, talvez desde o ato em si, de que tentara forçar as coisas com Floss, se fui eu — ou teria sido ela que me puxou para deitar-me com ela? Aquelas duas garotas eram complicadas, desde novinhas. Gêmeas espirituais, era o que achavam que eram. Mas eram meio loucas, inebriantes — não, elas eram mulheres. Verdadeiras mulheres. Mundanas, humanas e fabulosas era como pareciam no casamento de Walter com Siobhan. Brincando de ser madrinhas de casamento. Fantásticas. Mas eu estava tão drogado, tão louco, e elas também; e agora cá estou eu salvando a minha pele de novo.

Ou eu passara esses anos todos em negação, ou não tinha consciência do que havia feito com Floss, Selena e Ronnie ao compartilhar estupidamente drogas com eles. De um jeito ou de outro, se aconteceu como parecia, foi a pior coisa que já fiz a qualquer ser humano, mesmo que a esposa do meu afilhado, essa jovem que eu apalpei e tentei beijar na insanidade da droga, nunca se lembrasse disso.

Eu senti que pelo menos Selena sabia o pior de mim e estava me perdoando. Selena, que esfaqueou o pai violento até a morte, estava me perdoando pelo que considerava uma medonha agressão sexual contra sua melhor amiga. Eu tive que perdoá-la em troca, caso contrário, a balança entraria em colapso.

Portanto, deve ficar claro agora por que este narrador sentiu a necessidade de contar esta história. Também deve ser óbvio o motivo por que lutei para manter Walter no centro do relato e trazer a heroína da minha história — a bela Floss que parece ter sido vítima do meu abuso colossal de um jeito ou de outro — para o final, em toda a sua glória como uma mãe que reencontra a filha perdida. Pois eu sabia que, quando Walter e Floss passassem para o próximo capítulo, todo o meu relacionamento com ambos provavelmente chegaria ao fim. Espero que os leitores desta história compreendam, mesmo que não possam perdoar. Esta história é minha penitência para Floss, Walter, Pamela, Rain e todos os anjos, entidades, fantasmas da cabeceira da cama e aparições induzidas por drogas que assombraram meus relacionamentos com meus amigos e familiares mais queridos.

No entanto, mesmo toda essa loucura girando em torno do meu mundo me fez rico. A estreia das Paisagens Sonoras Apocalípticas, de Walter K. Watts, no Hyde Park foi dedicada à memória do mentor de Walter e do fundador da Hero Ground Zero, Nikolai Andreievitch. O que me ajudou a vender muitos quadros.

Chego ao fim da minha história. Bingo está ficando inquieto. Selena está me chamando lá embaixo, preparou um almoço para nós. Esta nossa casa em Grasse, de que ela cuida de forma encantadora, é um lugar maravilhoso. Tem luz do sol, uma brisa fresca e vista para o mar lá longe. Das montanhas vem o aroma de abetos e das pinhas. Acho que estou me escondendo aqui. A versão de Selena do que aconteceu no casamento decerto se tornará amplamente conhecida. Um dia a polícia pode aparecer. Floss poderá me visitar para olhar nos meus olhos e tentar enxergar a verdade. Ou Walter virá para me dar uma surra. Ou Molly vai querer conhecer o homem que, por um momento, antes de Ronnie interceder, parecia estar disposto a revelar ser o seu pai há muito perdido e que talvez ainda pudesse ser um bom padrinho para ela. A espera é a pior parte, o não saber. Mas não estou me escondendo de Walter ou Floss, ou de qualquer outra pessoa da minha história. Também não estou me escondendo de anjos ou rostos nas nuvens ou na cabeceira da cama. Não mais. Lembra o que eu disse no começo? *Eu não quero ser perdoado. Eu quero sentir equilíbrio. Não posso mudar o passado, mas também não posso permitir que um mal-entendido do passado mude o futuro. Depois de ouvir a minha história, você poderá decidir.*

Agora você vai decidir, e tenho medo. Antes de voltarmos para a nossa casa em Grasse, Walter me enviou uma cópia da letra finalizada que ele escreveu antes do show, a que eu o encontrei escrevendo. Parece caber neste momento.

A few more hours
And these lights go dark
For me
If not for you

I'll get no flowers
A fading spark
I see
Nothing I can do

And as you sit in judgement
I wait to disembark
This tale,
This trail
Goes dark...

A few more hours
Post your remark
It's free
Post your review

You're the superpowers
No question mark
Agree
And you are guilty too

And now you make your mind up
For you, it's all a lark
This tale,
This trail
Goes dark... so dark...

A few more hours
And the lights go dark*

Hoje estou me escondendo de pessoas normais como você, que lerá meu relato da vida e da carreira de meu afilhado Walter Karel Watts e de sua segunda esposa, Florence Agatha Spritzler, e você me julgará. Você, que constantemente sente medo e uma ansiedade apocalíptica indescritíveis. Você, que precisa de Nik e Walter — e na verdade de mim como narrador deles — para prever o seu futuro.

*Você deve aprender a esperar. O momento virá. Esperar é a bruxaria da criatividade, não a inspiração. Esteja pronto. Esteja alerta. Sempre. E então, quando chegar o momento, você estará esperando e não terá mais nada a fazer, nada melhor para fazer do que se apaixonar novamente. Como eu um dia, você é o espelho de todos que o cercam. Você é a consciência e a voz deles. Olhe para o futuro, o que quer que veja, seja bom ou ruim, é inevitável. Olhe para a luz.*
*Nikolai Andreievitch.*
*Também conhecido como Paul Jackson.*
*Seu conselho para Walter*

---

\* N. da T.: Mais algumas horas/E as luzes se apagam/Por mim/Se não por você/Não colherei flores/Uma centelha esvanece/Vejo/E nada posso fazer/E quando você se sentar para julgar/Espero desembarcar/Desta história,/Esta trilha/Escurece.../Mais algumas horas/Publique seu comentário/Não custa nada/Publique sua crítica/Você é o superpoder/Não pergunte/Concorde/E terá culpa também/Agora você decide/Para você, tudo é diversão/Esta história,/Esta trilha/Escurece... além da escuridão.../Mais algumas horas/E as luzes se apagam.

## Capítulo 24

Meu nome é Selena Collins. Negociante de milagres angelicais. Vim trazer-lhe o epílogo. Sim, sim, sim, Louis. O seu final pode ter sido muito bom. Muito arrumadinho. Muito refinado. Mas deixe-me completar o livro. Lembro a todos: sem mim, nada disso teria acontecido. Após o show, que admito ter sido um evento maravilhoso, e o caos que causei na festa após o show, eu fiquei com você. Meigo Louis. Abastado Louis. Estúpido Louis. Eu te amo tanto.

Louis, seu burro, a polícia não vai aparecer nunca. Floss não vai aparecer nunca. Molly pode até dar as caras. Afinal de contas, temos que esperar pelo exame de DNA. Walter pode quebrar os seus dentes um dia, mas isso será bom para você. Vocês, homens, podem se pavonear. Ver a "Colheita". Ouvir música. Produzir arte da melhor qualidade. Vendê-la. Vender as suas próprias almas, se assim desejarem. Mas somos nós as bruxas que sabemos a verdade. Nós vemos o que vemos, e vemos tudo. O que posso ver, saber e fazer está além da sua compreensão. E da de vocês, homens.

A polícia nunca virá aqui, essa história das drogas já é notícia velha, mas mesmo que o exame de DNA prove ser Ronnie o pai dela, um dia Molly poderá aparecer e querer que você — meu amado Louis — seja outra vez um padrinho. Porque o pobre e doente Ronnie não poderá fazer o que você, que é tão rico e influente, poderia fazer por ela. Eu menti? Eu vi o que vi. Sim, eu vi você tentar fazer sexo com Floss no dia do casamento, e ela teria aceitado, estava tão chapada. Ronnie disse que você caiu no chão e ele tomou o seu lugar. Eu acredito que você não podia foder nem com uma boneca inflável, quanto menos com uma mulher de verdade. Pelo visto, Ronnie acredita nisso também, que você não conseguia nunca nem ter uma ereção. Mas talvez você tenha conseguido. Não sei ao certo, e seguramente nem você sabe. A questão de saber se você é o pai da criança é menos importante do que o fato de que você nos encheu de drogas, perdeu a cabeça e a sua bússola moral. Eu ainda tenho tantas cartas na manga.

Então você pode ver que esta é a minha história, não a sua, Louis. Floss é mais minha criação do que sua. Era minha gêmea espectral, eu estava dentro dela o tempo todo.

Por que eu faria tudo isso? Porque, no final de tudo, cercada por cem mil anjos que apenas o Velho Nik podia ver, eu queria segurar pelo menos um bom homem mortal. Eu não poderia segurar Walter, ou Frank, ou Crow, mas eu poderia segurar o homem chamado Louis Doxtader — e, meu querido, eu te peguei. Louis, você desestabilizou o seu cérebro; Nik, você viu a Colheita; Crow, você ouviu apenas seis álbuns de vinil; Walter, você ouviu a ansiedade dos seus iguais.

E eu movimentei todos vocês pelos cordéis.

# Posfácio do autor

Este livro foi finalizado em maio de 2013. Tenho 68 anos. O mundo oscila levemente em seu eixo, e até os mais indiferentes de nós estão um pouco ansiosos. Espero que esta história tortuosa um dia forme a base de uma ópera, como Selena me prometeu. No futuro, a ópera pode parecer mais com uma instalação de arte, ou um espetáculo de *son et lumière*, tudo conectado a uma rede global de feedback e evolução. Nesse caso — assim que a peça termine, a música acabe e a balbúrdia se cale — espero que o apelo ao otimismo, esperança e apaziguamento aqui plantado entre todas as pessoas deste planeta frágil comece a se enraizar. A história está encerrada, mas a ideia por trás dela continuará a se desdobrar e a crescer, e esperamos que se concretize. Não devemos ter medo, podemos ter fé na nossa espécie.

Não precisamos queimar bruxas.

Impressão e Acabamento:
GRÁFICA E EDITORA CRUZADO